Gillian Slovo

# FEHLANZEIGE

Criminalroman

CIP-Kurztitelaufnahme der Deutschen Bibliothek

*Slovo, Gillian:*
Fehlanzeige: Criminalroman / Gillian Slovo. –
Trier: èditions trèves, 1984
(trèves & crime)
Einheitssacht.: Morbid symptoms (dt.)
ISBN 3-88081-150-4

ÜBERSETZT VON:
HEIPE WEISS und DIETER BROSS

Bei der Überarbeitung halfen Jochen Schäfer, Tina Sempf und Geraldine Blacker

Auflage: 86 – 85 – 84

3 – 2 – 1
(die jeweils letzte Zahl gibt Jahr bzw. Aufl. an)

COVER: è.t.

*Gillian Slovo*

Gillian Slovo wurde 1952 in Johannesburg, Südafrika, geboren. 1964 kam sie nach England. Mehrere Jahre arbeitete sie als Journalistin für eine linke Organisation, die sich „Enthüllungs-Journalismus“ zur Aufgabe gemacht hatte. Zur Zeit arbeitet sie in einem Filmworkshop mit und schreibt an ihrem nächsten Kriminalroman. Sie lebt in Dalston, Ost-London.

Beim Schreiben dieses Buches habe ich viel gelernt. Es hat mir sowohl gezeigt, wieviel Spaß es machen kann, einen Roman zu schreiben, aber auch, welch harte Arbeit das ist. Darüberhinaus jedoch hat es mir bewiesen, wie wichtig die Ideen anderer Leute sind, ihre Kritik, ihr Zuspruch und ihre tatkräftige Hilfe. Ganz besonders danken möchte ich Anny Brachx, Elana Dallas, Luise Eichenbaum, Susie Orbach und Jud Stone, daß sie mit mir zusammengesessen und über Kate Baeier diskutiert haben, als ob sie tatsächlich existierte. Dank auch an Gwen Metcalf, daß er mich bei sich aufgenommen hat, als ich Ruhe brauchte, und Jeanette Lavender für ihr schnelles und effektives Tippen. Joseph Schwartz und Saul Fenster haben mit mir zusammen über dem Entwurf gebrütet und mich auf den Gedanken gebracht, daß es an sich jeder von uns machen könnte. Ronald Segal hat mich aus meinem Dauer-Tief gerettet, hat meine verworfenen Entwürfe wieder zu Papier gebracht und mich mehr übers Schreiben gelehrt, als ich vermutet hätte lernen zu müssen. Und schließlich noch Dank an Andy Metcalf, der das Buch inzwischen auswendig kennen müßte, und rundum mit seiner Liebe und Unterstützung nicht gegeizt hat.

# 1.

Das Zimmer sah aus wie ein Saustall. Das wäre selbst einem flüchtigen Beobachter nicht entgangen. Die Sache war die, daß ich nun seit zwei Stunden am Aufräumen und immer noch keinen Schritt vorwärtsgekommen war. Das einzige, was sich verändert hatte, war mein Schreibtisch, dessen Chaos lediglich eine andere Form angenommen hatte. Zwei Stunden zuvor war er mit Papieren bedeckt gewesen wie ein Schlachtfeld mit Leichen; jetzt lagen die Papiere halbwegs ordentlich nach Sachgebieten gestapelt. Die Zahl der Stapel war entmutigend: sie setzten sich zusammen aus Arbeitsstücken, die noch von vergangenen Vorhaben übrig geblieben waren, aus mannigfaltigen Zeitungsausschnitten mit aus dem Rahmen fallenden Informationen und Einleitungen zu geplanten Artikeln. Die Spannbreite der Themen schaffte es immer noch, mich in Erstaunen zu versetzen: Gewerkschaften und OPEC, eine neue Versuchsreihe mit tropischem Gemüse, um die Hungerprobleme der dritten Welt zu lösen, ein halbfertiger UN-Bericht darüber, wie schlimm es in Namibia zuging und daß man aber gar nichts dagegen machen könne (jedenfalls nicht seitens der UNO), und mehrere einzelne Blätter mit möglichen Vorworten. (Was so viel hieß wie: Falls ich es schaffen sollte, mich in ein bestehendes Vakuum hineinzuarbeiten, könnte ich irgendetwas schreiben, was sich verkaufen ließe, ich selbst aber nicht würde lesen wollen.) Es war Mist, Mist, Mist. Jedermann, der glaubt, freiberuflicher Journalist sei eine blendende Sache, sollte sich seinen Kopf untersuchen lassen. ‚Kreischender jüdischer Journalist erdrosselt verblüfften Verleger', schrieb ich auf einen Fetzen Papier, bevor ich ihn – ebenfalls – in die Schublade warf.
Die Dinge wurden keineswegs besser dadurch, daß ich beschloß, mir erstmal die Haare zu kämmen. Es wäre schon in Ordnung gewesen, wenn ich mich darauf beschränkt hätte, die widerborstigen schwarzen Strähnen runterzuglätten, doch ich machte den Fehler, in den Spiegel zu glotzen. Die Unzufriedenheit in Person stierte zurück. Der Zustand meiner Haut war, wie ich sah, nicht auf der Höhe der Jahreszeit: sie hatte nicht gerade die graue Blässe, die sie im tiefen englischen Winter annehmen würde, aber auch noch nicht genug Sonne gesehen bis jetzt, um ihr sommerlich leuchtendes Braun angenommen zu haben. Die Sorgenfalten, die sich auf meiner Stirn zusammengezogen hatten, machten mir wiederum Sorgen, und ich tat einen tiefen Seufzer der Erleichterung darüber, daß buschige Augenbrauen gerade in Mode waren. Dann entschied ich, daß es ebenso hoffnungslos war wie mit dem Zimmer und ging.
Als ich am Carelton Building angelangt war, hatte sich meine Laune nur unwesentlich verbessert. Wenigstens die Geschichte habe ich fertig gekriegt, dachte ich bei mir, als ich die schweren Glastüren weit genug öffnete, um mich mitsamt meinem gewaltigen Bücherstapel hineinzuzwängen. Eine Figur stand mir im Weg. Ich ging zur

Seite, um um sie herum zu kommen, aber sie bewegte sich ebenfalls und schnitt mir den Weg ab. Ich warf einen Blick nach schräg oben.
„Du bist ein Bulle."
Er verzog kurz den Mund.
„Heh, Sir", rief er, „hab noch so ein Schlauköpfchen hier. Hat meine Uniform glatt auf Anhieb erkannt."

Sein Sarkasmus setzte einen zweiten Mann in meine Richtung in Marsch. Der jetzt war auf Zivilbulle Marke 1968 getrimmt – ausgebleichte Jeans, unten weit, leicht zerknittert und darüber ein ungesund weißes Polohemd. Ein rostbrauner Backenbart umrahmte sein aggressiv blickendes Gesicht und vermochte in keiner Weise, seinen zurückweichenden Haaransatz zu verbrämen. Er würdigte mich eines langen, harten Blickes, wobei er sich nicht die geringste Mühe gab, seine abschätzigen Blicke zu verbergen, die mich von den Schuhen bis zum Kopf abmaßen und sich dabei die Zeit ließen, hier und da zu verweilen.
„Name?" verlangte er.
„Weshalb?" entgegnete ich.
„Ich bin in polizeidienstlichem Auftrag hier. Wie ist Ihr Name? Und zu welchem Zweck sind Sie hier in diesem Gebäude?"
„Und welchen Zweck haben Sie?" fragte ich.
Ich gebe zu, ich trug nicht gerade zum interessanteren Teil des Dialogs bei, aber ich brauchte Zeit zum Nachdenken. Diese Örtlichkeit hatte im Verlauf ihres Bestehens einiges an exzentrischen Szenen erlebt, doch ein Polizeiaufgebot, das allem, was sich regte, ein Loch in den Bauch fragte, war mir total neu. Mein Kopf blieb leer bis auf ein plötzliches Unwohlsein, als die beiden Männer mich in die Mitte nahmen. Ich fühlte mich erlöst, als ich Bob, den Hausmeister des Gebäudes, langsam die Treppen herunterkommen sah. Bob, der sich noch nie bester Gesundheit erfreute, sah aus, als brauche er dringend eine Bluttransfusion. Sein Gesicht hatte die Farbe von Brotteig, die Schultern hingen über seinen hageren Brustkorb herab.
„Hallo Kate, sagte er matt. „Hast du gehört, was passiert ist? Besser, du beantwortest ihre Fragen. Sie tun nur ihre Pflicht."
„Was", fragte ich, „ist denn passiert?"
Die Hippie-Imitation ließ ihren Griff um meinen Ellbogen sanft etwas fester werden.
„Schon gut, beruhige dich. Wir machen hier nur eine Routineuntersuchung ... bei dir", wobei er einen beziehungsreichen Blick in Bobs Richtung warf. „Wir wissen jetzt, dein Name ist also Kate, und was wir sonst noch brauchen, ist dein Nachname und was du hier zu suchen hast, und dann können wir dich laufen lassen und den Rest des Tages für beide Seiten erfreulicher gestalten."
„Mein Name ist Baeier", erwiderte ich, „und ich habe ein Manuskript für die AER."
Diesmal fühlte sich der Druck an meinem Ellbogen schon deutlich gröber an. „Mach dich nicht mausig. Typen wie dich verspeisen wir

zum Frühstück. Was treibst du hier?"
„Ihre Eßgewohnheiten interessieren mich nicht, und außerdem hab ich's bereits gesagt. Ich bringe ein paar Bücher zurück und einen Artikel, den ich für AER geschrieben habe – für die AER, African Economic Reports. Also was ist jetzt los?"
„Wir ermitteln in einem ungeklärten Todesfall. Kommen Sie hierentlang."
Ich wurde durch die Halle in Bewegung gesetzt in Richtung auf das kleine Stübchen, das dem Gebäude als Verwaltungszentrum dient. Bob hielt uns auf.
„Tim ist tot", sagte er. „Er ist den Fahrstuhlschacht runtergefallen."
Der Zivilbulle ließ meine Hand los und wirbelte zu Bob herum.
„Mach dich rauf und bleib da, Opa!" fauchte er. „War ein harter Tag heut für einen alten Mann."
Bob zuckte zusammen und wandte sich schließlich resigniert ab.
Ich wurde zu einem Stuhl geführt und fand mich einem dritten Polizisten gegenüber, der mit einem hellblauen Anzug bekleidet war und so aussah, als könne er jeden Moment in einem Anfall von Ekel aus ihm herausplatzen. In meinem Kopf wirbelten in einem fort Bilder umher von Tim Nicholson, sein Gesicht mit dem gewöhnlich aufgesetzten bubenhaften Grinsen, sein wirr über die Stirn gefegtes blondes Haar. Er war jedermanns Freund gewesen, ein Goldjunge, der beim ersten Anzeichen persönlicher Differenzen sich in Luft auflöste. Er hätte jedes aufkommende Schweigen mit einem Kreuzfeuer belangloser Konversation gefüllt, und schien doch peinlichst berührt, wenn er dabei allein gelassen wurde. Er warf mit seinem Charme nur so um sich, und doch wurde ich nie das Gefühl los, daß er ihn nur als Schild benutzte, um jeder wirklichen Annäherung vorzubauen. Er schien mit irgendetwas hinterm Berg zu halten, etwas, daß ich nie in der Lage gewesen war, genau auf den Punkt zu bringen. Aus diesem Grund waren wir lediglich Bekannte gewesen, ohne wirklich jemals miteinander vertrauter zu werden.

Arg viel Zeit blieb mir nicht, darüber nachzudenken. Ich mußte Name und Adresse angeben sowie eine Reihe von Details, die unwichtiger nicht hätten sein können. Es ging so weit, daß ich meinen fehlerfrei getippten Artikel als Beweis meiner Identität vorlegen mußte. Die Polizei schien noch nie etwas von Presseausweisen gehört zu haben, und ihr Interesse an meinem hätte auch nicht geringer ausfallen können.
Es kam mir wie eine kleine Ewigkeit vor, bis er die entscheidende Frage stellte. Ganz beiläufig. Er stellte sie ganz freundlich, der Mann hinter dem Schreibtisch, in seinem hellblauen Dralonanzug, wobei er den Kopf gesenkt hielt und seine Hand auf einem leeren Schreibblock ruhte.
„In welchem Zusammenhang steht die African Economic Supports mit den Kommunisten?"
Ich ging in die Offensive.

„Reports." verbesserte ich.
Er schaute verwirrt.
„Reports", wiederholte ich. „African Economic Reports."
Das versaute ihm die Einleitung, doch er schaffte es irgendwie, fortzufahren.
„Ah, ja, stimmt. Entschuldigen Sie. African Economic Reports. Und in welcher Beziehung steht ihr zu den Kommunisten?"
Ich war ganz verdattert vor Verblüffung. Das entwickelte sich langsam zur Farce.
„Welche Kommunisten?" erwiderte ich, „und was hat das überhaupt zu bedeuten? Ich dachte, Tim sei den Aufzugschacht hinuntergefallen."
„Wer hat Ihnen das gesagt?", schnappte er.
„Bob, der Hausmeister. Ihre Zivilstreife war dabei. Der Typ, der so unauffällig tut."
Über sein freundliches Gesicht huschte ein Schatten von Mißmut. Dem folgte rasch die Stimme der Autorität.
„Den Hausmeister", hob er an, „den überlassen Sie mal ganz uns. Wir werden prüfen, ob wir ihn wegen Verletzung seiner Aufsichtspflicht anklagen, aber das geht nur uns was an. Und jetzt antworten Sie mir auf meine Fragen, oder es kommt mehr Ärger auf Sie zu, als Sie verkraften können."
„Sie haben kein Recht dazu, solche Fragen zu stellen ", erwiderte ich. „Aber wie dem auch sei, was soll das Ganze?"
Der Dralonanzug knisterte protestierend, als er seine bullige Fleischmasse in meine Richtung schob: für einen kurzen Moment umspielte ein einschmeichelndes Grinsen seine dünnen Lippen.
„Nun haben Sie ein Einsehen, Miss Bates", schnauffte er. „Sie sind Journalistin und machen Ihre Arbeit, und ich bin Vertreter des Gesetzes und tue die meine. Wir ermitteln in einem mysteriösen Todesfall, und die betroffene Organisation hat in ihrer Adressenkartei die russische Botschaft. Kein Mensch kann wissen, wozu diese Russen fähig sind, wenn sie sich über irgendwen ärgern!"
Er schien mit den Tränen zu kämpfen, aber er überlegte es sich anders, nur seine Augenbrauen zogen sich zusammen. Es fiel mir schwer, nicht aus der Rolle zu fallen.
„Baeier", verbesserte ich. „Die Sowjetische Botschaft hat die AER abonniert. Desgleichen das Auswärtige Amt, die Hälfte der Fleet Street und Scotland Yard. Warum gehen Sie nicht selbst hin und fragen, weshalb sie das gemacht haben?"
Der Mann seufzte. Es war ein irritierendes Geräusch, eher resigniert. Er hatte es halt mal versucht, aber wirklich ernst war ihm nicht damit. Er stand auf, legte müde seine Papiere zusammen und winkte in Richtung Tür.
„Das wärs dann, Miss Baxter", sagte er. „Wir haben Ihre Adresse, falls wir das Bedürfnis verspüren sollten, mit Ihnen nochmals in Kontakt zu treten."
„Baeier", verbesserte ich und verließ den Raum.

Kaum war ich aus der Tür, als sich mir der Eindruck aufdrängte, daß heute ein ganz besonderer Tag sein müsse, mit all diesen merkwürdigen Männern mit zweifelhaften Berufen. Dieser hier vor mir war eine dünnere Variante des Typs von eben. Seine Kleider sahen aus, als seien sie in einem großen Kaufhaus von der Stange weg gekauft worden und gleich anschließend durch eine Wringmaschine gedreht worden. Sein Schlips saß fürchterlich schief, der riesige Knoten war halbwegs aufgelöst. Seine Schuhe waren spitz, aber nicht gerade der letzte Schrei, sein Hemd war zerknittert, ohne daß es schmutzig gewesen wäre. Er hatte das Aussehen eines Mannes, der sich einbildet, ein großer Verführer zu sein und sich immer wieder wundert, warum es nicht klappt.
„Ich bin Journalist", sagte er.
„Hab ich mir gedacht. Welche Zeitung?"
„Der *Telegraph*. Ich hätte gern etwas Hintergrundmaterial. Sei ein Schatz ... nett zur Presse und so weiter." Er warf mir ein gewolltes Lächeln zu.
„Ich bin selbst Journalistin. Und warum fragen Sie eigentlich mich? Ich bin nur zu Besuch. Sie werden sicher eine geeignetere Quelle finden."
Er kam näher heran, als wolle er gleichsam die geistige Barriere zwischen uns überwinden. So dicht bekam sein Gesicht einen bedrohlichen Zug – und überhaupt mißfiel mir die Art, wie er sein rechtes Knie ins Spiel brachte. Es war mehr als ich vertragen konnte. Wortlos drehte ich mich und ging. Hinter mir ertönte das Echo seiner Stimme in der verlassenen Halle.
„Man kann eben nicht alle haben", sagte er, indem er sich dem uniformierten Bullen an der Eingangspforte zuwandte.
„Mit der brauchst Du's gar nicht erst versuchen. Die ist ein Männerhasser", klang es mir auf die Treppe hinterher.

Mein Aufstieg in den vierten Stock wurde zu einer Art Spießrutenlaufen. Mehrmals öffnete sich eine Bürotür, ein nervöses Gesicht gaffte heraus, und zog sich bei meinem Anblick erleichtert wieder zurück. Ungewöhnlich schweigsame Gruppen von Leuten, die sich auf den Treppenabsätzen versammelt hatten, murmelten, wenn ich vorüberging. Ich nickte den wenigen Leuten, die ich kannte, zu und machte mich nach oben.
Dort sah ich dann den Lift, die Tür sperrangelweit offen, vorne von einer Ersatzabsperrung umgeben. Daneben stand ein gelangweilter Polizist in einer Haltung, als sei er als Momentaufnahme aus einem Film herausgeschnitten worden. Da er mir keine Beachtung schenkte, betrat ich das Büro der African Economic Reports.
Sie waren alle im Zimmer. Alle, das heißt, alle außer Tim. Eine lastende Stille hing im Raum wie ein einsam verhallter Hilferuf. Ron Critchley, dessen mausbraunes Haar verfilzt abstand und dessen Krankenkassenbrille noch abenteuerlicher auf seiner Nase schwankte als gewöhnlich, versuchte einen Gruß, der ihm auf halbem Wege im

Hals stecken blick. Michael Parsons starrte mich unverwandt an, aber ich hätte kaum sagen können, ob seine wasserblauen Augen überhaupt etwas wahrnahmen außer einer kurzen Unterbrechung seiner geistigen Abwesenheit. Der dramatische Kontrast zwischen seinem schwarzen Haar und seiner weißen Haut wirkte schon immer recht stattlich, aber an diesem Tag schien sein Gesicht wie eingefallen, und seine schmalen Wangen hätten genügt, ihn finster aussehen zu lassen. Aldwyn Potter, dessen massiges Knochengerüst sich deutlich vor den schmutzigen Fensterscheiben abhob, schien in der Haltung eines Schulhofappells erstarrt zu sein, Hände fest hinter dem Rücken verschränkt, Kopf gerade hoch. Nur der leicht grüne Schimmer seines Gesichts, der durch seine glatten roten Haare noch betont wurde, strafte den Gesamteindruck Lügen, er befinde sich als Gast auf einer sehr langweiligen Party. Ich setzte mich in die Ecke.
„Was ist passiert?" fragte ich.
Ich bekam zwei Seufzer und ein Schulterzucken zur Antwort. Es dauerte eine ganze Weile, bis jemand Worte fand. Ron unterbrach die Stille.
„Wir nehmen an, daß er gefallen ist", sagte er. „Mag sein, daß er betrunken war. Er hat in letzter Zeit ziemlich tief ins Glas geschaut. Bob hat ihn heute morgen gefunden, wie er ... wie er dalag."
„Aber wieso? Das war doch einfach unmöglich?" sagte ich.
Aldwyn fand in mir einen willkommenen Punchingball für seine Gereiztheit. Seine Hand winkte entschieden ab. Sein Körper blieb bewegungslos, seine Stimme tönte hohl aus dem Innern.
„Was tut das zur Sache", sagte er. „Laß die Polizei ihre Arbeit machen. Was glaubst Du eigentlich, wer Du bist ... ein Detektiv?"
Seine Worte klangen mehr nach Nervosität denn nach Groll. Ich bohrte trotzdem weiter.
„Ich denke, ich muß das einfach wissen. Vielleicht nur, um überhaupt glauben zu können, daß es wirklich passiert ist." Meine Stimme klang brüchig.
Aldwyn bemerkte das und entschuldigte sich bei mir mit einem raschen Kopfnicken. Eine Weile saßen wir da zwischen den nutzlosen toten Telephonen, deren Hörer abgehoben auf den überfüllten Schreibtischen lagen. Nur das gelegentliche Hupen der Autos von der Straße unterbrach unsere Gedanken. Ich war einfach unfähig zu irgendeiner passenden Geste, wußte nicht, wie ich das Schweigen brechen könnte, um uns gegenseitig unsere Gefühle zu vermitteln.
Wir hätten womöglich noch sehr lange so dagesessen, wenn uns die Polizei nicht daran gehindert hätte. Mit strammer, fast militärischer Forschheit kamen sie ins Zimmer stolziert, und befahlen allen, es zu verlassen. Wie Kinder behandelt, blieb uns nichts übrig, als uns dem Menschenstrom anzuschließen, der sich in Richtung Eingangshalle schob. Die Polizei hatte den Laden vollkommen übernommen: wir wurden buchstäblich zur Tür hinausgeworfen. Draußen zeigte mir ein letzter flüchtiger Blick noch Bob's verängstigtes Gesicht, das durch die Glastüren starrte. Auf seiner Schulter lag eine Hand, und der Schreck versteinerte sein Gesicht vollkommen.

Mein Heimweg verlief ereignislos, wie der Rest des Tages auch. Ich machte mich wieder daran, meine Papiere zu sortieren, nur um überhaupt irgendetwas zu tun. Ich stieß auf ein paar Briefe von Tim, die er mir geschickt hatte, als wir einen Artikel zusammen geschrieben hatten. Ich legte sie beiseite, um sie später zu lesen, und verlor das Interesse am Aufräumen. Stattdessen nahm ich mein Alto von seinem Ständer in der Ecke und begann zu üben. Ich machte gerade eine dieser schwierigen Phasen meiner Bläserkarriere durch: die alten Stücke langweilten mich, aber um weiter zu kommen, fehlte es mir noch an Fertigkeit. Ich steckte immer noch fest, übte meine Arpeggios und wartete auf den nächsten Durchbruch.

Ich war in einen komplexen Zirkel von Molltonleitern vertieft, als ich eine Hand auf meiner Schulter spürte. Ich sprang auf, stieß mein Gesicht am Mundstück und fuhr herum, um in das verschreckte Gesicht von Sam zu schauen.

„Entschuldige bitte", sagte er, „ich hab vergessen zu klopfen. Weißt du, ich habe deinen Namen gerufen, aber du hast nicht reagiert. Warum erschrickst du so heftig, bloß weil ich dich überrascht habe?"

„Am besten, du führst es auf frühe Kindheitserlebnisse zurück", sagte ich und stellte mein Saxophon ab. „Hast du von Tim gehört?"

Sam nickte und schnitt eine Grimasse. Mit seinen grünen, leicht grau gesprenkelten Augen musterte er mein Gesicht, um herauszulesen, wie das Ereignis auf mich wohl gewirkt haben mochte. Schließlich umarmte er mich, und offerierte mir gleich im Anschluß daran einen harten Drink.

Sam und ich waren ursprünglich von irgendwelchen gemeinsamen Freunden verkuppelt worden und hatten einen durchaus vergnüglichen Abend lang bei einem üppigen Dinner miteinander geflirtet. Vermutlich wäre nichts weiter passiert, wenn wir nicht auf einem dieser Kongresse einander über den Weg gelaufen wären, bei denen die eine Hälfte der Leute anwesend ist, um die Theorieproduktion eines Jahres mitzubekommen, und die andere Hälfte, um sich von der einjährigen Monogamie zu erholen. Ich war auf der Flucht vor einem übereifrigen und schlecht informierten Bekanntenkreis, der mir unbedingt eine Lektion erteilen wollte, welche Fehler die portugiesische Linke begangen hätte. Sam war derart damit beschäftigt gewesen, sich für einen von zwei Workshops mit völlig unterschiedlicher Themenstellung zu entscheiden, daß er beide verpaßt hatte. Unentschiedenheit schien in Sams Leben eine große Bedeutung zu haben. Als Mathematiker hatte er kurz vor seiner Promotion gestanden, als er auf einen wunderlichen Abweg algebraischer Topologie stieß, über dessen Sinn er sich nicht ganz klar werden konnte. Seine Lösung bestand – und besteht noch – darin, daß er mehr Zeit damit verbringt, Gedichte zu schreiben, als an seiner Dissertation zu arbeiten.

An jenem Wochenende lösten wir unser beider Probleme, indem wir zu einer Wanderung durch die Moore aufbrachen. Sechs Monate später schaffte ich es, ihn davon zu überzeugen, daß ich kein Frischluft-

fanatiker bin, und daß ich mich in Großstädten sicherer fühle. Aber davon einmal abgesehen, sah es so aus, als würden wir wohl noch eine Weile zusammenbleiben. Es war nicht alles einfach gewesen, zum Teil auch verursacht durch Sams vier Jahre alten Sohn, der sich wie ein Wachhund verhielt und Sam permanent auf den Fersen war. Es war ein hartes Stück Arbeit für jeden von uns dreien, doch spüre ich seit einiger Zeit einen deutlichen Fortschritt, weil Matthew drüber weg ist, an Sams Rockzipfel zu hängen, und mir hin und wieder auch schon mal ein Lächeln zuwirft.
Wochentags ist Matthew bei seiner Mutter, deshalb waren Sam und ich an diesem Tag allein. Wir hatten an sich geplant, ins Kino zu gehen, aber mir war jetzt nicht mehr danach. Stattdessen gingen wir in die Küche und kochten gemeinsam ein Essen, das, soweit ich mich erinnere, nicht gerade berühmt war. Anschließend schnappte ich mir einen Kriminalroman, dessen Handlung so durchsichtig war, daß ich zu der Überzeugung kam, ihn schon einmal gelesen zu haben. Zwei Stunden später wurde mir klar, daß ich das Buch nicht kannte, obwohl ich schon auf Seite 6 den Täter erraten hatte. Sam saß aufrecht, sein gläserner Blick täuschte ein wenig hinweg über die Tatsache, daß er hellwach war. Der Abend war erstaunlich zeremoniell verlaufen: einer der ersten Abende, an dem wir fast die ganze Zeit nicht miteinander geredet hatten. Ich war soweit, verwundert darüber nachzudenken, ob unsere Beziehung bereits zur Gewohnheit geworden war, als das Telefon klingelte. Es war Michael.
„Kate, es kommt etwas auf uns zu. Kannst du morgen ins Büro kommen?"
„Klar", erwiderte ich. „Ist die Polizei schon weg?"
„Oh, die sind längst fertig mit ihrer Arbeit", brummte er. Und bevor ich ihn fragen konnte, was er damit meinte, machte das Amtszeichen mir klar, daß er aufgelegt hatte.
Ich gab auf, müde vom ganzen Stress dieses Tages und der darauf folgenden Lustlosigkeit. Ich nahm ein Bad und war eingeschlafen, noch bevor ich wußte, daß ich im Bett lag.

## 2.

Ich erwachte an einem typischen Julimorgen: grau, nass und trübselig. Sam war noch am schlafen. Ich zog mich leise an und ging in die Küche. Den auf dem Tisch verstreuten Zetteln nach zu urteilen hatte Sam einen guten Teil der Nacht damit zugebracht, an einem Gedicht zu arbeiten. Ich räumte die Überreste auf eine Seite, überflog das fertige Produkt, das für mich einen weiteren Beweis dafür darstellte, daß Sam's Dichtkunst in einer Sphäre angesiedelt war, wo ich die Sprache nicht verstand, und fügte eine Notiz hinzu, daß wir

uns später bei Anna treffen würden. Während der Kaffee durch den Filter lief, schob ich mir ein Croissant in den Backofen und blätterte in der Zeitung. Auf der ersten Seite war ein kurzer Bericht über Tims Tod. Es hieß, es sei ein Unfall gewesen.
Gegen neun überlegte ich hin und her, ob ich nun einen Regenschirm oder einen Hut mitnehmen sollte. Ich tippte auf leichte Schauer und entschied mich für den Hut, bevor ich mich auf den Weg machte zur Bushaltestelle der Linie 38. Dort stand ich eine Weile, und während ich die Schlange betrachtete, spielte ich mit dem Gedanken, vielleicht doch zur Hochbahn rüberzugehen.
Diese Schlangen an den Bushaltestellen sind ein Phänomen mit wenigen Varianten. Die Leute versammeln sich ohne viel Hoffnung auf dem Bürgersteig. In dieser frühen Phase ist die Ansammlung noch recht unstrukturiert. Sobald der erste rote Schimmer um die Ecke sichtbar wird, bildet sich eine Kette, die Spannung steigt. Mehrere Leute werfen einen ängstlichen Blick auf ihre Nächststehenden, um ihre Chancen für das Auf-den-letzen-Drücker-Geschiebe abzuschätzen. Sobald der Bus näher kommt, verschnürt sich die Reihe zum Knoten. Der Bus hält ein paar Schritte entfernt, weil ein Lastzug ihn etwas behindert. Die Ehrgeizigen und die jungen Leute in der Schlange versuchen einen Spurt. Der Rest von uns versucht, die Lage zu taxieren. Vier Leute steigen aus, selbstgefällig die Schlange betrachtend. Zehn Leute versuchen einzusteigen, werden jedoch von der Schaffnerin mit in die Seiten gestemmten Armen aufgehalten. Die Schlange löst sich auf, der Bus fährt ab, und für einen kurzen Moment kommt eine Unterhaltung auf über die Ineffizienz der Londoner Verkehrsbetriebe, das Wetter (oder genauer gesagt die Klage über den ewigen Regen) und die Butterpreise. Einige rühren die Trommel für Margarine, aber das findet weniger Widerhall, und schon bald erlahmt das Interesse.
Viermal stand ich die gleiche Zeremonie durch, bevor mir der entscheidende Schritt in den Bus gelang. Frustriert wie ich war, nahm ich die Linie 22, und hatte wie gewöhnlich schon bald Grund, dies zu bereuen. Gegen 9 Uhr 55 hatte ich einen Intensiv-Kontakt mit den wichtigsten innerstädtischen Verkehrsstaus hinter mir, und lief die Shaftesbury Avenue hinunter meiner Verabredung entgegen.
Zwischen den exclusiven Bekleidungsgroßhandelsgeschäften mit ihren makellosen Empfangsdamen und ihren vornehmen Jalousien, den Bürogeschäften mit den ausgefallenen Büromöbeln zu noch ausgefalleneren Preisen und den ewigen Eilboten, die Filmrollen transportierten und auf ihren Fahrrädern laut plärrende Radios mit sich führten, nahm sich das Carelton Building schmutzig und renovierungsbedürftig aus. Die Carelton Familie hatte sich ein Vermögen damit erworben, Kakaobohnen zu zermanschen, und das gesamte Empire mit Schokolade zu versorgen. Das Gebäude präsentiert einen dem zwanzigsten Jahrhundert angemessenen Ausdruck des Quäker-Gewissens der Familie sowie eine Teillösung ihrer Steuerprobleme. Es ist bis unters Dach mit Organisationen vollgestopft, die

dort mietfrei untergekommen sind, in einer Art ökologischen Gleichgewichts aufgeteilt unter linke Gruppen, engagierte Liberale und Alternativbetriebe.
Irgendwo in der Carelton-Stiftung sitzt ein kleiner Büroangestellter, der all diese Organisationen in das Gebäude eingeschleust und dabei eine Mischung zuwege gebracht hat, die mich immer wieder fasziniert. Social Options zum Beispiel, eine Wohltätigkeitsorganisation, die Hochglanzbroschüren über die Lebensverhältnisse der Armen produziert, hat eine eichegetäfelte Suite mit eigens abgegrenzten Sekretariatsräumen. Gleich nebenan ist die Alternative Allianz Altruistischer Technologiegegner in einen großen Raum eingepfercht, mit den obligarotischen grauen Fenstern und einer riesigen Anschlagtafel mit der Hausordnung. An den Fahrrädern der Allianz pflegen sich regelmäßig die hochwohlgeborenen Ehrenmänner, die Social Options einen Besuch abstatten, die Knie aufzuschürfen. Ein Stock höher und ein Stock tiefer kann man in regelmäßigen Abständen mithören, wie beide Gruppen sich über die Fahrräder streiten oder manchmal auch darüber, wer an der Reihe ist mit Kloputzen.
Viele andere Gruppen haben sich in dem Gebäude niedergelassen, und teilen sich Büroräume, Schreibtische oder auch nur einen Platz auf dem Flur. Als ich ins Büro der AER eintrat, schien sich von all diesen Gruppen je ein Vertreter dort eingefunden zu haben. Das Bekleidungsspektrum reichte vom Standardparka, der sich infolge des ostentativen Minderheiten-Desinteresses an modischen Entwicklungen über die Jahre erhalten hatte, bis zu den chicen Straßenanzügen der Was-kostet-die-Welt Alternativunternehmer. Frauen und Männer schienen in annähernd gleicher Anzahl anwesend; ein Eindruck, der sich leicht bestätigen ließ infolge des Phänomens, daß beide Geschlechter fast ohne Ausnahme auf je einer Seite des Raumes Aufstellung genommen hatten. Der zufällige Eindringling lugte ängstlich durch die Menge, als frage er sich insgeheim, wie er wohl auf die andere, seinem Geschlecht gemäßere Seite der Barrikade gelangen könnte. Alles redete durcheinander, und ab und zu durchbrach ein leicht aus dem Rahmen fallendes Lachen das allgemeine Gemurmel. Ich nickte ein paar Bekannten zu und setzte mich zu einem kurzen Schwatz neben Eleanor, die treibende Kraft hinter dem „Rundbrief für alleinerziehende Eltern".
Nach und nach legte sich die gereizte Atmosphäre im Raum. Die Leute setzten sich auf die wenigen verfügbaren Stühle oder lehnten sich an die Schreibtisch- oder Fensterbankkanten. Aldwyn Potter räusperte sich ein paarmal und fing dann an zu sprechen.
„Vielleicht sollten wir erst mal einen Diskussionsleiter wählen?" schlug jemand von hinten vor. Aldwyn nickte kurz und hob dann eine Zeitung vor sich hoch.
„Ich nehme an, jeder von Euch hat dies hier gelesen", sagte er.
Ich verneinte, und die Zeitung wurde mir durch die Reihen weitergereicht. Ich staunte.

„Bin ich hier in eine *Telegraph*-Leseversammlung geraten?" fragte ich verblüfft.
„Seite sechs", flüsterte Eleanor mir heimlich zu.
Aldwyn Potter war der perfekte Gastgeber. Während ich den Artikel überflog, stellte er die Anwesenden einander namentlich vor. Es war der übliche Hetzartikel von der Art, wie er zweimal pro Jahr erschien, seit das Carelton Building Stiftungsgelder radikalen Gruppen zugute kommen ließ. Unter der Schlagzeile „Rote Mörder-Hochburg" schafften sie es, eine denkbar grausige Darstellung von Tims Tod mit einer ganzen Reihe haltloser Vorwürfe gegen die AER, die Treuhänder der Stiftung und ausgewählte Organisationen innerhalb des Hauses zu verbinden. Eine Nebenrolle spielte dabei Bob, der Hausmeister, mit vagen Andeutungen über seine zweifelhafte Vergangenheit und dem versteckten Hinweis, daß die Polizei Ermittlungen darüber anstelle, warum er den Fehler beging, einen schlecht funktionierenden Fahrstuhl nicht stillzulegen.
Ich wurde rechtzeitig fertig, um noch zu hören, was Aldwyn die Zusammenfassung seiner einführenden Erläuterungen nannte.
„... die Situation ist also folgende", sagte er. „Erstens hat die Polizei Bob in eine schwere Situation gebracht, indem sie ihn der Fahrlässigkeit bezichtigt. Zweitens ist das ein Vorwand für eine Hexenjagd seitens der Skandalpresse, die noch eine geraume Zeit anhalten wird. Und drittens könnten die Treuhänder, oder bestimmte Elemente innerhalb der Verwaltung, diesen bedauerlichen Unfall dazu ausnützen, um die – um mit ihren Worten zu sprechen – weniger wünschenswerten Elemente innerhalb des Hauses bequem loszuwerden."
Einige nickten zustimmend, während die Mehrzahl der Versammlung stumm vor sich hin starrte. Schließlich fand sich eine Frau bereit, dem Obermacker zur Seite zu eilen und eher zaghaft, mit zittrigem Stimmchen die Frage zu stellen: „Was wäre also dein Vorschlag, wie wir in der Sache vorgehen sollten?"
„Wir von der AER sind der Auffassung, daß wir unsere eigenen Ermittlungen aufnehmen sollten", erwiderte Aldwyn, „und zwar mit der finanziellen Unterstützung von allen Gruppen. Selbstverständlich werden wir den Löwenanteil der Kosten übernehmen. Wir rechnen jedoch mit eurer Unterstützung bei diesem Vorhaben."
„Ermittlungen durch einen Wohlfahrtsausschuß", murmelte ein angehender Kahlkopf, der sich in die vorderste Reihe eingepflanzt hatte. „Das setzt allem die Krone auf."
„Nein, kein Ausschuß. Wir denken, daß es keine schlechte Idee wäre, jemanden mit den Ermittlungen zu beauftragen. Jemanden aus unseren Reihen, jemand, der sich damit auskennt, wie es bei uns zugeht. Das ist auch der Grund, warum wir Kate Baeier zu diesem Treffen eingeladen haben."
Zwanzig Köpfe drehten sich in meine Richtung, vierzig Augen starrten mich an. Ich war platt.
„Weshalb ich?", brachte ich heraus.
„Weil du uns alle kennst, du kanntest Tim, und aus deiner Arbeit

geht hervor, daß du überzeugende Untersuchungsarbeit zu leisten imstande bist", sagte Aldwyn, und fügte hinzu: „und vertrauenswürdig."
„Und weil du zur Zeit keine Arbeit hast", fügte Eleanor hinzu.
Das war ein Argument, dem ich kaum widersprechen konnte. Natürlich hieß das, ins kalte Wasser zu springen. Andererseits war es verlockender als die unerfreuliche Vorstellung, mich mühselig selbst verkaufen zu müssen, übers Telefon oder vermittels langweiliger Gespräche bei Geschäftsessen in Lokalen, die erfolglos die französische Küche zu imitieren versuchen. Ich erklärte mich mit dem Auftrag einverstanden.
Nachdem das geklärt war, gingen wir zum ernsteren Teil, dem Geschäftlichen, über. Das Honorar von 20 Pfund pro Tag, plus Spesen, gab lediglich einigen altruistischen Technologiegegnern Anlaß zu gemurmeltem Widerspruch, und selbst bei ihnen war es nur ein nicht ernst gemeinter, mehr grundsätzlicher Protest. Weniger leicht fiel die Entscheidung, welchen Anteil die einzelnen Gruppen übernehmen sollten. Schnell wurde eine ideologische Debatte daraus neben der Streitfrage, wer nun größer sei oder mehr Geld habe. Einige versuchten en detail zu debattieren, ob Gelder für wohltätige Zwecke moralisch weniger entbehrlich seien als Gewinne aus der Produktion, aber das kauften ihnen nur wenige ab. Ich sah ein paar Leute, die ihre Notizblöcke hervorholten und Adressen von möglichen Geldgebern für diverse Projekte austauschten. Aber schließlich verlor die Diskussion an Leidenschaft. Das Ergebnis wurde absehbar. AER würde den Hauptteil meiner Vergütung aufbringen, während der Rest die Spesen und die moralische Unterstützung beitrug. Ich bekam zehn Tage Zeit, nach denen ich einen ersten Rechenschaftsbericht abzuliefern hatte ... es konnten auch ein paar Tage mehr oder weniger sein, denn als die Terminkalender gezückt wurden, konnten wir uns auf keinen Tag einigen, lediglich die Uhrzeit stand fest.
Schließlich schauten alle zufrieden: sie hatten ihrer Pflicht Genüge geleistet. Die ersten bewegten sich in Richtung Ausgang.
„Wartet noch eine Minute", rief ich. „Da ihr schon mal da seid, könntet ihr mir doch alle noch einmal kurz erzählen, was ihr über Tims Tod wißt, glaubt oder vermutet."
„Wir wissen von gar nichts, Lady", feixte der kahlköpfige Mann. „Sie sind der Detektiv."
„Herzlichen Dank", gab ich zurück. „Ich wüßte gern, wie das mit dem Lift war. Wie war es möglich, daß Tim fallen konnte? Die Türen konnten doch nicht aufgehen, wenn der Aufzug nicht da war."
„Wenn er funktioniert hätte", antwortete er.
„Ich kombiniere: er ging also nicht?"
„Schon seit einer Woche nicht mehr", meldete sich ein freiwilliger Helfer in der Nähe der Tür. „Er war im Obergeschoß hängengeblieben. Es hingen Hinweisschilder an allen Türen."
„Im vierten Stock habe ich aber keins gesehen", sagte ich.
„Dann hat es vielleicht die Polizei weggenommen", kam es aus der

Menge. Viele zuckten mit der Schulter. Niemand schien interessiert. Ich ließ sie gehen, und bat sie noch im Hinausgehen, daß falls jemandem noch irgendwas einfiele, er sich an mich wenden sollte.
Als sie weg waren, hatten sie alle Energie mit sich genommen. Außerhalb des Büros versuchte der schauerartige Nieselregen noch immer sein bestes; hier drinnen hing Verlegenheit schwer in der Luft.
„Also was denkt Ihr?“ fragte ich. „Ist er gestoßen worden, oder ist er gefallen?“
„Das ist nicht der rechte Augenblick für Scherze“, stieß Aldwyn hervor.
„Nein, ist es auch nicht. Versuchen wir es mit etwas Information. Was denkt ihr alle, was passiert ist?“
Sie antworteten alle gleichzeitig. Von Michael hörte ich, „Er war besoffen“; Aldwyn pflichtete bei, „Er hat sich umgebracht“; und Ron versuchte zu vermitteln, „Wo liegt da der Unterschied?“
Langsam wurde ich böse. „Das ist ja großartig. Ihr macht mir meine Aufgabe richtig leicht. Wenn er nicht umgebracht wurde, sondern allein war und gefallen ist, ganz gleich, ob nun vorsätzlich oder aus Versehen, wie soll ich das denn jemals herausfinden? Und falls es sowieso egal ist, warum soll ich es dann überhaupt versuchen?“
„Da wäre noch die Sache mit dem Zettel“, stellte Ron fest.
„Hat er etwa eine Nachricht hinterlassen?“
„Nein, der Zettel außen am Lift. Der auf jedem Flur, der die Leute davor warnen sollte, den Aufzug zu benutzen und die Türen aufzumachen. Es war nicht die Polizei, die ihn weggenommen hat. Und das ist es auch, was ihnen als Vorwand dient, uns weiter Ärger zu machen.“
Das war die längste Rede, die ich seit einiger Zeit von Ron zu hören bekommen hatte. Ich sah ihn mir genau an, um herauszufinden, welcher Floh ihn wohl gebissen hatte. Er hatte das Aussehen von jemand, der lange aufzubleiben pflegte, ohne an diesen späten Stunden viel Spaß zu haben. Gerüchte über irgendeine Affäre zwischen ihm und Tims ehemaliger Geliebten, kurz nachdem Rons Freundin ihre Schwangerschaft verkündet hatte, gingen mir vage im Kopf herum, aber das war auch schon alles, was mir einfiel. Ich verscheuchte den Gedanken wieder und versuchte einen anderen Dreh.
„Wer hat ihn zuletzt gesehen?“
Aldwyn starrte gerade vor sich hin, während eine tiefdunkle Röte sich auf seinem Gesicht breit machte, um auf der Stirn mit seinem hellroten Haar zu kollidieren. Ron nahm seine Brille ab, betrachtete sie angelegentlich und setzte sie langsam wieder auf die Nase. Michael räusperte sich.
„Das war ich“, sagte Michael. „Wir drei gingen zusammen raus, aber ich mußte nochmal zurück, um ein paar Papiere zu holen. Er war noch an seinem Schreibtisch beschäftigt, und sagte, er würde noch länger arbeiten.“
Rons blaßblaue Augen wurden eng. „Ich glaube, er wollte noch jemanden treffen. Er erwähnte etwas derartiges, als ich ihn fragte, ob

er noch mit in die Kneipe käme."
„An was hat er gearbeitet?" fragte ich.
„Südafrika", sagte Aldwyn.
„Das ist ein großes Land", hakte ich nach. Ohne Erfolg. „Irgendetwas besonderes?"
„Du weißt doch, daß wir Südafrika besondere Aufmerksamkeit schenken. Tim hatte es zu seinem Spezialgebiet gemacht, und bereitete gerade irgendeinen Artikel darüber vor. Das übliche Zeug, nehme ich an ... Investitionen, Multinationale Konzerne, ein bißchen über Militäraktivitäten an den Grenzen. Er hatte ziemlich viel getrunken, und ich nehme an, daß er im Rückstand war", sagte Aldwyn. „Es war alles Routine. Du müßtest dich da doch auskennen."
Ich nickte. Südafrika war das Thema, das mich zum ersten Mal mit der AER in Kontakt gebracht hatte. Irgendwo, ich glaube es war auf einem dieser Feste, wo es billigen Roten zu trinken gibt und die Konversation noch schlimmer ist, hatte ich mich mit einem desillusionierten Doktoranden unterhalten, der über die Chemische Fakultät schimpfte. Er hatte nach dem Examen, mit klaren Vorstellungen im Kopf von der Koppelung von Wissenschaft und Fortschritt, seine Forschungsarbeit aufgenommen, nur um dann entdecken zu müssen, daß er selbst an der Grundlagenforschung für militärische Produktionen beteiligt war. Er warf den Job hin und war glücklich, für die Londoner Parkverwaltung Pflanzen hochziehen zu dürfen, hatte aber auf seinem Weg dorthin ein paar Gerüchte mitbekommen, daß sein Professor an einer streng geheimen militärischen Zusammenarbeit mit Südafrika beteiligt sei.
Das hatte mein Interesse geweckt, und ich hatte ein wenig weiter gebohrt. Einer meiner interessantesten Aufträge hatte mich zu einer Cocktailparty in Oxford geführt. Dort durfte ich meine Fertigkeiten im Herumreichen von kalten Platten einbringen, während ausgesuchte Akademiker sich im Dienste der Wohltätigkeit blendend unterhielten. Was sie erzählten ergab, wenn ich es mit Bruchstücken dessen zusammensetzte, was ich bei den Anti-Apartheid-Kampagnen gelernt hatte, das Bild eines bescheidenen Engagements einiger prominenter britischer Akademiker in der Weise, daß sie sich in Südafrika die Taschen füllen ließen, während sie nach außen ein untadeliges Image wahrten. Ich hatte es zusammengeschrieben und schließlich AER gegeben, wo es ausgezeichnet in ihr monatliches Bulletin paßte. Das ganze Ereignis ramponierte ein wenig das Ansehen von ein paar Professoren und half bestimmten Studentengruppen bei ihren Wirtschaftsblockade-Kampagnen. Nach dieser Geschichte hatte AER mir regelmäßig kleinere Arbeitsaufträge gegeben, die ich zum Teil übernommen hatte, um ihnen auszuhelfen, aber auch, um über die Entwicklungen in Afrika auf dem laufenden zu bleiben.
Durch diese Verbindung lernte ich viel von der Arbeitsweise der AER kennen. Praktisch ohne jedes Kapital von Tim und Michael gegründet, entwickelte es sich zu einer der wenigen guten Ideen der frühen Siebziger, die sich nicht Anfang der Achtziger in einen Alp-

traum verwandelt hatten. Stattdessen hatte sie einen beeindruckenden Sprung in die finanzielle Stabilität vollzogen, und der ursprüngliche Rundbrief war ausgeweitet und aufgeteilt worden. Heute wurde mit dem Gewinn des monatlichen Wirtschaftsmagazins der politische Rundbrief teilweise mitfinanziert, der sich mit den politischen Entwicklungen in Afrika befaßte.

Als ansehnliche Organisation mit einer wachsenden Abonnentenzahl schaffte es die AER, gegenüber der englischen Linken und den verschiedensten Solidaritätskomitees als Dienstleistungsorgan zu fungieren, wofür sie von deren Seite stille Unterstützung erfuhr, wenn sie auch mit leichtem Mißtrauen betrachtet wurde. All das war nur allzu bekannt; nichts davon sah auch nur im entferntesten danach aus, die Ursache für einen gewaltsamen Tod herzugeben. Sicher war die Atmosphäre im Büro hin und wieder gespannt, und nur wenige Frauen hielten es dort lange in einem Ganztagsjob aus. Die Männer jedoch schienen sich ganz gut auf die jeweiligen Macken der anderen eingestellt zu haben; im Privatleben kreuzten sich ihre Wege allenfalls im Pub oder infolge eines komplizierten Systems promiskuitiver Betthüpferei. Wie ich bereits sagte, war es kaum die Szenerie für einen Mord.

Wie auch immer, nun hatte ich diesen Job einmal übernommen, und ich war entschlossen, es für eine Weile damit zu versuchen. Da ich im Augenblick keine Möglichkeit sah, die Fragerunde fortzuführen, überließ ich die drei ihrer Arbeit und stieg die engen Treppenstufen zu Bobs Wohnung hinauf. Ich drückte auf den Klingelknopf, und als ich keinen Ton hörte, klopfte ich an die zersplitterte Holztür. Es dauerte ziemlich lange, bis ich Fußschritte hörte. Schließlich öffnete sich die Tür einen Spalt, und Bob lugte hinaus. Seine rotgeränderten Augen blinzelten mir zweimal entgegen.

„Komm rein", sagte er. „Ich habe gehört, sie haben dich angeheuert."

Ich wurde durch einen düsteren Flur gewiesen, dessen großblumige Tapete einen grellen Kontrast bildete zu dem Läufer, der aus einem Hotel hätte stammen können, und ins Wohnzimmer geführt. Es war tadellos aufgeräumt, die Drei-Teile-Kunstleder-Garnitur stand exakt aufeinander ausgerichtet. Eine Flasche Johnny Walker stand auf einer Häkeldecke, die über einen kleinen Tisch neben einem der Sessel gelegt war. Bob ging schnurgerade darauf zu und goß sich einen Schluck ein. Mit seinem Glas in halber Höhe zum Mund gestikulierte er fragend in Richtung Flasche. Ich schüttelte den Kopf.

„War es hart?", fragte ich.

Bob nickte und konzentrierte sich dann auf den Whisky. Es war, als bliebe die Zeit stehen; selbst der Straßenverkehr, der im ganzen Gebäude widerhallte, schien zum Erliegen gekommen zu sein. Vom Treppenhaus her hörte ich ein gepreßtes Husten, das sich zu einem Crescendo auswuchs und dann plötzlich erstarb, als habe sein Verursacher die Lust daran verloren.

„Sie haben mich noch weiter bedroht", sagte Bob plötzlich. „Fragten mich, warum der Zettel nicht da war und warum ich Tim nicht aus

dem Haus ausgesperrt hatte."
„Und hattest Du's?" fragte ich.
Er sprang auf wie aus Protest, aber der Impuls erstarb auf halbem Weg. Mit den Augen auf das jetzt leere Glas stierend nickte er. Das schien Grund genug für einen weiteren Drink, weshalb er sich noch einen eingoß.
Ich stand auf und schritt langsam zur Tür. Den Türgriff in der Hand wandte ich mich wieder in seine Richtung um.
„Ist deine Mutter wieder gesund?" fragte ich.
Bob schüttelte den Kopf.
„Weil ich dachte, sie sei ans Bett gefesselt."
Er machte erneut eine Geste mit dem Kopf.
„Dann hast du dich also entschlossen, Frauenschuhe zu tragen", sagte ich und deutete mit dem Finger auf das Paar Schuhe, deren Spitzen nur halb versteckt unter der Häkeldecke hervorlugten.
Bob hätte um ein Haar die Flasche umgeworfen, aber das bremste seine Reflexe nicht. Er schoß auf und kickte die Schuhe außer Sichtweite.
„Ich hebe sie auf als Erinnerung an alte Zeiten", murrte er.
Obwohl es mir langsam unangenehm wurde, wußte ich dennoch, daß ich weitermachen mußte.
„Ich bin nicht die Polizei, Bob. Mir ist es egal, wer dich besuchen kommt. Diese Schuhe sind viel zu chic, als daß sie aus der Zeit stammen könnten, als deine Mutter noch laufen konnte."
„Es ist nicht die Polizei, es geht um den Boß. Seine Lordschaft!"
„Dem das Gebäude gehört? Der wird sich nicht um dein Privatleben kümmern. Du hast also manchmal eine Freundin hier ... oder was?"
Bob stellte sein Glas ab und sah mir zum ersten Mal in die Augen.
„Sie gehören meiner Schwester. Die aus dem Heim. Ich habe sie dort weggeholt ... es wurde nicht besser mit ihr, und es kostete Nerven, sie jeden Sonntag zu besuchen. Deshalb dachte ich, warum soll ich sie nicht bei mir wohnen lassen. Ich habe aber niemals eine Erlaubnis dafür eingeholt."
„Es ist deine Wohnung", sagte ich.
„Aber an den Job gebunden. Und ich habe die Stiftung nie gefragt."
„Na, dann werde ich nichts verraten. War sie hier am Freitag? Ist das der Grund, warum du einen Whisky nach dem anderen in dich reinschüttest?"
Mir fiel ein Stein vom Herzen, als ich sah, daß eine Art Erleichterung sich auf Bobs Gesicht breitmachte. Er hatte es wohl schon lange mal jemand erzählen wollen.
„Sie spielt etwas verrückt, daß weiß ich ja selbst. Aber wer würde das nicht tun, der all die Jahre dort hätte verbringen müssen, wo sie war. Aber sie hilft mir mit Gelegenheitsarbeiten aus. Schließt das Gebäude ab, macht die Lichter aus, so ein Zeug halt."
„Und tat sie es auch am Freitag?"
„Es war eine besondere Feier, verstehst du, der Wirt von den Four Crowns hat genug Geld verdient, um sich nach Worthing aufs Alten-

teil zurückzuziehen, und den Abend wollte ich auf keinen Fall verpassen. Deshalb habe ich ihr die Schlüssel überlassen."
„Und?"
„Sie mag es, wenn jemand freundlich zu ihr ist. Tim hatte immer freundliche Worte für sie, ließ sie spüren, daß er sie mochte. Deshalb ließ sie ihn im Büro, als sie abschließen ging. Er sagte, er warte noch auf jemanden. Sie ließ die Tür offen, und einige Zeit später hörte sie eine Menge Schritte im Treppenhaus und dann eine Schreierei. Sie ist ganz in Ordnung, doch, das ist sie, ganz gleich, was diese Sozialarbeiter sagen mögen, aber sie kann Gewalt einfach nicht ertragen. Wenn du ihre Geschichte kennen würdest ... Ich könnte diesen Ehemann umbringen, wenn er nicht schon längst tot wäre. Deshalb blieb sie oben und wartete. Und als sie dann das Haupttor ins Schloß fallen hörte, vergaß sie die ganze Sache. Erzählte es mir erst am Montag, als ich den Körper fand."
„Schreierei? Hat sie verstehen können, worum es dabei ging?"
„Sie blieb nicht lange genug dabei. Schloß sich selbst im Badezimmer ein. Und sie sagte, es war ein Mann und eine Frau, und sie klangen, als wollten sie sich gegenseitig umbringen."
„Und was war mit dem Zettel an der Aufzugtür?"
„Es war ein langer Abend. Und ein langes Trinkgelage. Ich kam erst sehr spät mit der Hilfe von Freunden nach Hause. Die werden nicht zur Polizei gehen. Aber einer von ihnen, der etwas weiter unten einen Obststand hat, sagt, die Aufzugtür habe offengestanden, deshalb habe er sie zugemacht. Er habe befürchtet, ich könnte hinunterfallen. Er kann sich an keinen Zettel erinnern, und um dir ganz ehrlich die Wahrheit zu sagen, ich kann mich überhaupt an kaum was erinnern. Ich habe das Wochenende damit zugebracht, meinen dikken Kopf auszukurieren, und habe mich um sonst gar nichts gekümmert. Die Einkäufe hatte ich schon am Freitag erledigt, deshalb blieb ich fast die ganze Zeit hier. Am Freitagnachmittag jedenfalls war der Zettel noch da, aber mehr weiß ich auch nicht."
Bob stellte sein Glas ab, von dem er nur genippt hatte. Seine Augen waren immer noch rot gerändert, aber ein wenig vom alten Glanz war doch wieder darin. Ich ging zur Tür und betrat diesmal den Flur.
„Vielen Dank", sagte ich, „und mach dir keine Sorgen, ich werde niemand was von deiner Schwester erzählen."
Ich stieg die Treppen hinab und war fast schon unten, als mir mein Hut wieder einfiel. Ein riesiger Zettel wies darauf hin, daß der Lift immer noch außer Betrieb war, so daß ich zu Fuß wieder rauf in den vierten Stock mußte. Der Klang lauter Stimmen ließ mich vor der Tür innehalten.
„...müssen wir ihr sagen." Das war Aldwyn's Stimme. „Falls er wirklich an etwas Wichtigem gearbeitet hat, und ihr wißt alle, daß ich mir da nicht so sicher bin."
„Das ist ein Ablenkungsmanöver", brüllte Michael, „und wozu soll es gut sein, sie da hineinzuziehen?"
„In was?" fragte ich und trat ein. „Und habe ich etwa die Ehre, be-

sagte ‚sie' zu sein?"
Sie fuhren beide mit offenem Mund zu mir herum.
„Es ist nichts, Kate", sagte Aldwyn mißgelaunt. „Nur ein paar Arbeitsprobleme."
„Das kannst du jemand anderem erzählen", sagte ich.
Michael versuchte es mit Charme. Und er konnte sehr charmant sein, auf so eine Gutaussehender-kleiner-Junge-Tour, wenn er nicht gerade die Großer-Häuptling-Sitting-Bull-Rolle drauf hatte.
„Es ist wirklich nichts, Kate", sagte er. „Es war nur, daß Tim an etwas gearbeitet hat, das er für etwas ganz besonderes hielt, und wir uns gefragt haben, ob wir es dir erzählen sollen. Genau besehen, scheint es nicht besonders wichtig zu sein."
„Laß mich das selbst beurteilen", sagte ich.
„Argentinien", sagte er. „Tim sagte, er habe da etwas herausgefunden."
„Ich dachte, er arbeitete an Südafrika?"
Aldwyn und Michael wechselten einen wütenden Blick, den sie nicht im Mindesten vor mir zu verstecken versuchten.
„Hast du die Gerüchte nicht gehört?" fragte Michael freundlich.
„Welche speziellen meinst du jetzt? Vor ein paar Tagen hab ich eins gehört, daß Red Rulers dicht machen soll, aber meine Quelle war dermaßen unzuverlässig, daß er sich durchaus auf die Zeit bezogen haben könnte, als sie Bankrott machten, um dann lediglich festzustellen, daß ihr Buchhalter die Summen falsch zusammengezählt hatte und alles nur ein gräßlicher Fehler war. Ich hab auch noch eins gehört über ..."
Michael unterbrach mich. „Die Gerüchte, die besagen, daß Argentinien und Südafrika gemeinsam an einem streng geheimen Projekt arbeiten."
„Ach, das Gerücht", sagte ich. „Wie dumm von mir, das macht ja jetzt schon eine ganze Weile die Runde."
„Nun, genau das ist es", sagte Michael.
„Das ist es? Was ist das? Oder um es anders herum zu formulieren, warum ist es das?"
„Tim hat daran gearbeitet und gesagt, er habe etwas herausgefunden."
Aldwyn hatte jetzt genug. „Ich habe sowieso nie ein Wort davon geglaubt. Tims Politikverständnis hatte schon immer einen Hang zur Verschwörungstheorie. Keiner hat hier je so richtig verstanden, warum er sich aufgeregt hat. Oder du, Michael?"
Aldwyn verlor das Interesse und drehte sich um, noch bevor Michael mit seinem kurzen „Nein" herauskam. Ich stand plötzlich den Rükken zweier Männer gegenüber. Zwei beschäftigter Männer, die wenig Interesse daran hatten, über diese Sache noch viel Worte zu verlieren. Ich gab auf.
„Tim hatte Geld, nicht wahr?" stocherte ich. „Ich meine, einen ganzen Heuhaufen davon?"
„Du wirst doch schon bezahlt", spottete Aldwyn.

Ich überhörte das, sagte nur etwas schärfer: „Selbst du müßtest dazu in der Lage sein, zu verstehen, daß es möglicherweise jemanden gibt, der von seinem Tod profitiert. Ich habe mir immer gedacht, daß er deshalb von der AER kein Gehalt bekam, weil er eine private Geldquelle hatte."
„Er hat von seinem Vater geerbt. Ich weiß nicht, wieviel, aber es war eine Menge. Er bekam alles, und seine Mutter ging leer aus. Ich weiß, daß er ein Testament machen mußte, damit sie es auch dann nicht bekäme, falls er vor ihr sterben sollte. Er sprach nicht gerne darüber", sagte Michael.
„Weißt du, wer seine Anwälte waren?", fragte ich.
Sie taten so, als kramten sie in ihrer Erinnerung herum, sahen aber beide wenig glaubwürdig dabei aus. Schließlich erlöste mich Aldwyn aus der Spannung.
„Wart mal ... nein, Shlitz und Stevens – genau, so heißen sie. Tim witzelte immer über einen Bond Street Rechtsanwalt, der Schlitzohr in seinem Briefkopf stehen hat", sagte er.
„Und, willst du sonst noch was wissen?" fragte Michael.
Draußen suchte ich nach einer Telefonzelle – oder, um es genauer zu sagen, ich fand mehrere Telefonzellen, eine, in der die Münzen klemmten, eine ohne Hörer, und eine, deren Apparat ziemlich schwierig zu handhaben war, bis ich es geschafft hatte, mit Shlitz zu sprechen. Robert Shlitz war am Apparat, und die Art, wie er am Telefon sprach, machte seinen Namen wett. Er war damit einverstanden, einen Termin für den nächsten Tag auszumachen. Tims Name besaß offenbar immer noch die Fähigkeit, die goldbeschlagenen Türen exklusiver Anwaltsfirmen zu öffnen.
Es war schon reichlich spät für Lunch, und mein Magen spürte das deutlich. Ich machte mich auf den Weg zu Poons und bestellte dort eine Nudelsuppe und ein Zwischengericht aus gebackenem Knoblauch-Gemüse. Während ich aß, blieb mein Kopf angenehm leer.
Ich schlenderte zur Old Compton Street hinüber, kaufte eine Flasche Armagnac und ein Pfund frisch gemahlenen Mokka und spielte dann ein paar Stunden lang mit dem Gedanken, mir Kleider in den verschiedensten Farben und für die verschiedensten Gelegenheiten zu kaufen. Es kam nicht soweit, daß ich tatsächlich Geld hingeblättert hätte. Es war im Grunde nur ein Versuch, mich abzulenken, der allenfalls in periodischen Abständen von dem Gefühl unterbrochen wurde, daß irgendwer mir folgte. Nach einer Weile blieb ich stehen, schaute über die Schulter und kam zu dem Schluß, daß dieses Gefühl eine Nachwirkung meiner Zeit in Portugal sein müsse, wo es einem jeden Tag passieren konnte, beschattet zu werden.
Gegen sechs steckte ich meinen Schlüssel in das Türschloß zu Annas und Daniels gastfreundlichem Haus. Anna und ich hatten uns an einem höchst ungewöhnlichen Ort getroffen – in einem Flugzeug, Mitte Atlantik und durchgeschüttelt von etwas, das der Pilot eine steife Brise nannte. Nachdem er es zum fünften Mal so genannt hatte, half ich ihm geistig beim Steuern und hielt mich mit aller Ge-

walt an den Armlehnen fest. Ein Flugzeug in der Luft zu halten, erfordert Konzentration, und deshalb nahm ich die Frau neben mir kaum wahr, die ganz in ein detailliertes Gespräch über das Wetter vertieft zu sein schien. Es dauerte gut eine Stunde, bevor ich merkte, daß sie gar nicht über Brisen sprach, sondern über den Weather Underground. Ich griff in die Diskussion ein, und war bald so sehr beim Thema, daß ich meine Flugphobie glatt vergessen hatte: erst später erfuhr ich, daß Konversation Annas Methode war, um mit der ihren fertig zu werden.

Als das Flugzeug zur Landung ansetzte, hatten Anna und ich festgestellt, daß wir noch mehr Gemeinsamkeiten hatten als unsere Flugphobie. Wir haßten beide die englische Upper-middle-Class, Überbackenes und Reformhauskost, und schätzten beide Hollywood Matinées, Remy Martin, Massagen und Saunakultur. Wir waren beide Fremde in diesem Land. Sie war eine Amerikanerin, die einen Engländer geheiratet hatte, sich aber schon bald hatte scheiden lassen, ihrem Job als Filmredakteurin bei der BBC jedoch treu blieb. Als sie ihren Job bei einer der Säuberungsaktionen der Corporation in den frühen Siebzigern verlor, wurde sie eine Freischaffende. Jetzt verdiente sie recht gut, indem sie für ihre früheren Kollegen arbeitete, deren liberale Einstellung im gleichen Maße geschrumpft war, je mehr sich ihr Status verbessert hatte.

Es hätte das Ende von nichts mehr als einem denkwürdigen Flugerlebnis sein können, wenn Daniel nicht da gewesen wäre, um sie abzuholen. Ebenfalls Amerikaner, war Daniel als Historiker zu einem einjährigen Forschungsaufenthalt an die Londoner Universität gekommen, hatte bald den Spaß an der akademischen Wissenschaft verloren und wurde zum Korrespondenten für mehrere amerikanische Tageszeitungen. Er spezialisierte sich auf Gewerkschaftsfragen und schaffte es, unter dem Vorwand, die amerikanischen Leser über Großbritannien zu informieren, linke Analysen an den Mann zu bringen. Er und ich waren eine Zeitlang zu den gleichen Gewerkschaftstreffen gegangen, hatten uns über den Raum hinweg zugelächelt, aber nie miteinander gesprochen.

Sie hatten mich im Auto mitgenommen, und über Wochen sahen wir uns immer öfter, bis ihr Haus zu meinem zweiten Heim geworden war. Wir lebten als unbeschwertes Dreigespann, und als Sam auftauchte, war er schnell mit von der Partie.

Als ich an diesem Dienstag das Haus betrat, wurde ich fast wieder hinausgepustet. Das mußte ein schlimmer Tag für sie gewesen sein. Sie hatten zum Kompensieren sämtliche Maschinen angestellt. Die Spülmaschine und die Mini-Espresso-Maschine zischten um die Wette, wohl um herauszubekommen, wer von ihnen mehr Dampf erzeugen könnte. Annas Video spielte einen beknackten amerikanischen Kriminalstreifen zu den Klängen von „It's My Party And I'll Cry If I Want To“, das aus dem Stereogerät plärrte. Sam brüllte ins Telefon, entweder vor Zorn oder um seine eigene Stimme zu verstehen.

Als ich in das große, helle Wohnzimmer eintrat, war der Lärm plötzlich wie durch ein Wunder weg. Die Spülmaschine beendete ihren Waschgang, und Daniel war gerade mit dem letzten Cappucino fertig geworden, als Sam seinem Gesprächspartner am anderen Ende der Strippe ein letztes Aufwiederhören zubrüllte. Anna, die langausgestreckt auf der Couch lag, mit einer Decke über den Beinen, hob ihre Augenbrauen nur einen Millimeter, um mir eine Begrüßung anzudeuten.
„Die ‚Straßen von San Francisco' um diese Tageszeit?" fragte ich. „Es wird wirklich immer schlimmer hier."
Daniel begann, von dem letzten Treffen der Nationalen Gewerkschaftsjugend zu erzählen. Ich gab mir noch Mühe, dem zu folgen, was er über die Komplikationen der inneren Fraktionskämpfe sagte, gab aber alle Konzentrationsversuche auf, als Sam simultan ein Gespräch über geometrische Figurationen in der Landschaftsdichtung begann.
Ich ließ mir eine Tasse Kaffee geben und setzte mich Anna gegenüber. Sie sah nicht gerade so aus, als habe sie einen guten Tag gehabt. Ihr Job hatte ihr Mitternachtssitzungen mit jähzornigen Direktoren aufgezwungen, und die Ringe unter ihren großen braunen Augen bewiesen es. Sie hatte ihre Frisur schon wieder geändert: sie hatte sich diesmal für einen modernen Schnitt entschieden, die braunen Locken von ihrem schmalen Gesicht weg nach außen gedreht und straff nach oben auf ihren Kopf getürmt. Ihrem mißmutigen Gesichtsausdruck nach zu schließen war nicht damit zu rechnen, daß sie diese Frisur lange beibehalten würde.
„Ich habe einen neuen Job", verkündete ich.
„Erzähl mir bloß nicht, daß sie aus diesem Artikel mit deinem tropischen Gemüse als Retter aus der weltweiten Nahrungskrise eine Serie machen wollen", sagte Sam. „Oder daß die multinationale Firma, die du auf das Format ihrer Rechenmaschine runtergeputzt hast, so sehr mit Beschwerdebriefen überschwemmt worden ist, daß sie dich jetzt für ein Vermögen aufkaufen wollen."
„Detektiv", sagte ich. „Ich bin von der AER angeheuert worden, um den Tod von Tim zu untersuchen."
Die einzige Reaktion, zu der sie imstande waren, war, mich lange verblüfft anzustarren.
„Ich dachte, er sei gefallen", sagte Daniel endlich.
„Das dachte ich auch. Und es gibt keinen Beweis dafür, daß er es nicht ist. Sie haben mich trotzdem angestellt, um es auf jeden Fall zu überprüfen. Ich bin nicht ganz sicher, weshalb. Sie argumentieren mit Einschüchterungsversuchen seitens der Polizei und daß der Hausmeister zum Sündenbock gemacht werde, aber das sind Ausreden. Die Art und Weise allerdings, wie sie sich verhalten, deutet auf irgendetwas anderes hin. Niemand gibt sich sonderlich Mühe, mir behilflich zu sein. Immerhin, es ist ein Job; ich kann es mal ausprobieren. Wer weiß, vielleicht bringt mir das ja eine neue Karriere ein. Was haltet ihr davon?"

„Ich nehme an, du kannst eine Veränderung brauchen", sagte Sam.
„Und die Sache könnte interessant sein", fügte Anna hinzu. „Außerdem habe ich von meiner Produzentin den neuesten Klatsch über die AER gehört. Du weißt schon wer. Sie hatte eine kurze Geschichte mit Michael. Sagte, sie könne mit deren Tempo und der harten Trinkerei nicht Schritt halten. Was sie aber völlig geschafft hat, war, was sie deren ‚völlige Haltlosigkeit' nannte. Was Bettgeschichten angeht, meinte sie damit. Sie hat herausgefunden, daß Ron noch eine zweite Affäre mit Barbara Sloan hat, die erst Michaels und dann Tims Freundin war. Zufällig ist sie eine von Rhodas besten Freundinnen", sagte Anna.
„Rhoda? Wer ist Rhoda?" Daniel hatte immer Schwierigkeiten, dem Klatsch zu folgen, den Anna und ich wie eine Art Privatsprache untereinander zu halten pflegten. Wir machten unsere Routineübungen: gingen für ihn die Dalston/Islington-Scene Haus für Haus und Beziehung für Beziehung durch, bis er Rhoda richtig einordnen konnte. Als wir soweit waren, hatten Daniels Augen ein glasiges Aussehen angenommen, und schon geraume Zeit hatten wir uns gegen die hechelnden Redeansätze aus Sams Richtung durchsetzen müssen.
Das Telefon rettete uns vor seinem bissigen Kommentar. Daniel ging ran, während ich nach draußen starrte. Jetzt, wo er zuende ging, rappelte sich der Tag nochmal auf. Ein orangefarbener Sonnenuntergang schien durch die dichtbelaubten Äste einer alleinstehen Eiche; ein funkelndes sommerliches Abendrot setzte sich an die Stelle der nassen, grauen Monotonie. Als diese Friedfertigkeit innerlich auf mich zu wirken begann, rief Daniel mich zum Telefon. Verdrießlich nahm ich den Hörer zur Hand und knurrte ein kurzes Hallo.
„Kate Baeier?" Er hatte einen ruppigen südafrikanischen Akzent und eine Art, ins Telefon zu quäken, die dazu paßte. „Wir müssen uns treffen."
„Das ist ein Vorschlag, den abzulehnen mir durchaus nicht schwerfällt. Wer sind Sie und wie sind Sie an diese Nummer gekommen?", fragte ich.
„Das geht Sie nichts an. Ich weiß eine ganze Menge. Sie treffen mich morgen um zehn bei der AER."
Seine Anweisung hatte einen derartigen Klang von Endgültigkeit, daß ich sofort darauf hereinfiel.
„Tut mir leid, das schaffe ich nicht. Ich habe vorher noch eine andere Vereinbarung. Wie wäre es mit elf?"
„Sie werden da sein", sagte er.
Ich legte den Hörer nieder, während ich langsam die Stimme zu identifizieren versuchte, solange sie mir noch frisch in den Ohren klang. Ich kam nicht weit. Ich habe ein sehr genaues akustisches Gedächtnis, und ich war ziemlich sicher, daß der Anrufer nicht zu den bekannteren südafrikanischen Exilzirkeln gehörte. Sein Akzent klang hart genug für mich, um zu erraten, daß er vermutlich nicht allzu früh in seinem Leben nach England gekommen war. Er war aber auch in der Weise nasal gedämpft, welche die weißen englischspre-

chenden Südafrikaner von ihren schwarzen Landsleuten unterscheidet.
Ich gab den anderen den Anruf wider, und wir spielten die Sache durch, um herauszubekommen, was das wohl zu bedeuten hatte. Keinem fiel sonderlich viel dazu ein, weshalb Anna und Daniel nach einer Weile ihre Aufmerksamkeit dem Essenkochen zuwandten. Gegen acht machten wir uns über zwei Flaschen Barbeira d'Alba her, die ausgezeichnet die perfekten hausgemachten Spaghetti Bolognaise und den frischen grünen Salat abrundeten. Lethargie machte sich breit, als wir nur noch sporadisch etwas zu sagen hatten: nur Daniel war noch gut drauf mit seinem grandiosen Plan für eine neue internationale Schriftstellergewerkschaft. Nach ein paar Stunden waren Sam und ich reif fürs Nachhausegehen, und die Verhandlungen währten nur kurz, bis wir uns für seine Wohnung entschieden.
Als wir zur Tür hereinkamen, klingelte das Telefon. Ich griff danach. Stille. Ein schwaches Surren ertönte aus dem Hintergrund, unterbrochen nur von dem matten Echo eines schweren Atems. Ich reichte Sam den Hörer.
„Es ist Matthew", sagte ich.
„Warum ist er noch auf?" murmelte Sam, dessen sanfte Entrüstung mit einem Anflug elterlicher Sorge gepaart war.
Sie sprachen etwa zehn Minuten miteinander. Schließlich legte Sam mit einem Grinsen den Hörer auf.
„Also, warum war er denn nun noch so spät auf?" fragte ich.
„Er rief an, um mir zu sagen, daß er krank werden wird."
„Margaret muß sich gefreut haben. Hat sie hinter ihm schon ein Dampfbad einlaufen lassen?"
„Nicht diese Art von Krankheit", sagte er. „Er wird morgen krank sein. Als ich ihm klarmachte, daß ich morgen nicht da bin, entschied er, er müsse sich im Datum geirrt haben und werde in Wirklichkeit am Donnerstag krank sein. Er glaubt, daß er irgendetwas bekommen wird, was so ähnlich klingt wie Slotinitis."
„Stimmt irgendetwas nicht in der Kinder-Krippe?"
„Er sagt, es sei ekelhaft und furchtbar, und daß John ihm ein Bounty gegeben habe, daß Miß Whitney ihm ein Milky Way gegeben und zu ihm gesagt hat, er solle sich die Hände waschen, und ..."
„Okay, ich kann mir die Szene vorstellen. Also du hast ihn am Donnerstag?"
„Sieht ganz so aus", sagte er. „Ich kann doch nicht zulassen, daß er die anderen Kinder mit Slotinitis ansteckt. Das wäre schlecht für das Image."
Sam trank seinen Whisky aus, wir legten uns zu Bett und tranken noch ein wenig, während wir einen Thriller von 1950 anschauten, wo die wohlcoiffeurten Frauen die Rolle der überraschten Häschen spielten, um die zerzauste Haartracht und das rauhe Äußere der Männer auszugleichen.
Nach der ersten Hälfte begannen wir uns zu langweilen und schalteten ab. Ich schlief ein mit dem wunderlichen Gedanken, ob die auf-

gesprungene Haarspange auf dem Kopf der Brunetten vielleicht ein Symbol für ihre Beteiligung am zweiten Mord war oder wohl nur eine Andeutung ihrer schlummernden Sexualität. Vermutlich war beides synonym, aber ich könnte mir vorstellen, daß dies eines der ungelösten Mysterien in meinem Leben bleiben wird.

# 3.

„Was hältst du von dem hier?“ fragte ich.
Sam nickte ohne rechte Überzeugung und wandte sich wieder seinem Kaffee zu. Ich konnte ihm keinen Vorwurf machen. Eines der Probleme, die das Wohnen in zwei voneinander getrennten Wohnungen mit sich brachte, war die ungleiche Verteilung der Kleider auf beide. Das strahlende, sonnige Wetter, das weit über die kühlen 12, 13 Grad der letzten Wochen zu steigen versprach, hatte mich unerwartet in Verlegenheit gebracht. Da ich nicht mehr die Möglichkeit hatte, nochmal zu Hause vorbeizugehen, steckte ich eine Menge Energie in Überlegungen, was wohl das rechte Outfit wäre, um bei einem Rechtsanwalt vorzusprechen. Am Ende hatte ich mich für ein paar rote Hosen und eine grüne Bluse entschieden, die sich nicht allzu kraß mit meinen vielfarbigen Espadrilles bissen. Shlitz und Stevens hatten keine Chance, mich zu überraschen, dachte ich bei mir, als ich die Untergrundbahn zur Bond Street nahm.
Nach zwanzig Minuten Warten in dem kunstfertig braun gepolsterten Sessel war ich mir nicht mehr so sicher. Der Eindruck soliden Geldes war dem gesamten Raum in säuberlicher Prägung aufgestempelt. Die mit Gesetzestexten im teuersten Einband drapierten Wände gaben den halb zugezogenen Samtvorhängen und dem nicht gerade neuen, sicher gutgesaugten senffarbenen Teppich erst das richtige Gewicht. Elegant gekleidete junge Boten kamen hereinspaziert und gingen wieder, wechselten ein paar scherzende Worte mit der Empfangsdame, die zwischen Telefonieren und Abheften immer mal ein Lächeln zuwege brachte. Ansonsten war sie ein gutes Studienobjekt in kalter Effizienz. Erst als eine junge schwarze Frau sich aus einer Seitentür in die Halle katapultierte, gestattete sie sich ein mißbilligendes Stirnrunzeln.
„Miss Jones“, artikulierte sie sorgfältig. „So geht das nicht. Wir gehen gelassenen Schrittes.“
Ein verächtlicher Ausdruck glitt über das Gesicht der Frau, als sie langsam und bedacht auf die Empfangsdame zuschritt.
„Selbstverständlich, Lisa“, sagte sie.
„Und bitte senken Sie Ihre Stimme, Miss Jones. Wie Sie sehen, haben wir eine wartende Klientin.“
Der Rest der Unterhaltung wurde gedämpft geführt. Ich versuchte zu

lauschen, aber ohne Erfolg.
Eine Sache war deutlich: Worüber auch immer sie sich streiten mochten, Miss Jones stand jedenfalls nicht auf der Gewinnerseite. Der Eindruck überschäumender Energie, den sie mithereingebracht hatte, verpuffte unter der unerbittlichen Nachdrücklichkeit ihrer hochnotpeinlichen Befragung. Sie schüttelte auch weiterhin den Kopf, aber die Überzeugtheit, mit der sie zu verneinen schien, wich zusehends wachsender Besorgnis. Einmal schauten sie beide in meine Richtung, doch welche Bewandnis es damit hatte, blieb mir unergründlich.
Es war 9 Uhr 45, als die Gegensprechanlage summte. Die Empfangsdame hob ihre Stimme und deutete in meine Richtung.
„Mr. Shlitz wird sie jetzt empfangen. Gehn Sie die Treppe hoch, nach rechts, sein Büro ist am Ende des Korridors."
Mit Watte in den Knien stieg ich die Treppe rauf, fand das Zimmer, klopfte und trat ein. Robert Shlitz thronte hinter einem getäfelten Schreibtisch. Mein erster Eindruck war der eines kleinen Mannes, doch als ich genauer hinsah, änderte ich meine Meinung. Er sah klein aus, so wurde mir klar, wegen der immensen Ausmaße seines Büros. Unten war es geschäftsmäßig reich gewesen, hier aber war es pompös. Eine Ecke wurde von einer zylindrischen Skulptur eingenommen, die nur ein Henry Moore sein konnte. Der graue Teppich war dick und weich, die geprägten Tapeten wurden durch den Filigran ihrer Maserung vor dem Hauch der Vulgarität bewahrt. Das Licht wirkte gedämpft trotz der drei mannshohen Fenster, die keinen Laut von draußen hereindringen ließen.
Robert Shlitz war, so stellte ich fest, als ich näher herantrat, keineswegs ein kleiner Mann. Bekleidet war er mit einem gut sitzenden schwarzen Anzug, einem grau-rosa Hemd, das zum Ton seiner dichten grauen Haare paßte, und einem dünnen schwarzen Binder, dem i-Tüpfelchen der eleganten Lebensart. Er strahlte eine Aura des Vertrauens aus, als er mir mit Gebärden zu verstehen gab, ich solle mich in den Sessel vor seinem Schreibtisch niederlassen. Er wartete eine kleine Weile, um mir Zeit zu lassen, wieder zu Atem zu kommen und mich in respektvoller Entfernung von ihm niederzulassen. Seine Stimme schmolz beim Sprechen nur so dahin, obwohl der mitschwingende Unterton der lebenserfahrenen und erfolgsgewohnten Autorität nicht zu überhören war.
„Miss Baeier. Schön, daß Sie gekommen sind. Soweit ich verstanden habe, sind Sie in der Lage, die Umstände des unglücklichen Ablebens von Mr. Nicholson etwas zu erhellen." Seine Sätze blieben im Raum schweben, als seien sie für die Ewigkeit gesagt.
„Ich ermittle in dieser Sache", sagte ich, „und hätte gern ein paar Informationen von Ihnen."
Seine Augenbrauen hoben sich um einen Bruchteil. „Informationen welcher Art, wenn ich fragen darf?"
„Mich interessiert, wer von seinem Tod finanziell profitiert."
Diesmal blieben seine Augenbrauen unten, dafür bildeten sich über ihnen mißbilligende Falten.

„Sie wissen sicherlich, daß wir solche Informationen nicht herausgeben können", stellte er fest.
„Auch dann nicht, wenn sie dazu beitragen könnten, herauszufinden, wie er starb?"
Die Falten wurden tiefer. Sie mißbilligten jetzt entschieden.
„Uns ist von der Polizei mitgeteilt worden, daß es ein Unfall war. Ich sehe keinen Grund, weshalb ich an den Worten der Polizei Zweifel hegen sollte. Nun, wenn das alles ist ...?"
Er erhob sich halb und deutete in Richtung Tür. Ich stand auf und ging auf sie zu. Meine Hand lag schon auf dem glatten Messinggriff, als er wieder sprach.
„Herzlichen Dank für Ihren Besuch", sagte er. „Es tut mir leid, daß ich Ihnen nicht behilflich sein konnte bei Ihren ... Aktivitäten. Ich bin zwar sicher, daß es nicht der Fall sein wird, aber falls Sie vielleicht dennoch auf bestimmte legale Dokumente stoßen sollten betreffs Mr. Nicholsons Nachlaßverfügung, könnten Sie mich dann informieren?"
„Was soll das heißen", fragte ich. „Haben Sie das Testament verloren?"
Seine sanfte Stirn wurde für einen Moment von einer fast schrecklichen Sorgenfalte zerfurcht. Er gewann jedoch gleich wieder die Fassung und nickte freundlich. Ich ging hinaus. Als ich den Korridor hinunterging, öffnete sich eine der Türen ein wenig. Ich warf einen Blick hinein. Ein aufgeregter Mann mit geöffnetem Kragenknopf wühlte in einer Unmasse von Papieren herum, die sein kleines Büro zu ersticken drohte.
Draußen sortierte ich meine Gedanken. Sie taugten nicht viel. Ich wollte gerade weggehen, als sich die Tür öffnete und eine Frau herausgefegt kam. Ich ging auf sie zu, um sie abzufangen, und sie rannte direkt in mich hinein.
„Oh verdammt", sagte sie. „Das ist heute wahrlich nicht mein bester Tag."
„Miss Jones. Genau die Person, auf die ich gewartet habe."
Sie warf mir einen Blick voll tiefem Mißtrauen entgegen.
„In wessen Auftrag?" fragte sie.
„In meinem eigenen. Ich frage mich nämlich, ob sie vielleicht etwas über Tim Nicholsons Testament wissen."
Diesmal schaute sie entsetzt.
„Nein, nicht Sie jetzt auch noch. Wenn Sie nichts dagegen haben, ich muß jetzt diese Briefe zur Post bringen."
Ich griff nach ihrem Ellbogen.
„Halten Sie Ihre Hände bei sich", sagte sie. „Überhaupt, woher kennen Sie meinen Namen?"
„Ich habe gehört, wie dieser Eisblock von Empfangsdame versucht hat, Sie an die Kandarre zu legen."
Sie lächelte. „Ach, so ist das? Also, ich kann Ihnen aber nicht helfen. Das ist mehr verlangt, als mein Job wert ist. Und wahrscheinlich bin ich ohnehin nur ein Aushängeschild für die liberale Gesinnung in

Rassefragen dieser ..." sie ließ es unausgesprochen, aber ihre Augen gaben zu verstehn, was sie von ihren Arbeitgebern hielt. „Aber immerhin werde ich bezahlt. Wenn ich mir ansehe, wieviel Geld meine Kinder zum Fenster rausschmeißen, ist das immerhin etwas."
„Haben Sie es verloren? Das Testament, meine ich", fragte ich sie.
„Hängen Sie mir das bloß nicht an. Am Ende wird man wirklich mir noch die Schuld daran geben. Denn wer wird mir schon mehr glauben als Shlitzy? Aber ich weiß, daß er es weggenommen hat. Ich weiß es, obwohl old Robert keine Notiz darüber angelegt hat. Sie nennen mich eine Lügnerin, weil in dieser Kanzlei etwas, worüber Robert keine Notiz angelegt hat, einfach nicht passiert sein darf. Und jetzt entschuldigen Sie mich." Sie entzog sich meiner Hand und ging fort.
Ich nahm die entgegengesetzte Richtung. Ich war nur wenige Schritte gegangen, als ich eine Hand an meinem Arm spürte.
„Fragen Sie Mrs. Nicholson", sagte sie.
„Seine Mutter?"
„Nein, seine Frau." Und damit war sie auch schon wieder fort.
Als ich am Carelton Building angelangt war, hatte ich die ganze Sache noch immer nicht auf der Reihe. Tim Nicholson war in Upper-Class Verhältnisse hineingeboren worden, deren Zusammenhalt mehr von der Geschichte und vom Geld bestimmt wurde als durch Familiensinn. In den sechziger Jahren hatte er sich radikalisiert, seiner Klasse ade gesagt, und all sein Engagement in die Linke eingebracht. Soweit ich gehört hatte, war seine Familie, oder besser gesagt, waren die Teile seiner Familie, die noch nicht längst durch den Alkohol oder die Kugel ums Leben gekommen waren, wenig begeistert davon. Aber trotz alledem war Geld für ihn übrig. Und ganz sicher mehr, als er mich hatte annehmen lassen. Er hatte sich auch da noch immer schuldig dafür gefühlt, und war ebenso unfähig, es anzunehmen wie ihm den Rücken zu kehren. Er hatte sich mit einem unbehaglichen Kompromiß zufriedengegeben, nämlich einerseits gut zu leben und andererseits in eine Art Defensivhaltung zu verfallen, die zwischen Geiz und generöser Freigebigkeit hin und her schwankte.
Er hatte versucht, über den Konflikt zu reden. Ich hatte viel über seine Familie gehört, über die Trennung seiner Eltern, seine Ängste und Bemühungen während seiner Schulzeit und den endgültigen Bruch mit seinem Milieu. Aber trotz seiner scheinbaren Offenheit hatte Tim nie eine Ehefrau erwähnt.
Auf halbem Weg die Treppe rauf stieß ich auf Bob. Oder um es genauer zu sagen, ich fiel buchstäblich über ihn. Dem Aussehen seiner Gesichtsfarbe nach zu urteilen hatte Bob zu seiner Ausgeglichenheit zurückgefunden, sein Betragen jedoch schien nicht ganz normal. Er kniete nämlich, ein Ohr an ein Schlüsselloch gepreßt.
„Riechst du das?"' fragte er.
„Was soll ich riechen?"
„Psst", flüsterte er. „Ich habe sie fast in flagranti erwischt."
„Wen, wen?" flüsterte ich zurück.

„Es ist die AAAT. Ich hab sie dran gekriegt. Ich habe ihnen die Auflagen der Feuerpolizei erklärt ... keine elektrischen Geräte ohne besondere Erlaubnis, und ich glaube, sie braten sich grade Eier auf einer Kochplatte."
Bob's Feldzüge gegen die Alternative Allianz Altruistischer Technologiegegner waren legendär. Niemand hatte sich je erklären können, wieso er sich gerade die für seine Privatfehde ausgesucht hatte. Es ging ihnen natürlich derart auf die Nerven, daß sie stets versuchten, ihn wieder freundlich zu stimmen. Der Zusatz zur Hausordnung, daß in der Eingangshalle keine Fahrräder abgestellt werden durften, ging auf Bobs Kappe. Das Ergebnis war gewesen, daß immer mehr Altruisten sich mit ihren Fahrrädern die Treppe hochmühten und sie so im Gang abstellten, daß ahnungslose Besucher über sie stolpern mußten. Jetzt sah es so aus, als hätte Bob bei seinem privaten Rachefeldzug eine neue Etappe erreicht.
„Erwartet mich oben jemand?" fragte ich ihn.
„Nee. Es ist überhaupt keiner da. Vorhin hab ich jemand gehört, aber dann habe ich die Spiegeleier gerochen."
Ich setzte meinen Weg nach oben fort. Als ich eben den Treppenabsatz erreicht hatte, hörte ich Bob mir nachrufen.
„Danke für alles, Kate", rief er, bevor er sich wieder zur Tür niederbeugte.
Das AER Büro war offen, und, wie Bob gesagt hatte, menschenleer. Aber das war nicht alles. Wiewohl schon am Tag zuvor auf Tims Schreibtisch die übliche Unordnung geherrscht hatte, die das Markenzeichen seines Arbeitsstils gewesen war, sah er jetzt aus, als habe eine Bombe eingeschlagen. Irgendwer hatte ihn durchsucht und war dabei gründlich vorgegangen.
Ich ging hin und begann unsystematisch in den Überresten herumzustochern. Wie viele andere in seinem Beruf hatte auch Tim sich ein System der Aktenablage ausgedacht, das jeder Logik widersprach. Einmal hatte ich versucht, hinter dieses System zu kommen, als ich einen bestimmten Ordner brauchte, aber ohne Erfolg. Ich glaubte schon, daß Tim nur dem Schein nach Ordner anlegte, aber als er hinzukam, fischte er in wenigen Sekunden genau das aus dem Haufen raus, was ich gesucht hatte. Jetzt lagen Zeitungsausschnitte, einzelne Fetzen handgeschriebenen Gekritzels und Exzerpte von Artikeln wild durcheinander. Ich blätterte sie durch, aber sie sahen alle nach dem üblichen Nachrichtenkram aus. Erst als ich mich entschloß, systematischer vorzugehen und einen Ordner ausschüttelte, der nach leeren Aktenhüllen aussah, fiel mir etwas auf, was einigermaßen interessant aussah. Ein Stück Papier segelte zu Boden. Nach dem Satzspiegel zu schließen, schien es ursprünglich aus den hinteren Seiten der *Street Times* zu stammen. Auf der einen Seite wurden Bewerber gebeten, die üblichen Unterlagen an die GLC, County Hall, zu senden, unter Bezugnahme auf das Aktenzeichen SLD 2345. Auf der Rückseite stand etwas, daß aus dem Kontaktanzeigenteil zu stammen schien.
„Männlich, braune Augen, Mars Ascendent Fische", stand da, „sucht

Squash Partner." Ich faltete das Papier zusammen, und steckte es in meinen Beutel, bevor ich mit meiner Suche fortfuhr. Es war schon elf Uhr, als ich hinter mir eine Stimme hörte.
„Durchsuchst du Tims Schreibtisch?"
Ich sprang auf, drehte mich um und atmete erleichtert auf.
„Hallo, Ron. Nein, ich gucke mich nur um. Jemand anders hat ihn durchsucht."
Ron Critchley deutete ein Kopfnicken an, aber sein Bewegungsablauf war schon aufs Kaffeeaufsetzen programmiert. Das brauchte seine Zeit, denn zuerst war die Milch und anschließend der Zucker verschwunden. Aber gegen zwölf saßen wir endlich da mit dampfenden Bechern in der Hand.
„Was ist los?", fragte ich. „Ist es gestern spät geworden?"
Er antwortete mit einem schiefen Lächeln. Er nippte ein paarmal an seinem Becher. Das schien ihn wiederzubeleben.
„Alle Welt benutzt mich als Punching Ball", beschwerte er sich. „Rhoda schreit mit mir herum, weil ich fremdgehe. Und Barbara schreit mich an, weil Rhoda sauer ist, und weil sie annimmt, ich sei nicht ehrlich zu ihr gewesen. Und mein Haushalt sieht entsprechend meiner Unlust aus, Hausarbeit zu machen, wozu ich aber auch außerstande bin, weil mich jeder anschreit."
„Warum gehst du dann fremd?"
„Oh Kate, jetzt fang du nicht auch noch an. Wer war an Tims Schreibtisch?"
„Keine Ahnung. Ich sollte hier jemanden treffen, aber er ist einfach nicht aufgetaucht. Ich fand das Büro, so wie es jetzt gerade ist. Hast du gewußt, daß Tim eine Ehefrau hatte?"
Ron, der gerade seine Brille wieder aufsetzen wollte, hielt abrupt inne.
„Eine was?" fragte er.
„Eine Gattin. Du weißt schon ... Heirat, ganz in Weiß, Familiengründung, bürgerliche Institution und all so was. Hatte Tim eine Frau?"
„Nicht, daß ich je von ihr gehört hätte. Weshalb?"
„Weil das jemand gesagt hat. Hätte Tim sein Testament hier aufbewahrt?"
„Woher soll ich das wissen? Ich kann's mir aber kaum vorstellen."
Ron zögerte. Er brauchte etwas Zeit, bevor er die richtigen Worte fand. „Hast du irgendetwas über Südafrika gefunden?"
„Nur das übliche Zeugs. Hast du etwas besonderes erwartet?"
Wieder zögerte er. „Nur so eine Idee", sagte er.
„Dann teil sie mir mit."
Seine Unschlüssigkeit war weg. Ron hatte für sich eine Entscheidung gefällt.
„Nein, es ist halt nur so eine verrückte Idee. Kein Grund, Gerüchte in die Welt zu setzen", sagte er.
Soweit es ihn betraf, war dies das Ende der Unterhaltung. Ich zog den Zeitungsausschnitt heraus.
„Hast du das hier schon mal gesehen?"

Ron starrte es an. „Sieht aus wie eine Kontaktanzeige. Du schreckst ja vor nichts mehr zurück. Bist du ganz sicher, daß du dich nicht auch für Frauen interessierst? Ich hab nämlich zwei und könnte Unterstützung gebrauchen."
„Du hast eine schlimme Phantasie, Ron", sagte ich. „Wo hebt ihr die *Street Times* auf?"
Er stand auf und öffnete die Tür des Schrankes für die Eingangspost, in dem sich eine Menge Alternativzeitungen stapelten, die infolge eines undurchsichtigen Tauschabosystems hergeschickt wurden. Er schaute kurz hinein, sah dann aber gründlicher nach.
„Das ist ja lustig", sagte er, „sie sind weg. Aus welchem Grund sollte die jemand wegnehmen wollen?"
„Das ist nicht die einzige Frage, die ich gern beantwortet wüßte. War es Absicht, daß du heute erst so spät hergekommen bist?"
„Ja. Die redaktionelle Deadline für diesen Monat ist um, und wir haben gemeinsam entschieden, daß wir uns jetzt erst einmal etwas mehr Zeit lassen wollen. Warum?"
„Weil jemand Tims Schreibtisch durchsucht hat und ich mich frage, woher er wußte, daß niemand hier sein würde."
„Möglicherweise hätte er es nicht getan, wenn wir da gewesen wären."
„Möglicherweise", wiederholte ich. „Ich gehe jetzt. Bis später."
Ich machte einen Bummel über den Brewer Street Markt und kaufte ein paar Dinge, die mir ins Auge sprangen. Als ich an der Bushaltestelle angekommen war, hatte ich zwei Bündel Spargel erstanden, Fenchel mit Stiel und Blättchen und ein Pfund frische Pasta vom Italiener. Ich hatte jede Menge Zeit, mir all das zu betrachten, während ich auf den 38er wartete. Als er kam, stieg ich auf und setzte mich zu zwei Kindern, die so taten, als seien sie nur eins. Unterwegs diskutierten wir über das Schulessen, und es hörte sich nicht gerade danach an, als sei es bedeutend besser geworden seit meiner Zeit, und spielten dann ein anarchisches Spiel nach dem Motto: „Ich sehe was, das du nicht siehst."
Der Bus schaffte es schließlich bis Dalston, ich stieg aus und schlenderte nochmal fünf Minuten herum, bis ich nach Hause kam. Die Außentür stand offen, aber das fiel mir eigentlich gar nicht weiter auf. Stattdessen stieg ich die beiden Treppen hinauf, steckte den Schlüssel in das Schloß meiner Wohnungstür und betrat mein Arbeitszimmer. Dort blieb ich angewurzelt stehen und starrte. Der Saustall war immer noch da, aber es war noch etwas hinzugekommen.
Auf dem Fußboden lag, alle viere von sich getreckt und stumm, ein Mann. Ein Mann, den ich nie zuvor gesehen hatte und der so aussah, als würde ihn nie wieder jemand ansehen, außer jenen Leuten, die sich um Leichen kümmern. Meine erste Reaktion war ein Wutanfall. Genau wegen solcher Sachen hab ich es aufgegeben, in Wohngemeinschaften zu leben, dachte ich, weil ich es leid war, darauf gefaßt sein zu müssen, beim Nachhausekommen fremde Männer vorzufinden, die tot auf meinem Fußboden herumlagen.

Wer weiß, wie lange ich noch in diese Richtung weitergedacht hätte, wenn ich nicht dieses Geräusch aus dem Schlafzimmer gehört hätte. Es ist bloß die Katze, dachte ich, eine Selbstbeschwichtigung, die nur die wenigen Sekunden lang anhielt, bis mir klar wurde, daß ich keine hatte. Dann erst kam der Adrenalinschock. Ich rannte hinaus zu meinem Auto; und als mein rationales Bewußtsein sich wieder zu melden begann, stand ich bereits vor der Tür in der Cardozo Road und wummerte dagegen. Sam machte auf.
„Was tust du hier?" fragte ich.
„Was ist denn los?" sagte er.
„Was tust du hier?"
Sam begann zu begreifen, und entschied, daß die beste Politik wohl wäre, ganz vernünftig zu antworten.
„Ich diskutiere mit Anna gerade über ein Pamphlet über poetische Metaphern im zeitgenössischen Film", sagte er. „Komm rein und erzähl mir, was passiert ist."
Ich wurde zum Sofa geführt, wo ich eine Weile saß, bis ich überhaupt Worte fand. Dann polterte es nur so aus mir heraus.
„Ein toter Mann liegt in meiner Wohnung. Und irgendwer macht Geräusche. Es ist nicht die Katze. Ich habe genau darüber nachgedacht, und mir ist eingefallen, daß ich gar keine habe. Aber der Mann ist immer noch tot, und der andere ..."
Mir fehlten die Worte. Als Anna und Daniel hereinkamen, wiederholte ich meine Geschichte etwas langsamer, so ergab sie zwar auch keinen Sinn, aber es war gut gegen die Maulsperre. Dann saßen wir alle herum, ohne irgendeine Idee, was wir als nächstes tun sollten.
„Laßt uns einfach mal rüber gehen", sagte Anna plötzlich.
Das war das Signal, auf das wir gewartet hatten. Wir kletterten in Annas roten Citroen und fuhren nach Dalston. Als wir ankamen, verteilten wir die Waffen, die Daniel zusammengesucht hatte, bevor er das Haus verließ. Ich bekam einen Spaten zugeteilt. Daniel hielt eine Gartenforke fest umklammert, die überdimensional aussah gegenüber dem Hammer, den Sam in der Hand hielt. Anna schwang etwas, das verdächtig nach einem Schürhaken aussah, sich aber als Wetzeisen für Küchenmesser herausstellte.
Vor dem Haus verflüchtigte sich unsere Kühnheit: wir zögerten. Auf der anderen Straßenseite setzten drei Rastas die riesigen Lautsprecher, die sie transportierten, ab, und starrten wie gebannt in unsere Richtung. Um sie herum bildete sich ein Pulk von Leuten. Sie sahen erst stumm herüber; aber wie die Sekunden langsam verstrichen, kamen Fragen aus der Menge. Ein junger Mann schob sich durch die Umstehenden hindurch, und kam zuversichtlich über die Straße marschiert. Es war Rodney, ein Nachbar von zwei Häusern weiter.
„Hey, Kate", rief er. „Was ist passiert?"
„Fremde in meiner Wohnung", sagte ich. „Und wir ..."
Ich erstarrte. Von innen aus dem Haus kam das Geräusch einer Tür, die sachte geschlossen wurde. Unsichere Schritte schallten im unte-

ren Treppenhaus. Wir gingen alle einen Schritt zurück, als sich der Spalt in der Eingangstür ein Stück weit öffnete. Eine Hand kam hervor. Drei Flaschen wurden auf die oberste Stufe gestellt. Die Zuschauer prusteten. Noch eine Hand tauchte auf: diese schob einen Zettel in eine der Flaschen. Die Zuschauer lachten, applaudierten und gingen dann auseinander.

Als sie den Lärm hörte, kam Greta heraus und blinzelte in die Sonne. „Hallo, ihr da drüben“, rief sie. „Hast du deine Schlüssel vergessen?“

„Meine Schlüssel? Die Tür war offen.“ Ich zog eine Grimasse. Diese Frau war verrückt. Sie war schon immer exzentrisch gekleidet, aber heute übertraf sie sich selbst. Ihr Friseur hatte einen Versuch unternommen, ihr einen modernen Schnitt zu verpassen: der Effekt war ein Desaster. Büschel blonder Haare standen ihr vom Kopf ab, überwucherten die schreienden Haarclips, die sie auf beiden Seiten festgesteckt hatte. Sie trug ein Kleid, das ursprünglich mal ein kleines Schwarzes gewesen war, komplett mit weißen Ärmelaufschlägen und weißem Kragen. Die Zeit, und Greta, hatten dafür gesorgt, daß es, anstatt den Anschein von Respektabilität zu erwecken, fast schlampig aussah. Sie hatte versucht, das Image wenigstens dadurch aufrecht zu erhalten, daß sie ein paar gediegene schwarze Lacklederschuhe trug, aber ihre weißen Netzstrümpfe mit den verdächtig großen Löchern machten deutlich, daß sie wirklich keine Chance hatte.

Greta war meine Nachbarin in der Wohnung unter mir und so etwas wie eine Einsiedlerin. Sie begegnete der Welt stets mit einem fassungslosen Gesichtsausdruck. Vier Leute, die sich aggressiv vor ihrer Haustürtreppe aufgepflanzt hatten, waren für sie nichts weiter als noch so ein ungeklärtes Rätsel in dieser rätselhaften Welt. Es konnte höchstens noch eine Minute dauern, und sie würde in eine der Tiraden verfallen, die ihre Spezialität waren. Ich glaube, sie benutzte sie, um die Lücken zu füllen zwischen den vielfältigen Ereignissen in ihrem Leben.

„Kate“, sagte sie. „Ich bin froh, daß wir uns treffen. Ich wollte dich nämlich bitten, etwas sanfter aufzutreten. Ich habe die ganze Nacht kein Auge zu getan, und habe heute nachmittag versucht, mich hinzulegen, als ich ein lautes Gestampfe von oben hörte.“

„Ich war nicht zuhause. Das muß von nebenan gekommen sein“, sagte ich, und versuchte mich durch den Hausflur zu drücken.

Greta gab nicht auf. „Nein, es kam aus deiner Wohnung. Ich weiß es genau, denn mein Photo von den gelben Freesien, die ich ’74 in Frankreich aufgenommen habe, – weißt du, das ich so immens vergrößert habe – hat sich heute nachmittag bewegt, und das tut es immer, wenn die Zimmerdecke vibriert. Ich habe herausgefunden, daß dieses Zittern dann entsteht, wenn die Decke in der Mitte leicht mitschwingt.“

„Schon gut, tut mir leid. Scheint ganz so, als hätte es heute in meiner Wohnung etwas Aktion gegeben, und ich möchte wetten, es war laut. Es wurde dort jemand umgebracht. Du hast vermutlich den

Mord gehört. Um welche Uhrzeit war das?"
Gretas Gesicht zeigte keine Reaktion. „Mist", sagte sie, „ich verpasse noch den Bus um neunzehn nach. Ich muß rennen." Sie warf die Tür ins Schloß und lief die Straße entlang.
Diese Unterhaltung hatte ausgereicht, um meine Angst wegzublasen. Den ungläubigen Gesichtern der anderen entnahm ich, daß Greta bei ihnen dasselbe bewirkt hatte.
Ich öffnete die Tür, und wir liefen die Treppe hinauf, zwei Stufen auf einmal nehmend. Durch die Wand kam der halbgedämpfte Klang einer elektrischen Gitarre. Das war wieder der Mann von nebenan, der etwas spielte, was wie die Wiederholung einiger Flamencogriffe klang. Wenn Hartnäckigkeit ein guter Ratgeber ist, würde er es noch weit bringen – obwohl die Auswahl seiner Musik mir oft die Frage aufdrängte, wohin er es eigentlich bringen wollte.
Oben angelangt öffnete ich die Tür zu meiner Wohnung, und trat, mich zur Sicherheit an Annas Hand festhaltend, ins Wohnzimmer. Die Dinge hatten sich geändert, aber nur marginal zum besseren. Das Zimmer war immer noch ein Saustall. Aber jetzt lag wenigstens kein toter Mann mehr auf dem Fußboden, und, wie ich Daniels und Sams Aufatmen verstand, befand sich auch keine lebende Person in irgendeinem anderen Raum.
Außerdem war auch kein Glas mehr in dem Fenster raus zum Garten, und kein Anzeichen mehr von der – wenn auch hastigen – Ordnung, die ich vergangenen Montag zustande gebracht hatte. Meine Papiere waren überall verstreut. Das ganze sah aus, als habe hier jemand seine Zerstörungsphantasien ausgelebt. Und dann, nach einer kurzen Überprüfung, was fehlte, kam der finale Schlag.
„Oh nein", schrie ich auf, „ich hab's doch gewußt. Wie konnten sie mir das nur antun?"
Anna kam hereingestürzt. „Was ist passiert? Hast du irgendwo Blut gefunden?"
„Schlimmer als das. Mein Saxophon ist weg."
Ich war in der richtigen Stimmung, um jemanden umzubringen. Es hatte mich Monate gekostet, allen möglichen und unmöglichen Kleinanzeigen nachzugehen, bis ich das Alto fand; ich hatte die Ventilklappen erneuert, hatte die Zugfedern ausgewechselt und es poliert, bis es glänzte. Von all meinen Besitztümern war es das wertvollste.
Ich ließ mich in den tiefsten Lehnstuhl fallen unf starrte düster vor mich hin, schnippte selbst Sams Hand beiseite, als er mich zu trösten versuchte. Niemand sprach eine Weile.
„Was meinst du? Sollen wir es mit den Bullen versuchen?"
Ich zuckte mit den Achseln. „Was nützt das schon? Es ist weg."
„Nun komm Kate, es ist ..." hob Anna an.
„Was weißt du schon? Es ist nicht dein Alto", fuhr ich sie an, und zog mich wieder in die Niederungen meines Elends zurück.
Als ich wieder aufschaute, sahen sie mich alle an.
„Was ist denn so interessant? Warum geht ihr nicht alle los und macht irgendwas ..." Ich hielt inne. Ich hatte auch keinen Vorschlag.

„Es ist furchtbar", sagte Anna.
„Was soll ich bloß machen", jammerte ich. „Ich kann kein anderes Alto mehr kriegen. Und ich bin verletzt."
„Ist ja gut, wir sind ja bei Dir jetzt", sagte Sam. „Wahrscheinlich sollten wir das fehlende Alto der Polizei anzeigen. Es ist leicht wiederzuerkennen. Auch wenn es nur eine geringe Chance ist, sollten wir es vielleicht doch versuchen."
„Aber was ist mit der Leiche? Sollen wir ihnen das auch erzählen?" fragte Anna.
Wir schauten uns verwirrt an. Alle vier hatten wir wenig mit der Polizei am Hut und deshalb verdammt schlechte Karten. Wir glaubten nicht daran, daß sie irgendetwas unternehmen könnte, aber andererseits waren wir selbst natürlich auch nicht gerade daran gewöhnt, mit dem Verschwinden von Leichen umzugehen.
„Ich denke, wir sollten es tun", meinte ich. „Falls sich die Dinge zum Schlechteren entwickeln sollten, haben wir die Geschichte vielleicht erst recht am Hals."
Ein Argument schien so gut wie das andere. Anna ging in die Küche und goß jedem von uns einen Drink ein und rief dann bei der Polizeistation Dalston an. Schließlich bekam sie jemanden an die Strippe und begann ganz freundlich und charmant. Von Minute zu Minute verschlechterte sich ihre Stimmung bis hin zu schierer Verzweiflung, und sie hatte offensichtlich große Mühe, ihr Temperament unter Kontrolle zu halten.
„Meiner ist Huebsch, HUEBSCH, aber ihr Nachname ist Baeier, BAEIER. Nein, nicht mit „y". Nein, mit „t' auch nicht. Lassen sie es mich nochmal buchstabieren", hörten wir sie überdeutlich in den Hörer sprechen.
Das war erst der Anfang. Anna kann am Telefon ganz großartig sein, und sie verkaufte ihre Geschichte gut, um ein Maximum an Glaubwürdigkeit zu erreichen. Da solche Einbrüche Routinesachen sind, an einem guten Tag drei in einem Wohnblock, beschrieb sie den Diebstahl des Altos zuerst. Der Sergeant vom Dienst war durchaus in der Lage, damit fertigzuwerden, obwohl das Geplapper, nach dem sein Anteil an dem Gespräch klang, darauf schließen ließ, daß er nur mit Mühe das nötige Interesse aufbrachte, um seine Formulare auszufüllen. Dennoch erwiesen sich Annas Versuche, ihn auf den schwierigen Teil der Geschichte vorzubereiten, am Ende als vergeblich. Als sie von dem verschwundenen toten Mann anfing, wurde sie nach jedem zweiten Wort unterbrochen.
Schließlich schaffte sie es, der Flut zweifelnder Einwände der anderen Seite Einhalt zu gebieten. „Natürlich sehe ich ihr Problem", sagte sie, „sie glauben mir nicht. Aber wieso wird mir unterstellt, ich wisse, wo er hingegangen ist. Diese Information würde ich Ihnen wohl kaum vorsätzlich vorenthalten. Außerdem, wenn es Sie nicht interessiert, vergessen Sie's."
Sie lauschte eine Weile, während sich auf ihrem Gesicht ein Schmunzeln breitmachte. Schließlich war das Gespräch zu Ende, und sie

wandte sich zu uns um.
„Sie kommen vorbei. An einem bestimmten Punkt wollten sie mich nur noch abwimmeln, aber sobald ich selbst so tat, als verlöre ich das Interesse an ihnen, wurden sie wieder hellhörig. Typisch Polizei eben."
Wir ließen uns nieder und warteten. Als die Türglocke ging, hatte ich zwei Wodka mit Tonik getrunken: sie halfen etwas, die unerfreulichen Gedanken an ein Leben ohne mein Alto zu verdrängen. Ich ging zur Gegensprechanlage, hörte nur knackende Störgeräusche, und drückte den roten Knopf zum Öffnen.
Ich wartete am oberen Ende der Treppe auf das Erscheinen des Police Constable 359. Die Polizei hatte sich zu einem Kompromiß durchgerungen; sie handelten rasch und schickten jemand vorbei, dafür wirkte der eine Spur zu unerfahren. Jungenhaft und unbeholfen wie er war, hatte er das grimmige Gesicht des Polizeianfängers aufgesetzt, um hart zu wirken. Sein Name machte ihn nicht gerade sonderlich beeindruckender: PC Jones, stellte er sich selbst vor.
„Und Sie sind Miss Bates", stellte er in glatter Monotonie fest.
Ich seufzte. „Mein Name ist Baeier. Kommen Sie herein, dann werde ich Ihnen zeigen, wo es passiert ist."
Ich ließ ihn ins Wohnzimmer. Meine Freunde begrüßten ihn mit einer Mischung aus halben Hallos und abschätzigen Blicken. Ich weiß, daß sie durchaus eindrucksvoll aufzutreten vermögen, wenn sie es mit Autorität zu tun haben. Er hätte mir schon eher leid getan, wenn er nicht so steif getan hätte. Er schaffte es, sie zu ignorieren, lief aber gleichzeitig unter seiner dünnen Aknehaut rot an. Es muß ihm klar gewesen sein, wie schlecht das aussah, denn er versuchte es zu verbergen, indem er eine kurze Inspektion des Zimmers vornahm und mein Angebot, sich zu setzen, schroff ablehnte. Endlich erhob er sich auf seine vollen ein Meter neunundsiebzig und schaute mir resolut ins Gesicht. Ich setzte mich.
Er schien sich nicht wohl zu fühlen, als er sprach. „Soweit ich verstanden habe, haben Sie dem Dalston Lane Polizeirevier einen Einbruch nebst Eindringlingen angezeigt. Könnten Sie mir genau sagen, welche Eigentumswerte vermißt werden?" Er griff mit einer einstudierten, wenn auch wenig überzeugenden Miene, die offizielles Interesse zum Ausdruck bringen sollte, nach seinem Notizbuch.
„Nur mein Alto und das Glas meines Fensters, soweit ich das feststellen konnte. Es sei denn natürlich, sie zählen den abhanden gekommenen Leichnam zu den Eigentumswerten."
Er starrte mich an. „Wir werden uns mit der Materie des vermeintlichen Verschwindens einer unbekannten Person an geeigneter Stelle der Untersuchung beschäftigen. Im Augenblick beantworten Sie mir bitte lediglich meine Fragen. Zunächst einmal bedarf ich einer Auflistung der Ereignisse in der Reihenfolge ihres Geschehens, damit wir ein ordentliches Protokoll aufnehmen können."
„Gut, in diesem Fall hören Sie mir am besten erst einmal zu", sagte ich. „Zunächst einmal erschien als erster der tote Mann". Ich griff

nach meinem Glas.
„Warte einen Moment“, sagte Sam. „Das ist lediglich eine Annahme von uns. Aber ...“ und er hob seinen Zeigefinger, um den wichtigen Punkt zu unterstreichen „... der Mörder könnte bereits auf ihn gewartet haben.“
Ich dachte darüber nach, verwarf es jedoch. „Das kann ich mir nicht vorstellen. Nach deiner Version sieht das alles zu geplant aus. Wenn der Mörder als erster hier war, dann wußte der Mörder, daß der zu Ermordende hierherkommen würde. Ich ziehe die Möglichkeit vor, daß der Mörder dem zu Ermordenden folgte.“
„Aha, aber woher weißt du, daß er tot war?“ sagte Anna. „Wir haben ja auch kein Blut gefunden.“
„Und warum in deiner Wohnung?“ mischte Daniel sich ein. „Du kanntest diesen Mann nicht, und du kanntest vermutlich auch nicht den Mörder. Also was hatten beide eigentlich hier zu suchen?“
„Und wenn er tot war, wer schaffte ihn raus?“ fügte Sam hinzu. „Und weshalb?“
Ich mußte dem ein Ende setzen, bevor sie sich noch einmal im Kreise bewegten.
„Was glaubt ihr, daß ich bin – ein Detektiv?“ fuhr es mir heraus.
„Jawohl“, intonierten alle drei wohlgefällig.
Ich tat das mit einem Achselzucken ab. „Also gut, gebt mir eine Chance. Einen Fall nach dem anderen. Ich weiß immerhin sicher, daß der tote Mann nicht Tim war. Der war schon tot.“
Das brachte sie erstmal zum Schweigen. PC Jones, der immer noch da stand, wo er sich selbst aufgepflanzt hatte, war dazu übergegangen, von einem Fuß auf den anderen zu treten. Er sah wenig glücklich aus.
„Bitte lassen Sie das Verschwinden des zu Ermordenden ...“
Er stolperte in eine Sackgasse. Er versuchte, einen drohenden Gesichtsausdruck aufzuziehen, doch es blieb bei diesem Versuch. Ich war wenig beeindruckt. Er nahm sich zusammen, und machte einen neuen Anlauf.
„Miss Baxter“, schrie er.
„Baeier“, sagte ich. „Ich warne Sie, ich kann Verballhornungen meines Namens nur bis zu einem gewissen Grad ertragen.“
Die Polizei entschied, auf die Etappe auszuweichen. „Ich hätte gern den Rest Ihrer Wohnung inspiziert.“
„Machen Sie nur“, antwortete ich. „Falls Sie das Bad suchen, es ist die zweite Tür zur Rechten.“
Er machte eine perfekt ausgeführte Drehung und ging hinaus. Diesmal sah ich von hinten, wie sein Genick rot anlief.
Es gab eine kurze Pause, bevor Anna sprach. „Ich habe mir überlegt, was eigentlich los ist“, sagte sie und flüsterte dabei so laut, daß es kein Problem für einen Kartenabreißer gewesen wäre, es noch außerhalb eines vollbesetzten Kinosaales zu verstehen.
„Er ist einfach noch ein allzu grüner Junge. Wie könnt Ihr ihn ernst nehmen – einen Polizisten, der noch nicht aus den Kinderschuhen

herausgewachsen ist."
„Nun, wer weiß", antwortete Daniel. „Vielleicht hatten sie heute ein Überangebot an Irren, die Männer töten und Saxophone stehlen, und sie hatten endlich genug davon, und haben deshalb einen Jungen in blauer Uniform losgeschickt, um der Sache ein Ende zu machen."
Kaum hatte er den Satz beendet, kam der Junge wieder herein. Sie müssen neuerdings bei der Polizei Kurse in Atemtechnik eingeführt haben, denn er hatte sich wieder beruhigt und lief nicht einmal rot an. Er richtete es so ein, seinen angestammten Platz zu meiden, und setzte sich mir gegenüber hin. Er dachte sogar daran, meinen Namen aus dem Spiel zu lassen. Er sah mich fest an, um meine Aufmerksamkeit auf sich zu lenken.
„Was fehlt sonst noch?" fragte er.
„Nur der Zigarrenknipser."
„Einen Augenblick. In Ihrer Anzeige sprachen Sie von einem vermißten Instrument."
„Es war ein Zigarrenknipser Selmer alto", sagte ich.
„Weißt du, das habe ich nie verstanden, warum es so genannt wird", dachte Daniel laut nach.
„Das ist die Daumenauflage. Die Perlmuttknöpfe haben eine Öffnung in der Mitte, und die beiden Seiten senken sich in Richtung Öffnung. Sieht aus wie ein Zigarrenknipser", erläuterte ich.
„Und ist auch sie untergliedert?" fragte Daniel.
„Natürlich – es ist das zweitbeste der modernen Serie, denke ich. Es ist, ich meine, es war ein gutes Instrument."
PC Jones hatte seinen Kopf fortwährend von Daniel zu mir und wieder zurückbewegt während unseres Wortwechsels und hatte Schwierigkeiten, damit aufzuhören. Es war offensichtlich, daß er die Flucht ergreifen wollte.
„Haben Sie irgendwelche Feinde?" fragte er und stütze sich bereits mit den Armen ab, um aufzustehen.
„Ich kenne keinen einzigen, der soweit gehen würde, hier eine Leiche herzubringen, und dann noch soviel überschüssige Energie hätte, sie wieder fortzuschaffen."
„Und das ist genau der Grund, weshalb ich nicht glaube, daß er tot ist", sagte Anna. Jones und ich ignorierten sie. Er stand auf, um zu gehen. Ich versuchte, ihm zu folgen.
„Machen Sie sich keine Mühe, ich finde allein hinaus", sagte er. „Ich werde die Sache zu Protokoll geben."
Er ging, nicht ohne die verbliebenen Reste der ganzen Würde seiner Amtsperson mit sich von hinnen zu nehmen. Schweigen. Ich fühlte mich seltsam abgehoben: die Kombination Leiche und unfähiger Polizist an einem Sommertag war so unwahrscheinlich, daß ich alles miteinander unter der Kategorie „Sinnloser Lärm" im Geiste abheftete. Nur wenn ich an mein Alto dachte, empfand ich eine stechende Panik.
Die anderen schienen völlig die Sprache verloren zu haben. Nach kurzer Zeit machten wir uns an die Beseitigung des Sauhaufens. Das war

schon das zweite Mal innerhalb von zwei Tagen, aber es ging wesentlich leichter zu mehreren. Wir ergänzten uns gut und arbeiteten schnell, ohne uns gegenseitig in die Quere zu kommen. Nach Ablauf einer halben Stunde hatten wir eine Menge zuwege gebracht.
Sogar das Telefon fand sich sehr schnell, als es klingelte.
„Kate Baeier?"
„Ja, wer spricht?"
„Geht Sie nichts an. Wir haben Ihr Saxophon. Falls Sie es wiedersehen wollen, dann kommen Sie in einer Stunde zur Ecke Ridley Road."
Ich gestikulierte wild zu den anderen im Zimmer, während ich meine kleinen grauen Gehirnzellen nach geeigneten Worten absuchte.
„Warum tun Sie das?" war alles, was ich herausbringen konnte.
„Treffen Sie mich in einer Stunde", wiederholte die Stimme.
Im Vergleich zu dieser klang meine Stimme geradezu heiter. „Welche Ecke Ridley Road?" fragte ich. „Ich dachte übrigens, Sie hätten gesagt, ‚Treffen Sie uns'. Sind Sie jetzt plötzlich allein?"
„Ich ... werde jedenfalls da sein. Ecke Kingsland Road." Das Freizeichen klingelte in meinem Ohr.
Ich legte den Hörer auf. Ich fühlte mich nicht gerade gut. Die Stimme war mir vertraut vorgekommen, es gelang mir jedoch nicht, sie mit einem Gesicht in Verbindung zu bringen. Ich wußte nicht so recht, ob das die Sache mehr gruselig machte oder weniger. Aber eins wußte ich genau. Die Sache begann, mir aus der Hand zu gleiten.
„Wir müssen mit der Geschichte umgehen lernen. Mal sehen, was als nächstes passiert", sagte Sam.
„Also, wie gehen wir denn mit der nächsten Stunde um?" fragte ich.
„Laß uns einkaufen gehen", schlug Anna vor. „Ich habe mir eine nette kleine Tour zurechtgelegt. Wir könnten an dem Paar Schuhe vorbeigehen, die ich dir schon immer zeigen wollte, und dann auf einen Sprung beim Schreibwarenhändler hineinschauen und ein paar Packungen der neuen Filzstifte besorgen. Wenn wir dann noch schnell den Kaffee kaufen, sind wir genau zur richtigen Zeit zurück an der Ridley Road."
Anna und ich waren als erste an der Tür, während Daniel und Sam als Arriere-Garde den Rückzug zu decken versuchten. Daniel holte zu einer komplexen Attacke gegen das Übel des Konsumfetichismus aus, doch wir konnten seinen Wortfluß dadurch bremsen, daß wir Sam dazu brachten zuzugeben, daß seine eigene Reaktion eher Neid gewesen war.
Gegen fünf vor sechs hatte ich noch nichts gekauft, und Anna hatte bereits eine billige Tasche zurückgebracht, die nur eine erstaunlich kurze Lebensspanne gehalten hatte. Wir kamen an der Ecke Ridley und Kingsland Road an und trafen Sam und Daniel, die dort schon warteten. Gegenüber der Masse der eilig nach Hause strömenden Arbeiter nahmen sie sich beeindruckend ziellos aus. Überall lagen Überreste des Markttages verstreut. Vergammelnde Gemüseblätter und sich in ihre Bestandteile auflösende Pappkartons verunreinigten

die Bürgersteige. Nur die hinteren Marktbuden, die mehr auf Plastikgitter und zinnerne Küchenartikel spezialisiert waren, hatten noch geöffnet. Und selbst deren wenige Kunden hatten zunehmend Schwierigkeiten, auf sich aufmerksam zu machen, während um sie herum die Auslagen sorgfältig zusammengepackt und für die Nacht in Lagerschuppen wegverfrachtet wurden. Zwei Männer, der eine mit einer wenig interessanten Auswahl an Teedeckchen, der andere mit einer ganzen Kollektion von Uhren an seinem Arm, zogen ein halbherziges Interesse auf sich, während sie selbst gleichzeitig scharf nach dem Auge des Gesetzes Ausschau hielten. Es war der Feierabend eines arbeitsamen Tages, und nur die Straßenkehrer schauten ein wenig traurig darüber aus.
„Sollen wir uns hinter ein paar Büschen verstecken?“, fragte Anna.
„An welche Büsche denkst du dabei?“ fragte ich zurück. „In dieser Gegend gibt es nichts Grünes, es sei denn, du wolltest dich unter einem faulen Kohlblatt verkriechen. Ansonsten bieten sich noch ein paar Eisengitter an, aber das wird wohl schwerlich den gleichen Effekt haben, oder nicht? Verschwindet einfach und haltet Distanz“, meinte ich, und nahm es dann sofort wieder zurück. „Aber nicht zu weit. Bleibt nahe genug für den Fall, das jemand nach mir grabscht.“
Wir stellten uns in entsprechender Formation auf und standen da und warteten. Gegen viertel nach sechs war es mir lediglich gelungen, ein winziges Informationsdetail über den Saxophongreifer herauszubekommen. Er war nicht gerade ein besessen pünktlicher Typ.
Sechs Uhr dreißig, und ich verlagerte immer öfter mein Gewicht von einem Fuß zum anderen. Ich war es schon lange müde, immerzu auf das Zifferblatt meiner Uhr zu starren. Zusammen mit dem Verkehrsgestank, der schon in meine Kleider eingedrungen war, und der wachsenden Zahl von Passanten, die mich überrannten oder mir gleich auf die Zehen traten, führte das langsam dazu, daß ich mürrisch wurde. Meinen Freunden erging es nicht besser; nach weiteren zehn Minuten beschlossen wir, daß alles nur ein ziemlich abgefeimter Ulk gewesen sein konnte. Die Warterei hatte meine Aufregung gedämpft, jetzt aber wurde ich wieder nervös. Ich hatte Angst, wieder zu meiner Wohnung zu gehen. Was würde mich jetzt dort erwarten?
Wir brachen langsam auf. Wir waren nur wenige Schritte gegangen, als uns ein lautes Bremsenquietschen innehalten ließ. Ich drehte mich gerade noch so rechtzeitig in Richtung Kingsland Road um, daß ich sehen konnte, wie ein blauer Ford geradewegs hinten auf einen Marples Lastwagen drauffuhr. Auf den ersten Blick war es ein ganz gewöhnlicher Zusammenstoß: ein Geschäftsmann im Ford vergißt beim Gedanken an sein Magengeschwür die Ampel. Ein paar gelangweilte Augenzeugen blieben drumherum stehen, aber die meisten von uns hatten das alles schon öfter gesehen und waren nicht weiter interessiert. Und dann sprang der Fahrer des Lastwagens heraus, weiß im Gesicht, lief zum Vorderrad, kniete nieder und sah angelegentlich auf dem Boden nach. Es dauerte einen Moment, bevor er sich wieder erhob und wild gestikulierte.

Der andere Fahrer, der aus seinem Ford gestiegen war und auf der Straße stand, hatte die Faust erhoben. Für einen Augenblick bildeten die beiden Männer zusammen ein bizarres Stilleben. Danach schrieen sie aufeinander ein, wobei jeder versuchte, den anderen an empörter Lautstärke noch zu überschreien. Der Mann aus dem Ford hätte sich seine Puste sparen können. Sein Kontrahent hatte ein viel lauteres Organ.
Als wir näher herantraten, wurden seine Worte verstehbar.
„So was kann doch nur ein Verrückter tun!" schrie er. „Ich dachte, es sei lebendig." In seiner Hand hielt er irgendetwas bronzeartig Glitzerndes.
„Oh nein, ich habe das schreckliche Gefühl, das ist mein Saxophon", sagte ich.
„Und ich habe das schreckliche Gefühl, daß das dein Saxophon war", sagte Anna. „Es ist überfahren worden."
Von dem unerwarteten Drama angezogen hatte sich eine Menschentraube um die beiden Autos gebildet. Während wir am Rand stehenblieben, manövrierte sich Daniel einen Weg in die Mitte. Als er zurückkam, schaute er grimmig.
„Es ist tatsächlich dein Alto. Der Fahrer sagte, irgendwer habe es aus einem dreckigen weißen Mini geworfen."
Zum zweiten Mal an diesem Tag hatte ich das Gefühl, als sei das nun wirklich zuviel für mich. Warum taten sie mir das an? Und wer waren sie?
„Laßt uns hier weggehen, ehe wir PC Jones in die Arme laufen", sagte Anna. „Er könnte auf die Idee kommen, uns zu verhören. Ich denke, wir können alle ganz gut ohne das auskommen."
Wir ließen das Alto, wo es lag. Die beiden Fahrer waren jetzt mit schweren gegenseitigen Beschuldigungen beschäftigt. Zahlreiche der Umstehenden schlossen sich dem einen oder dem anderen an. Am eindringlichsten war die Stimme einer alten Frau, die vorgeblich den Fahrer des Ford verteidigte, aber die Gelegenheit dazu nutzte, für die Rechte der Fußgänger zu plädieren.
Ich ging zu meiner Wohnung zurück, suchte ein paar Kleider zusammen, und warf die Tür hinter mir hastig ins Schloß. Wir fuhren zur Cardoso Road, wo Sam und ich in meinen Wagen umstiegen.
Wie üblich hatte sich die Aufregung bei mir in Hungerkrämpfen niedergeschlagen. Bei den ersten Anzeichen von Aktion dreht mein Stoffwechsel auf volle Touren, und ich habe gar nicht so viele Fettreserven. Wir waren zu erschlagen, um noch viel Phantasie entwikkeln zu können, deshalb gingen wir kurzerhand zum Griechen in der Essex Road auf ein schnelles Kebab. Es war nicht gerade ein großartiges Mahl, mit dieser Unmenge Zwiebeln, aber es wärmte uns innerlich auf.
Auch draußen sah es inzwischen schon viel günstiger aus. Gegen die Straßenlaternen wirkte der Himmel fast mitternachtsblau, und das trug dazu bei, daß die Leute auf der Straße flanierten. Wir machten uns auf den Weg nach Covent Garden, im Laufen schauten wir zu

den Sternen hinauf, und dann genehmigten wir uns noch einen Kaffee mit Brandy. Als wir bei Sam's Wohnung angekommen waren, schien das Leben wieder in Ordnung zu sein.

# 4.

Der Donnerstagmorgen begann weniger vielversprechend. Matthews Mutter hatte offensichtlich von der Slotinitis-Geschichte die Nase voll gehabt und ihn schon so ungefähr bei Tagesanbruch vorbeigebracht. Ich versuchte so zu tun, als sei er nicht da, und blieb mit fest geschlossenen Augen im Bett liegen. Das half nicht lange. Matthew, der unter einem Übermaß an Kinderkrippenfürsorglichkeit litt, war in einer seiner rebellischen Stimmungen. Er schwang die Schlafzimmertür auf und unterzog mich einem langen intensiven Anstarren.
„Hallo", sagte ich schwach.
„Was tut sie hier?" schrie er.
Sam und ich tauschten einen verzweifelten Blick. Es sah ganz so aus, als sei die Phase, in der Matthew mich akezptiert hatte, wieder vorbei.
„Sie ist mein Mädchen", sagte Sam.
„Nein, ist sie nicht", kam postwendend die Antwort.
„Das heißt doch nicht, daß ich dich deswegen weniger lieb hätte". Sam hatte die Geschichte schon mehrmals durchgemacht, und es kam ganz automatisch aus ihm heraus.
„Sie ist es nicht", wiederholte Matthew halsstarrig.
„Weshalb nicht?" fragte ich.
„Weil du kein Mädchen mehr bist. Du bist groß", stellte er fest.
„Also gut, dann ist sie meine Frau", bot Sam an.
„Das kann sie nicht sein. Ihr seid nicht verheiratet", sagte Matthew und marschierte aus dem Zimmer. Er kam sofort wieder zurück.
„Ein Frauchen", sagte er. „Du bist sein Frauchen und ich bin ganz, ganz sauer. Wo ist Batman?"
„In deinem Zimmer", sagte Sam, und Matthew ging wieder hinaus.
„Komm hoch, mein Frauchen", sagte Sam. „Du hast einen harten Tag vor dir, schließlich mußt du deine Detektivarbeit vorantreiben."
„Ich weiß aber gar nicht, was ich als nächstes tun soll", stöhnte ich.
„Denk nach. Bei deiner Phantasie wird dir schon etwas einfallen."
Ich dachte nach. Ich dachte nach während eines Quarkomelettes, das ich für uns drei zubereitete, dachte nach, während ich eine Tasse Jasmintee herunterspülte, gefolgt von einer Tasse Kaffee, und dachte nach, während ich mit Matthew ein ausgedehntes Spiel spielte, das Matthew Fangen nannte und im wesentlichen darin zu bestehen schien, daß er mich immer wieder ansprang. Ganz zum Schluß dämmerte mir etwas.

„Wie hieß noch dieser Freund von dir?“ fragte ich Sam. „Weißt du, der mit den trostlosen Augen und den nervösen Händen.“
„Tony“, sagte er. „Arbeitet bei der *Street Times*.“
„Den meine ich. Was ist mit ihm?“
„Ist es das, was dir eigenfallen ist?“ Sam war sehr skeptisch.
„Was? Nein. Könntest du ihn kurz anrufen und fragen, ob er etwas weiß über Tim's Interesse an den Kontaktanzeigen. Und fragst du ihn gleich, ob er ein paar alte Nummern schicken kann?“
„Aber sicher. Das wird kein Problem sein. Er ist immer ganz wild darauf, zu helfen wo er kann. Besonders bei Frauen.“
„Also was ist mit ihm los?“
„Er ist immer ganz wild darauf, anderen zu helfen, aber das bringt ihn nie sehr weit. Er sucht nach einer dauerhaften Beziehung, aber nichts scheint zu klappen.“
„Ich könnte ihm erklären, weshalb“, sagte ich.
„Ja, ich weiß. Wegen seiner trostlosen Augen und seiner nervösen Hände. Du gehst besser zur Arbeit. Deine Schlagzeilen wiederholen sich.“
Das war leichter gesagt als getan. Ich war schon halb durch die Haustür, als Matthew vom Flur aus meine beiden Füße gleichzeitig zu fassen bekam. Nur durch die geschickte Kombination einer hinterlistigen Kitzelattake mit einem plötzlichen Satz nach vorne gelang es mir zu entfliehen.
Das Gambit mit Tony war zwar kein schlechter Eröffnungszug für den Tag, löste aber mein Problem, was ich als nächstes tun sollte, nicht im mindesten. Es schien keinen einleuchtenden Grund zu geben, warum ich mir den langen Weg nach Soho machen sollte, nur um mir bei der AER ein paar Ausreden mehr anhören zu müssen. Stattdessen beschloß ich deshalb, mich aufzumachen, um Gretas Gedächtnis etwas auf die Sprünge zu helfen. Zumindest würde mir das die Gelegenheit geben rauszufinden, ob die Glaser mein Fenster schon repariert hatten.
Greta ließ sich ziemlich Zeit, bis sie auf mein Klopfen antwortete. Sie sah etwas zerzaust aus, so als habe sie sich eben erst aus dem Bett gewälzt. Sie trug einen babyblauen Einteiler, eine Art Hausrock, wie ich annahm, mit einem fest umgeschnallten Gürtel. Sie schien keineswegs darüber erfreut zu sein, mich zu sehen, wehrte sich aber auch nicht dagegen, daß ich hereinkam.
Wir gingen in die Küche, das Zentrum von Gretas Wohnung. Sie hätte ein gemütlicher warmer Raum sein können, in ihrem Anstrich in reinen Grundfarben. Aber sie wirkte immer irgendwie unruhig und irgendwie beunruhigend. Vielleicht, weil es in ihr keine Nahrungsmittel gab, die nicht getrocknet, abgefüllt und sorgfältig etikettiert gewesen wäre. Reihenweise Körner bewiesen zusammen mit einer erstaunlichen Anzahl verschiedenster Bohnen nur allzudeutlich, daß Greta ihre Biokostläden kannte.
Ein Blick in ihr Gesicht machte mir klar, daß das nicht alles war, was Greta wußte. Ihre zitternde Hand, die eine komplizierte Teemi-

schung zubereitete, verriet ihre Nervosität. Ich versuchte es mit verschiedenen Gesprächsansätzen, aber kein einziger führte sehr weit. Selbst eine Bemerkung über den Gitarrenschüler nebenan ließ sie ungerührt.

Langsam begann mich das Geräusch meines munteren Geplappers selbst zu irritieren. Ich steckte meine Hände in die Taschen, zog meine Schlüssel hervor, und begann mit ihnen zu spielen. Greta sprang auf. Ich kapierte.

„Hast du ihn hereingelassen?" fragte ich.

Aber Greta war gut vorbereitet. „Den Glaser? Nein, der war bis jetzt noch nicht da."

„Ich hab ihn angerufen, und er hat gesagt, er wäre nicht reingelassen worden", log ich.

„Ich war außer Haus", stammelte sie.

„Es war heut morgen. Um neun", sagte ich.

„Ich habe den Schlüssel verloren", sagte sie etwas langsamer.

„Verloren? Wo?"

Sie antwortete im Tonfall verletzter Würde.

„Das hier ist meine Wohnung", sagte sie. „Ich ziehe es vor, allein zu leben, wie du sehr genau weißt. Ich habe deinen Schlüssel nur mit dem allergrößten Widerwillen angenommen. Und jetzt habe ich noch etwas zu tun, wenn es dir nichts ausmacht, und ich möchte dich nicht dabei haben."

„Laß es mich mal so erklären." Jetzt war ich dran mit langsam sprechen. „Falls du meinen Schlüssel einem Mann gegeben hast, der sich hat umbringen lassen oder der tote Körper rein und raus geschleppt hat, möchte ich das wissen. Nicht, weil du dann blöd aussehen könntest, sondern weil ich dann hingehen und das Schloß austauschen würde."

Es gab eine Sache, die Greta und ich gemeinsam hatten, und das war, daß wir beide, zumindest zeitweise, alleine lebten. Das ließ uns freundlich zueinander sein, auch wenn sich infolge meiner Vorliebe für Sahnecreme und ihrer für Körner ein tiefer epistemologischer Graben zwischen uns aufgetan zu haben schien. Greta wußte das ganz genauso wie ich. Sie senkte ihren Kopf, so daß ich auf den Scheitel starrte, der ihre Kopfhaut entlanglief.

„Er sagte, er sei ein Freund von dir. Und daß er Miranda Johnson kenne."

„Deshalb hast du ihm meinen Schlüssel gegeben?"

„Nun, ich versuchte gerade zu meditieren und wollte nicht gestört werden. Es war schon unangenehm genug, an der Tür zu antworten. Er verstand das, und er war auch ganz nett gewesen."

„Da möchte ich drauf wetten", sagte ich und bereute es sofort wieder. Ich bemühte mich, jede Andeutung von Anschuldigung herauszulassen. „War es nur ein Mann?"

„Ja, und ich sah ihn herunterkommen mit deinem ..." Sie verschluckte den Rest.

Ich bleckte die Zähne. „Mit meinem Alto?"

„Nun, was wußte denn ich? Er sagte doch, er sei ein Freund von dir."
„Feiner Freund", sagte ich.
„Er schien sehr freundlich. Ich unterhielt mich sogar mit ihm über Atemtechniken und Blasinstrumente. Ich habe eine Menge Erfahrungen damit durch mein Yoga-Training, aber du hast dich ja nie dafür interessiert."
Das war zuviel. „Du läßt einen Fremden in meine Wohnung, und dann erzählst du ihm, wie man mein Saxophon spielt, kurz bevor er loszieht, um es unter ein fahrendes Auto zu schmeißen?"
„Wie hätte ich das wissen sollen?" Ihr Kopf fiel wieder herab, und ihre Stimme klang diesmal fast weinerlich.
„Wie sah er aus?" fragte ich.
„Er hatte blaue Sachen an und ein hübsches Gesicht, obwohl ich ihn etwas verschlossen fand. Schwarzes Haar. Es war gewaschen, fiel mir auf, und sauber geschnitten, kurz, wie sie es in letzter Zeit tragen. Blaue Augen, buschige Augenbrauen und nicht so viele Wimpern. Seine Lippen waren schmal und verkniffen. Grade Nase, schlechte Haltung. Mehr ist mir nicht aufgefallen."
Mehr nicht? Greta hatte den Beruf verfehlt. Sie hätte bei jedem Geheimdienst Chancen gehabt.
„Noch eine andere Sache", sagte sie. „Er war ein Südafrikaner."
Ich nehme an, ich hätte ihr dankbar sein sollen. Zumindest hatte sie mir den Mann beschrieben, der auf dem Fußboden gelegen hatte. Ein Mann, soviel war nun klargeworden, der nicht tot gewesen sein konnte. Vielleicht hatte ich nur phantasiert, daß er auf dem Fußboden lag. Vielleicht, dachte ich mir, sollte ich jetzt lieber hier raus, bevor ich noch mehr zu phantasieren begann.
Ich ließ sie da sitzen, ihr Kopf war noch immer gesenkt. Ihre Stimme folgte mir nach draußen, diesmal mit einem kläglichen Tonfall darin. „Wenn du Hilfe brauchst, um das Schloß auszuwechseln, Kate, komm und ruf mich."
„Danke", rief ich. Für nichts, dachte ich mir hinzu.
Ich kaufte ein Schloß und verbrachte die darauffolgende Stunde damit, meine handwerklichen Kenntnisse zu erweitern, indem ich es selbst einbaute. Das Ergebnis meines Werkelns war der Sache angemessen, wenn auch vielleicht etwas unsauber, und ich wäre froh gewesen, wenn mein verwüstetes Zimmer auch schon ähnliche Fortschritte gemacht hätte. Ich kam zu dem Entschluß, daß es morbid sei, sich zu lange herumzudrücken. Deshalb schlug ich die Tür feierlich hinter mir zu und machte mich auf den Weg zu Miranda Johnson.
Sie lebte ein paar Blocks weiter in einem Haus, das den Stürmen der Zeit widerstanden hatte, bis dato. Seit ein paar wenigen Jahren hatten die umliegenden Grundstücke eine Veränderung erfahren. Türen und Fenster waren in düsteren, wenn auch eleganten Braun- und Grüntönen gestrichen worden. Die Vorgärten waren säuberlich kurzgemäht und von Unkraut befreit worden. Nicht so Nummer 86. Es fiel frech aus dem Rahmen; die Farbgebung war eine wilde Mi-

schung aus Blau und Purpur. Nach meinem Dafürhalten war es durchaus möglich, daß der Vorgarten unkrautfrei war, aber das war schwer zu sagen angesichts des in die Höhe wuchernden Grases.
Neben der Tür war eine ganze Reihe von Klingelknöpfen. Ich probierte sie alle, aber da ich keinen Ton hörte, bediente ich mich des Messingtürklopfers. Ich machte gerade den zweiten Anlauf, als sich die Tür öffnete, und meine Schwerkraft mich auf Miranda zu fallen ließ. Wir machten uns voneinander los.
„Grün", sagte ich.
Miranda hörte auf, in die strahlende Sonne zu blinzeln, und warf mir ein vages Lächeln zu.
„Was? Ach so, meine Haare. Ja, rosa fing an, mich zu langweilen. Komm rein, Kate. Habe gerade an dich gedacht."
Sie führte mich durch einen Hinderniskurs vorbei an drei Fahrrädern, einem Kinderwagen und einer übel zugerichtet aussehenden Schreibmaschine in ihr Arbeitszimmer. Es war eines der wenigen genuin eklektizistischen Zimmer, die ich jemals betreten habe. Eine Menge verschiedener Stilrichtungen stießen aufeinander und vermischten sich. Ihr Schreibtisch nahm eine ganze Wand ein, und trug den Stempel von Mirandas erstaunlichen Produktionen. Gegenüber stand eine einsame Harfe mit gesprungenen Saiten. Zwischen alledem ein Haufen Sitzkissen, die noch vom 1950 beliebten Stil des moderner Wohnens übriggeblieben waren, ein kleiner persischer Teppich, der sich gut ausgemacht hätte, wäre er nicht von binsengeflochtenen Matten fragwürdigen Ursprungs umgeben gewesen, sowie etwas, das wie ein Badezuber aus Porzellan aussah. Die Wände waren weiß, frisch gestrichen, und kahl. Ich war immer noch dabei, diese sinnlosen Eindrücke zu verdauen, als Miranda das Wort ergriff.
„Was bist du?" fragte sie.
„Was ich bin?" entfuhr es meinem Mund in einem Tonfall, den wir in der Schule im Fach Theaterkunde als erhobene Stimmlage vorgestellt bekommen hatten.
„Dein Sternzeichen."
„Fische."
„Schon mal dein persönliches Horoskop erstellen lassen? Einen Tee vielleicht?"
„Nein, hab ich nicht. Und nein danke, ich hatte gerade schon welchen."
„Ich schon", sagte sie. „Bin in einer Minute zurück."
Ich ging zu ihrem Schreibtisch und warf einen Blick auf ihre gerade begonnene Arbeit. Miranda kultivierte eine Aura von Exzentrizität, die viele ihrer Kollegen vor den Kopf gestoßen hatte. Sie war eine approbierte Akademikerin, die genau wußte, wie man innerhalb des Systems zu funktionieren hatte und wie man ihm doch dabei ein Schnippchen schlagen konnte. Sie war so Ende vierzig, war 1968 ein Standartenträger der Studentenrebellion und hatte sich darüberhinaus zu einem Medienstar entwickelt; wann auch immer Studenten etwas spektakulär Radikales versucht hatten, war sie der Inter-

viewpartner der Medien gewesen. Sie hatte es zu vermeiden verstanden, als jemand gebrandmarkt zu werden, den man billig einkaufen konnte, indem sie ihre Abneigung gegen jede Autorität offen zeigte, ständig den Gegenstand ihres Interesses wechselte und exzentrisch mit jeder neuen Mode ging, so wie sie laufend ihre Haarfarbe wechselte. Der letzte in einer langen Reihe ihrer Themenwechsel war ihr neuerlicher Hang zur Astrologie. Niemand verstand warum. Ich hatte sie im Verdacht, bei dieser Geschichte mehr im Schilde zu führen, als es nach außen aussah. Jahrelanges Herumsitzen in diversen Solidaritätskomitees hatten Miranda hinterlistig werden lassen. Über die Sterne zu sprechen schien nur eine weitere List ihrerseits zu sein, Urteile auszusprechen und gleichzeitig unparteiisch zu wirken.
Sie kam zurück, in der Hand eine überdimensionale französische Kaffeetasse jonglierend, und setzte sich auf die zusammengerückten Sitzkissen. Ich wählte den Rand der Badewanne, nachdem ich verblüfft den enormen Fisch angestarrt hatte, der darin schwamm.
„Ich suche einen Mann", sagte ich. „Greta sagte, du kennst ihn", und ich fügte Gretas Beschreibung hinzu.
„Welche Farbe, hast du gesagt, hatten seine Augen?", fragte sie.
„Greta hat sie als blau in Erinnerung."
„Was Details angeht, irrt Greta nie. Nehme nicht an, du weißt, welches Sternzeichen er hat", sagte sie.
„Nein, weiß ich nicht."
„Zu dumm", sagte sie. „Horoskope vergesse ich nie."
Sie verfiel in intensives Nachdenken; mit einer Hand drehte sie gedankenverloren eine Locke in ihr grünes Haar. Es schien mir eine ganze Weile vergangen, bis sie wieder sprach.
„Klingt nach einem Mann, der meinen Abendkurs besucht hat."
„Welchen? Meinst du den über Astral-Projektionen und ..." meine Zunge verhedderte sich.
„Und Revolutionärer Marxismus, abgekürzt APARM. Toller Titel, findest du nicht? Wollte nicht die üblichen Studenten, habe deshalb ein Seminar entworfen mit einer neuen Herangehensweise. Bis zu einem gewissen Grad schon ausgearbeitet."
„Oh, sehr schön. Aber was ist jetzt mit dem Mann?"
„Kam zu meinem Kurs. Lese die Horoskope all meiner Studenten, habe Zwillinge mit Aszendent Steinbock bei ihm in Erinnerung, Mars stand im Sternbild der Fische. Wird dir nicht viel helfen, oder?"
„Da bin ich nicht sicher. Was bedeutet es?"
Sie setzte ihren Tee ab und lehnte sich entspannt zurück.
„Zwillinge zeichnen sich durch Unbeständigkeit aus", sagte sie. „Zwillinge neigen dazu, Dinge im Lichte von Ideen zu sehen, sind sehr daran interessiert, was andere Leute über sie denken. Wägen alles auf einer rationalen Ebene ab, als Resultat dessen haben sie Schwierigkeiten mit Entscheidungen. Können keine emotionalen Bezüge herstellen. Stellen sich selbst falsche Fragen."
„Und was bedeutet die Marsstellung im Sternbild der Fische?"
„Kann schwierig sein. Feuer trifft auf Wasser. Mars macht in etwa

alles, was du willst, während Fische sehr empfindlich sind gegenüber den Bedürfnissen anderer."
„Das klingt nach Disharmonie."
„Genau. Steinbock als Aszendent ist ein anderer Aspekt. Steinbock ist ein Erdzeichen – steht für ernsthaft, gute Organisatoren. Als Aszendent, heißt Sonne hinterm Horizont, macht die Person nicht introvertiert, eher auf sich selbst bezogen. Für Steinböcke kann die Welt fürchterlich sein. Brauchen eine Menge Sicherheit."
„Und was passiert, wenn sie die nicht bekommen?" fragte ich. In fremden Wohnungen K.O. geschlagen zu werden, würde niemanden dazu bringen, sich sicher zu fühlen.
Miranda legte die Stirn in Falten. „Kann dir nur meine Interpretation geben", sagte sie. „Andere Leute mögen dir dazu ein wenig Unterschiedliches sagen, obwohl wir im Prinzip glaube ich alle einer Meinung sind. Nach meiner Einschätzung könnte ein Zwilling mit Steinbock als Aszendenten auf eine unsichere Situation mit Paranoia reagieren. Sein Kopf würde auf rationale Weise versuchen, herauszubekommen, warum er allein ist, und hin und herschwanken zwischen der Vorstellung, verfolgt zu werden, einerseits und starken Selbstvorwürfen andererseits."
„Klingt wie ein ziemlicher Saustall", sagte ich.
„Könntest du sagen", sagte sie. „Im Beurteilen bin ich schlecht."
„Bist du ganz sicher, daß du dich nicht an seinen Namen erinnern kannst? Führst du keine Anwesenheitsliste in deinen Kursen?"
„Habe ich aufgegeben", sagte sie. Gäbe den Kollegen einen Vorwand, Kurse nicht stattfinden zu lassen, wenn nicht genügend Teilnehmer kommen."
„Wie erfahren die Leute von dem Kurs? Machst du Werbung?"
„Auf verschiedene Weise. Das meiste ist Mundpropaganda. Laß mich mal nachdenken, um herauszufinden, wie David davon gehört haben kann."
„Hast du gerade David gesagt?" entfuhr es mir.
„Das stimmt, jetzt wo du es sagt, sein Name war David. Wirklich lustig, Sachen, die man vergessen hat, kommen immer erst heraus, wenn man aufhört, sich darauf zu konzentrieren. Seinen Nachnamen habe ich nie gehört. Kam zu mir über viele Stationen. Kannte jemand in den Vereinigten Staaten, der ein Freund der Schwester einer Frau war, die in meiner alten Frauengruppe mitgemacht hatte."
„Also kennst du niemanden, der ihn aus erster Hand kennt?"
„Fürchte nein. Weißt ja, wie kompliziert die Sache werden kann. David war schattenhafter als die meisten anderen. Immer charmant, aber ich habe nicht viel aus ihm rausgekriegt."
„Es ist sehr wichtig, daß ich David finde. Gibt es sonst irgendwen, den du kennst, der mich zu ihm hinführen könnte?"
Eine Furche schlich sich zwischen ihre säuberlich ausgezupften Augenbrauen.
„Höchstens ein Anhaltspunkt", sagte sie. „Nach dem Unterricht wurde er von einer Frau abgeholt. Merkwürdiger amerikanischer Ak-

zent und ein schmuckes Auto. Erinnere mich an sie, weil wir über die Sauna am Covent Garden sprachen."
„Das Paradies?" fragte ich.
„Ja. Da ging sie hin. Erzählte ihr, wie rauh meine Haut durch die Kälte geworden sei, und sie empfahl mir, es mal damit zu versuchen. Vielleicht kannst du sie dort finden."
„Ihren Namen hast du nicht zufällig aufgeschnappt?"
„Nie gehört. Habe ihre Haut gespürt und die war sanft. War um die vierzig, sah gesund aus. Eine Art leuchtend rotbraunes Haar. Henna, nehme ich an. Meine Länge, aber aufrechter. Kurz, ziemlich gut gebaut, aber sie trug einen Pelzmantel, das könnte getäuscht haben. Laute Stimme, schien nervös zu sein. Nicht sehr groß – trug hochhackige Schuhe – vielleicht ein Meter fünfundsechzig."
Miranda erhob sich und ging zum Schreibtisch, um anzudeuten, daß das Interview vorüber sei.
„Ich werde jetzt besser gehen", sagte ich. „Danke für deine Hilfe. Ich schau gelegentlich mal vorbei und lasse mir das Horoskop bestimmen."
Sie war dabei, ein paar Papiere zu sortieren, und drehte sich nicht um. Ich zuckte mit den Achseln und ging hinaus.
„Kann's einfach nicht finden", rief sie.
„Was finden?" Ich hielt inne.
„Artikel, von dem ich annehme, daß er dich interessiert. Habe seinetwegen an dich gedacht, kurz bevor du kamst. Muß Telepathie gewesen sein."
„Ach so, der Artikel", sagte ich. „Du kannst ihn ja jederzeit in den Briefkasten werfen, wenn du an meinem Haus vorbeikommst. Tschüs dann."
Ich ging zurück zu Sams Wohnung, und fand dort einen Zettel für mich vor. „Besorge mir was über Naturgeschichte", las ich da. „Tony sagt, er geht der Sache nach. Ruf Daniel und Ron an." Ich wählte die Nummer der Cardozo Road. Beim zweiten Läuten nahm Daniel den Hörer ab.
„Ich wette, du hast noch nicht gewußt, daß die Dave-Sicherheitslampe das Leben der Bergarbeiter in Gefahr brachte", sagte er.
„Hast du wieder mal in Büchern des British Museum rumgeschnüffelt?" fragte ich.
„Wo sonst? Obwohl es mich neulich auch mal in das öffentliche Schallplattenarchiv verschlagen hat und ich dort was ganz Phantastisches über die Chartistenaufstände gefunden habe. Aber deswegen hatte ich dich nicht angerufen. Ich habe heute im British Museum neben Karen Frazer gesessen, du weißt, sie arbeitet über die Geschichte der Sowjetunion, und produziert eine ganze Latte von scholastischen Büchern mit zwölf Fußnoten pro Absatz und einer Bibliographie, die eine neue Dimension des Lesens erschließt. Wie macht sie das bloß?"
„Fang du bloß nicht auch noch an", sagte ich. „Ich habe schon mehr als genug von Greta zu hören gekriegt. Ich bin sicher, es wird schlimmer mit ihr. Neulich bin ich ihr begegnet, da wollte sie in Pantoffeln

aus dem Haus. Ich dachte, sie hätte vergessen, Schuhe anzuziehen, aber nein. Ich mußte mir eine langwierige und langweilige Erklärung anhören, weshalb genau sie unbedingt ihre Pantoffeln brauche."
„Und weshalb brauchte sie sie?" fragte Daniel.
„Hab ich nicht rausgekriegt. Meine Theorie ist die, daß sie wirklich vergessen hatte, ihre Schuhe anzuziehen, aber es war ihr zu peinlich, das zuzugeben. Wie auch immer, heute habe ich herausgefunden, daß sie den ermordeten Mann in meine Wohnung hereingelassen hat. Er sagte, er sei ein Freund von Miranda Johnson – Greta ist der Auffassung, daß jeder Freund von Miranda freien Zutritt zu meiner Wohnung haben sollte."
„Hat Miranda ihn denn gekannt?"
„Nein, er war einer ihrer Ex-Studenten. Kam in ihr APARM-Seminar."
„APARM?"
„Gib dir keine Mühe, es ist nicht so wichtig. Sie hat ihr Haar jetzt grün eingefärbt und es völlig aufgegeben, richtige Sätze zu bilden."
„Da sollte Karen Frazer sich mal ein Beispiel nehmen. Ich kam mit ihr in der Schlange vor dem Kaffeeautomaten im British Museum ins Gespräch, deswegen habe ich eigentlich anrufen wollen. Sie sagte, sie habe Tim Nicholson gekannt, und daß er sie vor seinem Tod eine Menge Sachen gefragt habe, über die zaristische Geheimpolizei und die Infiltration der Bolschewiki vor der Revolution. Er fragte sie, ob sie glaube, je auf einen Spitzel hereinfallen zu können."
„Und was hat sie gesagt?"
„Sie hatte dazu damals keinen Bezug. Sie ist der Typ, der sensibel genug ist, um sich zu fragen, worauf er damit wohl raus wollte, aber nicht interessiert genug, um es herausfinden zu wollen. Es ist die typische Mentalität englischer Intellektueller, für die die Probleme anderer Leute gefährliches Territorium ist. Aber ich denke, du solltest die Sache ernst nehmen. Könnte sein, daß du herausfinden mußt, warum Tim an Spitzeln interessiert war."
Wir waren mitten in komplizierte Spekulationen darüber verwickelt, als die Türglocke schellte. Ich verabschiedete mich von Daniel und ging die Tür aufmachen.
„Hallo, Ron", sagte ich. „Eben wollte ich dich anrufen."
„Ich möchte mit dir sprechen. Vertraulich", sagte er.
Ich drückte ihn in einen Sessel. Er lehnte den angebotenen Kaffee ab und fing an, bevor ich die Zeit fand mich hinzusetzen. Seine feingliedrigen weißen Finger zwirbelten an seinem sandfarbenen Schnauzbart.
„Es fällt mir nicht gerade leicht. Aber ich denke, du solltest es wissen", sagte er.
Ich nickte unverbindlich.
„Es ist wegen Freitag Abend. Michael war nicht der einzige, der nochmal ins Büro zurückging. Jemand anderes tat das auch."
„Und wer war das?"
Er gab keine Antwort.

„Warst du es?"
Er schüttelte den Kopf.
„Dann war es Aldwyn?"
„Mir gefällt das überhaupt nicht, was ich jetzt tue", sagte er. „Aldwyn könnte niemanden töten. Aber ich glaube, du solltest es wissen, denn ich traue ihm zu, dir etwas anderes zu erzählen. Gleich nach der Ankunft in der Kneipe begannen wir eine Unterhaltung über ... AER. Aldwyn sagte, er wolle zurückgehen und mit Tim sprechen."
„Wann war das?" fragte ich.
„Halb sieben. Er war nur 20 Minuten fort, und die Kneipe ist ganz schön weit weg, er kann also nicht lange dort gewesen sein."
„Hat er dir gesagt, was passiert ist?"
„Nein ... er hat gar nicht viel gesagt."
„Also, über was habt ihr geredet, das Aldwyn veranlaßte, nochmal zurückzugehen?"
„Nur Routinesachen", brummte er.
„Wie Spionage?"
Er versuchte, es zu leugnen, aber es klang nicht sehr überzeugend. Ich wiederholte meine Frage.
„Tim war seltsam. Ich meine, er handelte seltsam die letzten Wochen bevor er ... fiel. Es war, als ob er uns nicht traute. Zuerst regte er sich über seine Arbeit an der Argentinien Connection auf, und dann gab er keinen Laut mehr von sich. Das verursachte eine gewaltige Spannung, und Aldwyn wollte mit ihm darüber reden", sagte er.
„Also, was ist geschehen? Bist du sicher, daß Aldwyn nicht lange weg war?"
„Natürlich bin ich sicher!" Er bellte es fast. „Ich traf einen Freund, und wir haben über Modelle gesprochen. Gerade, als wir damit anfingen, kam Aldwyn zurück."
„Modelle? Soweit sind wir also schon?"
Ron warf mir einen verzweifelten Blick zu. „Schiffsmodelle", sagte er, „das ist mein Hobby. Und jetzt gehe ich heim. Ich habe nicht gut geschlafen. Ich nehme mir den Nachmittag frei."
Damit ging er. Zum zweiten Mal an diesem Tag spielte ich mit dem Gedanken, zum Carelton Building zu gehen. Wiederum entschied ich mich dagegen. Ich wählte statt dessen die Nummer der AER. Ein übermüdeter Aldwyn antwortete.
„Bitte, Kate, mach's kurz", sagte er, „ich bin alleine im Büro und habe unheimlich viel zu tun."
„Ich komme gleich zur Sache", sagte ich. „Warum hast du mir nicht gesagt, daß du am Freitag Tim besucht hast?"
Ich glaubte ein heimliches Keuchen zu hören, aber es mag auch nur Einbildung gewesen sein.
„Um ehrlich zu sein", sagte er, „wäre es mir egal, wenn persönliche Feindschaft – besonders meinerseits – diese Ermittlung stören würde. Was ich jedoch sagen möchte ... also, ich will es mal so sagen: Ich habe Tim Nicholson nie gemocht." Der letzte Satz schoß aus ihm heraus, als ob das Geschoß nach hinten auf ihn losgehen könnte.

„Ach", sagte ich in Ermangelung von Originellerem. Die Tatsache, daß Aldwyn und Tim sich nie besonders vertragen hatten, war mir nicht neu. Es hätte mich mehr beeindruckt, wenn Aldwyn mir gesagt hätte, wen er wirklich mochte.
Aldwyn schloß aus meinem Schweigen, daß ich ihn verstand. Er fuhr fort.
„Fundamental betrachtet habe ich natürlich kein Recht, das zu sagen. Ich betrachte es aber als meine Pflicht und vertraue darauf, daß du die Angelegenheit völlig vertraulich behandelst. Ich habe nichts von Tim gehalten."
„Ich verstehe", sagte ich. „Du gingst zum Büro zurück, um Tim zu sagen, daß du ihn nicht mochtest."
„Bitte, Kate, versuche, etwas weniger frivol zu sein. Ich ging zum Büro zurück, um etwas zu klären, das mich schon länger beunruhigt hat."
„Und hast du es getan?" fragte ich. „Es geklärt, meine ich?"
„In einem Satz: Ich konnte es nicht. Tim sprach gerade mit einer Freundin, und ich fand, es war nicht der richtige Augenblick, um unsere schmutzige Wäsche zu waschen."
„Wie sah diese schmutzige Wäsche genauer aus?" sagte ich.
„Tim hatte bestimmte Anspielungen privater Art gemacht. Ich glaube nicht, daß sie dich etwas angehen. So, ist das alles?"
„Noch eine Minute, Aldwyn", sagte ich. „Ich möchte mich ganz korrekt ausdrücken. Zuerst hältst du eine Information zurück; du verschweigst deinen Besuch bei Tim. Und jetzt willst du mir nicht sagen, warum du zurückgegangen bist."
„Ich würde es nicht auf so verschwörerische Art und Weise sagen. Aber wenn du meine berufsbedingte Vorsicht so sehen willst, dann ist das deine Angelegenheit", sagte er.
Ich versuchte einen anderen Weg.
„Redest du jetzt etwa von Spitzeln?" sagte ich. „Ich nehme an, Tim war an ihnen interessiert."
„Wer hat das gesagt?" sagte er. Es klang ängstlich.
„Tut mir leid", sagte ich. „Berufsbedingte Vorsicht und all das. Bist du deshalb zu Tim gegangen?"
Aldwyns Stimme klang, als ob sie von weit weg käme. Ich stellte mir vor, wie er alleine in dem überfüllten Büro saß und den Hörer hielt, als wäre er vergiftet.
„Ich tue das nicht gerne. Aber da du dich so offensichtlich in diese trüben Wasser gewagt hast, möchte ich die Sache klären. Tim war meiner Meinung nach unausgeglichen. Er phantasierte. Er bestand darauf zu behaupten, daß unsere Organisation unterwandert sei. Das war natürlich völliger Unsinn, und ich hielt es für meine Pflicht, ihn entsprechend zu informieren. Wie das so geht, hatte ich keine Gelegenheit dazu. Jetzt ist das nur noch ein intellektuelles Spiel."
„Das frage ich mich", sagte ich. „Warum führst du das mit den Phantasien nicht weiter aus?"
„Ich habe keine Lust. Weiter will ich mich nicht festlegen. Wir kön-

nen es uns nicht leisten, unbekümmert mit Informationen, besonders mit unzuverlässigen, umzugehen, auf die wir stoßen."
„Wem sagst du das?" sagte ich. „Man weiß nie, wem man trauen kann. Hast du die Frau erkannt, mit der Tim sprach?"
„Ich hatte sie noch nie gesehen. Tim hat uns nicht miteinander bekanntgemacht. Trotz seiner Herkunft hatte Tim keine Manieren. Ich ging weg, weil ich das Gefühl hatte, daß ich ihre private Sphäre verletzte."
„Wie war ihre Stimmung?" sagte ich.
„Darauf habe ich nicht geachtet. Keiner von beiden schien sehr glücklich zu sein, aber ich erinnere mich nicht ganz genau. Wie du weißt, habe ich ..."
„... Tim nie wirklich gemocht", sagte ich. „Also, wenn du die Frau wiedersiehst, sag's mir bitte. Vielleicht kommt sie morgen zur Beerdigung."
„Vielleicht", sagte er. „Und jetzt muß ich gehen. Ich bin ganz froh, daß ich mich dazu entschlossen habe, dir von meinem Besuch zu erzählen. Es erleichtert mein Gewissen."
Als ich den Hörer auflegte, hüpfte Matthew ins Zimmer. Er warf mir ein Bild zu.
„Darauf habe ich gerade gewartet", sagte ich. „Ein Stegosaurus."
Matthew riß es mir weg. „Nein, es ist ein Dinosaurier."
Ich zeigte auf die Bildunterschrift. „Also, da steht Stegosaurus."
Matthew dachte einen Augenblick nach und warf sich mit heiligem Eifer in die Schlacht.
„Es ist ein Stebosaurus, STEBOSAURUS nicht ... nicht ..., was du sagst", rief er aus.
Ich nahm zu meiner letzten Taktik Zuflucht. „Sieh hin, du Viereinhalbjähriger. Wer von uns beiden kann lesen?"
Gewöhnlich half das, aber Matthew ist ein ständiger Innovator, und er fand einen Weg heraus.
„Ich und du", sagte er stolz und schnappte einen Kugelschreiber, mit dem er die Nachahmung seines Namens der Länge nach auf meinen Arm schrieb.
Während ich noch dabei war, ihn wieder abzuwaschen, kam Sam müde herein. Er ließ sich in einen Sessel fallen, und Matthew kam auf die Idee, Schule zu spielen. Ich ging ins Schlafzimmer und suchte vergeblich nach einem Buch, das ich nicht gelesen hatte. Ich gab's auf und ließ mir lieber ein Bad einlaufen. Gerade als meine Haut von Seife und Wasser weich gespült war, kam Sam herein.
„Ich bin halbtot", sagte er. „Das Naturgeschichtliche Museum ist ein Zoo. Ach, fast habe ich vergessen, dir zu sagen, daß Maria angerufen hat, um dich einzuladen. Ihr Haushalt feiert heute abend irgendetwas."
Ich gelangte zu dem riesigen Haus im Highgare Crescent und betrachtete es bewundernd. Maria und ihre Freunde hatten jahrelang Häuser im Norden von London besetzt gehalten und hatten sich an die ständigen Umzüge von Haus zu Haus gewöhnt. Ich klingelte und wartete,

während jemand – sicherheitsbewußt – mich aus einem oberen Fenster beobachtete. Das Haus mit seinen großen Erkerfenstern stand auf einem Hügel und überragte den Wald von Highgate. Ganz und gar keine schlechte Lage, und ich hatte Gerüchte gehört, nach denen sie vom Stadtrat die Genehmigung erhalten hatten, dort zu bleiben.
Die Tür öffnete sich einladend. Ich stand in einer palastartigen, wenn auch zerbröckelnden Eingangshalle vor einem großen, lächelnden Mann, der mich mit Gesten begrüßte. Ich fing an, das Lächeln zu erwidern, und sah ihn noch einmal an. Der Mann hatte keine Gesichtszüge. Ich betrachtete ein Gesicht, das weiß war, völlig unvermischt weiß. Nur ein Paar schwachbrauner Augen und ein leicht rosafarbener Mund unterbrachen die Strenge des Ausdrucks.
„Ist Maria da?" fragte ich nervös.
Er streckte ein Bein aus, um zu verhindern, daß ein lauter Dreijähriger durch die Tür entwischte. „Sie ist da, komm rein", sagte er.
Ich trat ein und sah mich um, während ich überlegte, mit welcher Tür ich es versuchen sollte. Der Mann, der jetzt das Kind sicher auf seine Schultern verfrachtet hatte, führte mich zur Treppe und wies mir den Weg in den Keller.
Die Küche war voll von einer Sammlung von Leuten, die alle emsig kochten, rührten und sprachen. Ich war erleichtert, als ich Maria in der Ecke entdeckte, die Obst für einen Punch kleinschnitt. Erst als ich neben ihr saß, fühlte ich mich entspannt genug, um meine Umgebung zu betrachten.
Es war ein großes Zimmer, aber es sah so aus, als ob es ohne die Menschenmassen gemütlich sein könnte. Marias Wohngemeinschaft achtete immer darauf, daß sie zumindest das Essen in einer komfortablen Umgebung einnehmen konnten. Zwar war der Anstrich reines Makeup – es lohnte sich nicht, viel Arbeit hineinzustecken, da sie ständig umzogen – aber eine Menge Phantasie war verwendet worden. Phantasie fehlte auch den anderen Leuten nicht. Ungefähr die Hälfte hatte sich verkleidet, und einige hatten sich das Gesicht weiß angemalt. Drei Kinder, die in einem Eckfenster saßen, waren damit beschäftigt, ihre Gesichter mit grellen Farben zu bedecken.
„Ist das eine gewöhnliche Party, oder bin ich in etwas Besonderes geraten?" fragte ich die Frau neben mir vorsichtig. Ihr Kleid, das wie ein Sack an ihr hing, ließ sie wie ein vernachlässigtes Kind aussehen, und das ständige Lächeln auf ihrem Gesicht sah nicht ganz echt aus.
„Es ist etwas Besonders", sagte sie vergnügt. „Wir feiern Geburtstage."
„Wessen?" sagte ich.
Sie hörte mit dem Kohlkopfschneiden auf und hielt ihr Messer in die Luft. Sie sah mich skeptisch an.
„Was meinst du ...?" fing sie an zu sagen, als es ihr dämmerte.
„Jetzt verstehe ich dich. Es ist nicht so. Wir feiern einen kosmischen Geburtstag, eine gemeinsame Erforschung aller unserer Leben. Wir sind meistens so beschäftigt, daß wir einen Massengeburtstag feiern, um uns einzelne Feiern zu ersparen. Man darf diese Dinge nicht zu

eng sehen, findest du nicht auch?"
Ich verschluckte eine Antwort und wandte mich Maria zu, die der Unterhaltung mit einem breiten Lächeln zugehört hatte. Sie amüsierte sich immer über meine Versuche, mich ihrem Lebensstil anzupassen. Wir wußten beide, wie verschieden mein Leben in Wirklichkeit war. Sie war mit dem Punch fertig, schenkte jedem von uns ein Glas ein und zeigte mir dann das Haus.
Der Rundgang endete im Wohnzimmer. Auch dies war großzügig angelegt, mit Glastüren, die auf einen verheißungsvollen Garten gingen. Die Küchenleute waren hereinspaziert, und die Luft war verraucht. Maria und ich suchten uns ein paar der großen Kissen, die die Möbel ersetzen sollten, und ließen uns an der Wand nieder. Kurz darauf brachte uns eins der bemalten Kinder unser Essen. Wir aßen die bunte, wenn auch undefinierbare Kombination und schwatzten höflich. Die Szene wurde lebhafter, als das Essen beendet war und die Leute zu den Joints übergingen. Maria und ich tauschten ausgesuchte Erinnerungen aus. Ich kannte sie, seit ich zum ersten Mal in England war, und wie selten wir uns auch trafen, hatten wir nie Schwierigkeiten damit, uns zu unterhalten.
Da war ich also, mit einem zuckersüßen Kuchen neben mir und einem Glas Wein in meiner Hand, und beschrieb die Mechanismen des Detektiv-Geschäfts. Aus der Entfernung klang die Geschichte ganz interessant; ich war also nicht besonders überrascht, als ich bemerkte, wie der Mann neben Maria ganz unverhohlen zuhörte. Seine Gesichtszüge hatte eine große Menge weißer Farbe unkenntlich gemacht.
Am Anfang hatte ich nichts dagegen – ich vermied nur meistens seinen Blick. Aber nach einer Weile begann ich, mich unbequem zu fühlen. Der Mann hörte nicht zufällig zu; er starrte mich absichtlich an. Es war zu aufdringlich. Ich stockte. Maria drehte sich, um zu sehen, was mich ablenkte, aber sie entdeckte nichts Seltsames. Ich sagte mir, daß ich mir das nur einbildete, daß er wahrscheinlich zu blau war, um seinen Blick abwenden zu können. Ich zwang mich weiterzumachen.
Ich kam nicht mehr weit. Plötzlich verrenkte der Mann den Hals, bis er mit seinem Gesicht Maria fast berührte. Sie warf mir einen fragenden Blick zu, wußte aber nicht, wie sie reagieren sollte. Er war zu nah, als daß ich ihn deutlich sehen konnte, so daß ich mich zurücklehnte.
Ich erschrak. Es kam mir vor, als wäre etwas an ihm, das ich kannte. Da funkte es bei mir. Es war der tote Mann, der Mann, der in meiner Wohnung gelegen hatte. Sprachlos vor Angst griff ich nach Marias Hand. Sie drückte sie beruhigend.
Ich zwang mich zu sprechen.
„Was haben Sie in meiner Wohnung gemacht?" fragte ich.
Zuerst antwortete der Mann nicht: er sah mich nur an. Dann sagte er im Bühnengeflüster eines leicht Betrunkenen: „Hören Sie auf mit den Ermittlungen!" Er sprang auf und lief schnell durch die Flügel-

türen, die zum Garten führten.
Ohne mit der Wimper zu zucken, beobachtete ich, wie er hinausging. Erst als er verschwunden war, gelang es mir, logisch zu denken. Ich stand auf, riß Maria mit einem Ruck hoch und zog sie mit mir in Richtung Garten.
„Er ist es“, rief ich.
„Wer?“ sagte Maria und versuchte halbherzig, Widerstand zu leisten.
„Der Mann aus meiner Wohnung. Laß mich nicht alleine, ich glaube, er ist verrückt.“
Sobald Maria im Bilde war, war sie einverstanden, sich zu bewegen. Wir rannten zusammen durch den verwucherten Garten auf die hintere Mauer zu. Aber wir waren zu spät rausgelaufen. Als wir die Mauer erreichten, war der Mann nirgends mehr zu sehen. Ich stellte mich mit den Zehen auf einen kleinen Backsteinhaufen und balancierte laut fluchend auf ihm, um über die Mauer sehen zu können. Ein surrealistischer Anblick erwartete mich. Es war eines jener Sanierungsprojekte, denen das Geld ausgegangen war, und die von den Bulldozern verschonten Häuser erinnerten an die nutzlosen Prachtbauten der Stadtverwaltung. Backsteine, Unkraut und die Bürokratie wetteiferten mit den Anwohnern, die versuchten, statt dessen einen Schrebergarten und Abenteuerspielplatz daraus zu machen. Als Beweis dieses Planes pickten einige wenige schäbige Pfauen apathisch im Dreck herum.
Maria und ich schoben uns gegenseitig über die Mauer und gelangten schnurstracks in ein paar Brombeersträucher. Das brachte das Faß zum Überlaufen. Bis wir uns aus dem Gewirr herausgelöst und uns gegenseitig getröstet hatten, sah es nicht mehr so aus, als hätte eine weitere Verfolgung viel Sinn. Entmutigt kehrten wir auf die andere Seite zurück.
Zurück im Garten, starrten uns zwei der Gäste, die durch unsere Rufe aus ihrer Wohnzimmer-Apathie gerissen worden waren, an. „Far out“, sagten beide gleichzeitig, bevor sie davonzogen. Wir rieben unsere geröteten Beine und liefen zum Haus zurück.
Drinnen hing eine Rauchwolke, die frische Luft zu einer angenehmen Erinnerung werden ließ. Ich war erschöpft, lehnte mich an die Wand, ließ mich hinuntergleiten, bis ich saß, und zwar mit dem Kopf nach hinten. Ich schloß meine Augen für einen Moment, und die Unterhaltung in den verschiedenen Ecken des Zimmers vermischte sich zu einem seltsamen Durcheinander. Wenn ich auf Draht gewesen wäre, hätte ich etwas über die jüngsten Mikroprozessoren, die innere Dynamik eines ausgebeuteten Bäckers oder aber das Rezept des neuesten Cocktails lernen können. Ich konnte aber nichts weiter tun, als wieder zu Atem zu kommen und zu warten, bis ich mich sicher genug fühlen würde, um wieder die Augen zu öffnen.
Maria hatte den Mann vorher nie gesehen.
„Hier triffst du die verschiedensten Typen“, sagte sie.
„Das sehe ich.“
Ich arbeitete mich nun langsam durch den Kreis der Leute durch; ich

bat um etwas positive Identifizierung. Es war harte Arbeit. Ich konnte ihren Widerstand verstehen. Jeder wollte sich entspannen und sich vergnügen, und ich störte sie – ich verlangte Konzentration und ihnen ging es um Entspannung. Aber ich gab nicht nach, und bald steckte die Ermittlung alle an wie eine Mode. Als ich den halben Kreis hinter mir hatte, begannen die Leute, sich zu konzentrieren – auf die beschwipste Art. Die Untersuchung wurde zum Spiel.
„Ich hab' ihn nicht einmal gesehen", sagte jemand. „War er hübsch?"
„Ich kann wirklich nichts sagen. Weißt du, ich weiß nicht, ob mir all die weiße Farbe überhaupt gefällt. Ich glaube, sie ist etwas streng und unterdrückt die natürlichen Gesichtszüge", sagte ein Mann, der gegen den Strom der Mode geschwommen war und sein Gesicht rot und grün angemalt hatte. Er sah krank aus, aber vielleicht nur, weil sein Make-up nicht zu seiner gelben Tunika und den orangefarbenen Jeans paßte.
„Er hat mein Plätzchen geklaut", sagte ein 6-jähriger, der sich vorher kategorisch geweigert hatte, zu Bett zu gehen, und der nun jede Taktik ausprobierte, um ins Gespräch zu kommen.
„Vielleicht ist es einer jener Spinner des Primärtherapie-Hauses. Sie haben es aufs Schreien angelegt; er denkt vielleicht, er tut Kate einen Gefallen, wenn er ihr einen Schreck einjagt", lallte ein geistreicher Betrunkener undeutlich.
Sein Beitrag erweiterte den Einsatz an Phantasie. Bald waren sie alle damit beschäftigt, sich gegenseitig im Liefern bizarrer Erklärungen zu überbieten. Ich konnte nicht mehr. Ich setzte mich zurück und konzentrierte mich auf den Sound von B.B. King, der durch die Unterhaltung schwebte.
Allmählich stieß ein nebensächliches Argument zu mir durch.
Eine Frau regte sich auf. „Nick? Das ist einfach lächerlich. So etwas darf man nicht sagen. Ich meine, wie viele Nicks kennt jeder von uns? Hier wohnt ein Nick, der Nachbar heißt Nick und der Milchmann auch ..."
Neben ihr versuchte eine andere Frau mit geringem Erfolg, diesen Sturm der Entrüstung zu unterbrechen.
„Meinen Sie wirklich Nick?" fragte ich.
Sie sah mich an und runzelte die Stirn.
„In diesem Augenblick sind sogar zwei Nicks in diesem Zimmer" fuhr ihre Nachbarin fort. In der Zwischenzeit durchforschte die Frau ihr Gedächtnis.
„Nein. Es ist Nicher, Nicotine – ich hab's, Nicholas. Nein, nein, das stimmt nicht, warten Sie."
„Wir müssen uns damit abfinden, Nick ist ein sehr oft gebrauchter Name."
„Nicholson", sagte ich.
Sie schenkte mir ein Superlächeln. „Ja, so ist es, Nicholson. Mir fällt ein Stein vom Herzen, vielen Dank. Du weißt, wie das ist: man vergißt einen Namen und dann wird es zur fixen Idee."
Mit klopfendem Herzen wartete ich auf weiteres.

„Was ist mit ihm?" fragte ich sie, nachdem wir uns einen Augenblick lang angesehen hatten.
„Was?" sagte sie ausdruckslos.
„Was ist mit Nicholson? Meintest du Tim Nicholson?"
„Ja", sagte sie. „Ich kannte ihn. Er ist tot. Hast du nicht davon gehört?"
„Doch, ich hab' davon gehört. Was ist mit ihm los?" sagte ich durch zusammengebissene Zähne hindurch.
Sie sah mich an, als ob ich verrückt wäre. „Oh ... ich habe gerade gesagt, daß ich diesen Mann schon einmal gesehen habe – den, nach dem du gefragt hast – mit Tim Nicholson."
„Wo hast du sie gesehen?" fragte ich aufgeregt.
„Am Camdon Lock ungefähr vor zwei Wochen. Sie stritten sich und sahen beide verärgert aus. Da sagte ich nur ganz kurz ‚Hallo' und ließ es dabei bewenden. Ich lud Tim hierher ein, und dann dachte ich, das sei unhöflich. Da habe ich den anderen Mann auch eingeladen. Gab ihm die Adresse."
„Hast du seinen Namen mitgekriegt?" fragte ich.
„David Soundso", sagte sie, und man hörte, wie ihr Interesse nachließ. „Nachnamen sind nicht meine Stärke."
Danach kam die Unterhaltung vom Thema ab. Ich saß eine Weile da und ging dann, nachdem ich mich von Maria verabschiedet hatte.
„Sie hat mein Plätzchen geklaut", hörte ich die anklagende Stimme des 6-jährigen.

Als ich nach Hause kam, saß Sam im Bett und kritzelte etwas vor sich hin. Er grüßte mich geistesabwesend.
„Was ist los?", sagte ich.
„Ich komme mit der letzten Zeile nicht weiter. Ich versuche ein Wort zu finden, um das Bild zweier alter Leute zu beschreiben, die in einem Fluß nach Gold graben."
„Versuchs mit ‚Waschen'", sagte ich, und als er den Kopf schüttelte, sprach ich abgehackt weitere Wörter aus: „Suchen, walzen, wühlen, nachsehen, herumfummeln, kämpfen, drängeln ..."
Sam sah belustigt auf. „O.K., Kate, mit dir über Poesie zu sprechen, ist so, als würde man mit Matthew über französische Weine sprechen. Was ist passiert, daß du so aufgeregt bist?"
Ich erzählte ihm, was ich den Tag über erlebt hatte. Als ich fertig war, schien Sam ganz verwirrt.
„Mist, deine Geschichte ist fast so dämlich wie dieses QCD-Zeugs", sagte er.
„Was ist damit?" fragte ich gelangweilt.
„Es hat nichts mit mir zu tun. Da ist dieser Student. Er hat wieder angerufen, und ich mußte ihm sagen, daß Matthew einen hysterischen Anfall hatte, damit er sich verabschiedete. Er steckt bis zum Hals in QCD – Quantum Chromo Dynamik – und er hört nicht auf, mich damit zu nerven. Ehrlich gesagt, die Hälfte der Zeit weiß ich nicht, wovon er spricht, und ich sage ihm andauernd, daß das nicht mein

Gebiet ist. Aber er denkt, ich bin der Lehrer und müßte alles wissen."
Sams Stimme wurde gegen Ende dieser Rede schwächer, und indem er murmelte, wie müde er sei, drehte er sich auch schon um, um zu schlafen. Ich zog mich aus, stieg ins Bett und versuchte einige Eröffnungszüge zu landen, um Sams Interesse zu wecken. Schließlich gab ich ihm einen Stups in den Rücken.
„Weißt du", sagte ich, „ich habe heute an dich gedacht und überlegt, ob es einen Mann gibt, mit dem ich lieber zusammen wäre."
Das weckte sein Interesse. „Und an wen hast du gedacht?" fragte er schnell.
„Ich habe festgestellt, daß ich nicht viele Männer als Freunde habe."
Sam lachte. Er kam näher, bis sein Rücken sich an meinen Körper schmiegte. Ich gab den verbalen Versuch auf und gab mich dem Kontakt hin. Wir liebten uns, und erst als wir beide fast schliefen, machte ich einen neuen halbherzigen Versuch, ihn meinen Abend interpretieren zu lassen. Es wurde nichts daraus.

# 5.

Am Freitagmorgen war der Himmel hellblau. Ich erwachte mit einem Lächeln im Gesicht und wollte es gerade mit Sam teilen, als das Unvermeidliche geschah. Das Telefon klingelte. Sam und ich gerieten wieder in unsere gewöhnliche Routine. Er bekämpfte meinen Beantwortungszwang, und ich versuchte zu erklären, warum ich Anrufe nicht unbeantwortet lassen konnte.
Sam ging nicht auf das Argument ein, daß meine Assoziation von Telefon und Unglück eine frühe Kindheitsphobie war und daß es gefährlich wäre, Widerstand zu leisten. Aber er hinderte mich nicht, den Hörer abzuheben. Er hatte aber seine Genugtuung, als er mein Gesicht zu der Stimme sah. Es war der pingelige Herausgeber einer kämpfenden Zeitschrift, der gelegentlich Arbeit für mich daließ und mir dann bis in alle Ewigkeit nachjagte. Dieses Mal wollte er, daß ich und meine Freundin Lowri die Änderungen überprüften, die er an unserem Artikel über die Londoner Jazz-Scene vorgenommen hatte. Ich wußte, seine Änderungen waren in Ordnung – sie waren es immer –, aber er ließ sich nicht überzeugen. Schließlich mußte ich zustimmen, denn das war der einzige Weg, ihn vom Telefon wegzukriegen. Danach hatte ich noch eine Menge Hürden zu überwinden, um an Lowri heranzukommen, denn sie hatte ungefähr fünf Telefonnummern und war an keiner. Nachdem das erledigt war, war ich hellwach und hatte mein Lächeln vollständig verloren. Ich ließ es zu, daß Sam mich ein paarmal neckte, und dann standen wir beide auf; er, um sich mit Matthew zu beschäftigen, und ich, um mich anzuziehen.

Ich machte mich auf den Weg zum Krematorium.
Die Beerdigung war eine trübselige Angelegenheit. Vielleicht zum ersten Mal hatten sich die beiden Menschengruppen, die Tims Leben ausmachten, getroffen. Sie paßten nicht zusammen, und die Teilnehmer jeder der beiden Gruppen vermischten sich nicht. Tims Freunde hatten den Hintergrund der Halle beschlagnahmt. Im allgemeinen wurden nur wenig Höflichkeiten ausgetauscht, die Augen der Leute waren konstant auf den Fußboden gerichtet, auf die Wände, auf ihre Hände, überallhin, nur nicht auf den Sarg.
In den vorderen Reihen saßen Familienmitglieder. Die religiöse Zeremonie paßte eher zu ihrem Lebensstil, jedoch auch sie sahen aus, als fühlten sie sich ungemütlich. Tims Mutter in ihrem schwarzen Nerz war leicht zu erkennen. Die Ähnlichkeit zwischen ihr und ihrem Sohn war groß; aber während Tims Gesicht Zynismus mit Hoffnung verband, drückte ihres bittere Enttäuschung aus. Sie war umgeben von Frauen und Männern in undefinierbarem Alter, aber mit definierbarem Reichtum. Um sie herum räkelten jüngere Mitglieder der Familie sich auf den Stühlen – in Posen, die von Langeweile bis zu tiefem Schlaf reichten. Ich fing Aldwyns Blick auf und nickte in ihre Richtung hin. Er schüttelte den Kopf. Die Frau, die er bei Tim gesehen hatte, war nicht da.
Ich erkannte jemand anderes. Robert Shlitz saß isoliert in der dritten Reihe. Ich fragte mich, ob es üblich war, daß Rechtsanwälte zu den Beerdigungen ihrer Klienten gingen.
Der Priester war verlegen. Er hatte offensichtlich Tim nie gesehen, und zum Ausgleich wurde seine Rede zu lang. Als der Sarg schließlich seine geheimnisvolle Bestimmung hinter dem billigen schwarzen Vorhang erreichte, vergoß ich ein paar Tränen, was auch einige andere von Tims Freunden taten. Die Augen seiner Familie blieben trokken. Die ganze Vorstellung hatte 15 Minuten gedauert. Wir schoben uns durch eine Tür, denn die nächste Trauergesellschaft wartete schon vor der anderen.
Gruppen von Leuten standen draußen herum, als ob sie sich der korrekten Etikette nicht ganz sicher seien. Mrs. Nicholson stand auf einer Seite. Umgeben von flüsternden Trauergästen, die ihr Beileid ausdrückten, hielt sie den Kopf aus Verachtung hoch. Zwei Perlenschnüre betonten die Länge ihres Halses und bestätigten mich in meiner Vermutung, daß ihr einfaches schwarzes Kleid zu einem weniger einfachen Preis erworben worden war.
„Kommst du mit auf ein Glas?“ flüsterte Ron in mein Ohr. „Wir wollen versuchen, über Tim ohne den zeremoniellen Quatsch zu reden.“
„Ich käme gerne mit“, sagte ich. „Aber vielleicht ist es besser, mit Tims Mutter zu sprechen.“
„Viel Glück. Ich hab's schon versucht. Sie sah mich so an, daß ich sofort zurückschreckte.“
Ich verließ ihn und ging auf Mrs. Nicholson zu. Zwei Frauen, deren Brillantringe in der Sonne blitzten und deren klassisch streng ge-

schnittene Röcke und Blusen gleichzeitig die Abwesenheit von Eleganz und die Anwesenheit von Reichtum versinnbildlichten, standen in einiger Entfernung von ihr. Ich ging an ihnen vorbei.
„Verdammte Frechheit", sagte eine laut und wohlklingend. „Er hätte bei einer Gelegenheit wie dieser etwas mehr Anstand beweisen sollen. Ich kann ehrlich nicht sagen ..."
„Aber meine Liebe", unterbrach die andere. „Wir sollten nicht boshaft sein. Immerhin, wenn das, was er gesagt hat, stimmt, können wir dann dem Mann die Schuld geben? Und es ist schließlich über 25 Jahre her."
„Das entschuldigt sein Benehmen nicht. Erinnerst du dich nicht an die Art und Weise, wie er sie sitzenließ, als Malcolm so theatralisch wurde. Wenn du mich fragst, dann ist absolut nichts Gutes an dem Mann ... Und wenn wir schon über nichts Gutes sprechen, hast du die Leute im Hintergrund gesehen? Zum Glück hielten sie sich abseits ..."
Ich kam bei Tims Mutter an. Ich stellte mich vor und streckte meine Hand aus. Sie gab mir ihre. Sie war ohne Ringe und ohne Leben. Sie lag während einer kalten, trockenen Sekunde in meiner Hand und wurde dann wieder zurückgezogen.
„Haben Sie eine Minute für mich Zeit?" sagte ich. „Ich war mit Tim befreundet, und ich würde Ihnen gern ein paar Fragen stellen."
Ihre berechnenden Augen blickten an ihrer Adlernase entlang. Ihr Mund bildete eine feste Linie und blieb so.
„Ich glaube wirklich nicht, daß dies der Augenblick ist, oder?" klang es aus ihrem Mund. Der Ton war so feindlich, daß ich verstand, warum Ron so schnell zurückgeschreckt war.
„Es ist wichtig", sagte ich. „Ich stelle Ermittlungen über seinen Tod an, und vielleicht können Sie mir einen Hinweis geben."
„Ich kann Ihnen nicht helfen. Ich hatte während der letzten 5 Jahre sehr wenig Kontakt zu meinem Sohn. Außerdem scheint die Polizei froh zu sein, daß er fiel." Sie wollte gehen, sah sich aber Robert Shlitz gegenüber. Sie drehte sich im Kreis, bis sie wieder vor mir stand.
„Elisabeth", erklang Shlitz' Stimme hinter ihrem Rücken. „Wir sollten miteinander sprechen."
„Tut mir leid, Robert, dafür ist es zu spät. Ich spreche gerade, wie du siehst, mit dieser jungen Dame. Wenn es dir also nichts ausmacht ..." Sie ergriff meinen Ellbogen und ich fühlte mich über einen Kiesweg in den Kirchhof transportiert.
„Sie können Robert Shlitz nicht ausstehen?" fragte ich.
„Schrecklicher kleiner Mann. Ich weiß nicht, was auf aller Welt in mich gefahren war, daß ..." Sie hörte auf und sah mich an. „Aber das hat absolut nichts mit Ihnen zu tun. Was möchten Sie gerne wissen?"
„Ich würde gerne wissen, wo Tims Frau ist", sagte ich.
„Würden Sie das?" Sie sprach schleppend, aber in ihrer gleichgültigen Stimme glaubte ich einen feindseligen Ton zu vernehmen. „Wozu?"
„Ich möchte wissen, was aus Tims Geld wird", sagte ich.

Sie warf ihren Kopf zurück, so daß ich die volle Biegung ihres weißen Halses sehen konnte, und lachte. Es klang nicht belustigt.
„Sie verschwenden Ihre Zeit mit mir. Mein ehemaliger Mann, Malcolm, hat verdammt alles getan, damit ich nichts von diesem Geld sehen sollte. Warum suchen Sie Ihren Namen nicht im Telefonbuch?"
„Ich hab's versucht", sagte ich. „Das letzte Mal zählte ich 530 Nicholsons im Londoner Telefonbuch. Ich weiß nicht einmal ihren Vornamen, noch ob sie in London lebt oder ob sie Tims Nachnamen behalten hat."
„Wenn Sie mit Ihren Ermittlungen noch nicht weiter gekommen sind, werde ich nicht mit angehaltenem Atem die Resultate Ihrer Nachforschungen abwarten", stieß sie aus. „Das Leben ist schließlich kurz."
Das ärgerte mich. Die Beerdigung hätte jeden verärgert, und ihr Benehmen war nicht sehr hilfreich. Ich dachte, daß dieses Spiel von zwei Personen gespielt werden konnte.
„Warum hat Sie Ihr Mann in seinem Testament übergangen?" fragte ich. „Und warum haben Sie Tim so lange nicht gesehen?"
Ich hätte genausogut meinen Mund geschlossen halten können. Der einzige Hinweis darauf, daß meine Frage zu ihr durchgedrungen war, bestand in einem kurzen Zerren an ihrem goldenen Armband, das ihre Armbanduhr an ihrem glatten, weißen Armgelenk festhielt. Sie wollte gehen.
„Was geschieht, wenn es kein Testament gibt?" fragte ich.
Sie sah mich noch einmal an. Sie lächelte triumphierend. „Jetzt verstehe ich", sagte sie. „Deshalb wagte Robert, sich mir zu nähern. Und einen Augenblick lang habe ich geglaubt, er wollte sentimental werden."
„Aber ist er das nicht?"
„Nicht, wenn das Testament verloren gegangen ist. Ich nehme an, daß Robert die größte Furcht vor einem Wiederaufleben des langweiligen alten Skandals hat. Als ob irgend jemand ein Interesse daran hätte, ich sicherlich nicht." Ich beobachtete eine dünne Schweißschicht auf ihrer Stirn, was zu ihrer eleganten Erscheinung im Widerspruch stand und das Herausfordernde an ihrer Aussage betonte. Entweder das, oder der Nerz war ihr in der Sonne zu warm. Sie wikkelte ihn fest um sich, aber bevor sie sich zum Gehen wandte, warf sie mir einen weiteren berechnenden Blick zu und sprach:
„Diana hat ihren Nachnamen nicht geändert, aber sie ist nicht im Telefonbuch. Sie lebt im Norden von London." Sie rasselte eine Adresse herunter. „So, jetzt habe ich wirklich eine lange Fahrt nach Devon. Wären Sie bitte so freundlich, mich zu entschuldigen ..."
Sie drehte sich um und schritt entschieden den Weg zurück, bis sie außer Sicht war.

# 6.

Die Paradies-Sauna rühmt sich ihrer Exklusivität. Sie berechnete auch entsprechend. Gelegen in einer kleinen Seitenstraße mit Kopfsteinpflaster, hat sie eine diskrete Empfangshalle, die mit Pflanzen geschmückt ist und zu einer Urwaldnachahmung mit Glasdach führt. Die Sauna, die erklärte Quelle glatter Haut, befindet sich in einer Ecke des riesigen Hauptraumes. Außerdem gibt es eine ovale Bade-Abteilung, die grün ist und mit der Sauna durch lange, mit Pflanzen bewachsenen Gängen verbunden ist. Alle Wege führen zur Salat-Bar, die eine Auswahl von Gesundheitskost zu ungesunden Preisen anbietet. Der Platz ist dazu bestimmt, luxuriöser Zufluchtsort für die moderne, selbständige Dame zu sein. Er hat alle notwendigen Dekorationen, die mit Liebe zum Detail ausgeführt sind. Nur ein gelegentliches Abblättern der Farbe deutet darauf hin, daß selbst die Besten von uns nicht vor ökonomischen Problemen sicher sind.
Ich stand vor der Rezeption und betrachtete die Preise. Die Empfangsdame, die einen hellgrünen Jogging-Anzug mit dem Wort „Paradies" in Gold auf einem Ärmel trug, sah aus, als ob sie sich fleißig den Behandlungen unterzogen hätte. Ihre Haut hatte Hochglanz; ihre Frisur hatte jenen lässigen Stil, für den man Stunden braucht; ihr Körper war straff und zart; ihr Gesicht war eine ausdruckslos-höfliche Fläche. Ich wollte nicht versuchen, irgendwelche Informationen aus ihr herauszubekommen. Sie sah zu feindselig aus. Statt dessen meldete ich mich für eine Vollkörpermassage an. So konnte ich wenigstens die Zeit damit verbringen, herauszukriegen, wie ich die Behandlung von meiner Steuer absetzen könnte.
Ich nahm mein Handtuchkontingent – zwei große grüne und ein kleines blaues – und bewegte mich durch die weißen doppelten Lattentüren zum Umkleideraum hin. Die wacklige Trennwand, die ihn von den übrigen Räumlichkeiten trennte, betonte seinen reinen Zweckcharakter; solche Einrichtungen waren ganz offensichtlich nicht Teil des großartigen Entwurfs, von dem der Rest des Gebäudes Zeugnis ablegte. Eine Reihe von Schließfächern stand der weißen Wand gegenüber, und eine Schar von Frauen kämpfte sich in ihre teuren Kleider hinein oder aus ihnen heraus. Auf der einen Seite bewegte sich eine Schlange langsam den wenigen Haartrocknern entgegen, und voller Verwunderung starrte ich auf eine Frau, die versuchte, jede Strähne einzeln zu trocknen.
Ich drückte mich durch die Körpermassen hindurch, die zum Teil von südlicher Sonne oder mit Hilfe von Selbstbräunern gebräunt waren und alle sehr gepflegt wirkten. Nach einigen gelungenen Versuchen, mich durch die Schlange vorwärtszumogeln, gelang es mir, einen Spind zum Aufbewahren meiner abgelegten Kleidung zu finden. Dann strebte ich der anderen Seite der Trennwand zu.
Meine Führerin – Joanne, wenn ich ihrem mit Edelsteinen besetzten Namensschildchen glauben durfte – erwartete mich am Eingang.

Sie lächelte mir flüchtig zu und exerzierte mir ihre Gangarten vor. Sie war entweder gelangtweilt, oder sie hatte Hunger. Sie verfügte auf jeden Fall nicht über das Selbstvertrauen, das die Empfangsdame zur Schau stellte. Ich wartete darauf, daß sie aufhörte.
Es dauerte nicht lang. Sie wandte sich zum gehen. „Wenn Sie etwas brauchen, fragen Sie einfach", sagte sie.
„Da gibt es etwas", sagte ich.
Sie drehte sich um, und auf ihrem sonst freundlichen Gesicht erschien ein verärgerter Ausdruck.
„Was ist los?" fragte ich. „Sitzt an der Rezeption jemand, der Ihre Zeit kontrolliert?"
Sie strahlte. „So ähnlich ist es. Tut mir leid, das war ein schrecklicher Vormittag, und viel mehr halte ich nicht aus. Was möchten Sie wissen?"
„Ich habe mich nur gefragt, ob Sie immer dieselben Gesichter hier sehen?"
„Ja, wir haben unsere ständigen Kunden. Einige der Damen kommen fünfmal die Woche, um sich in Form zu halten", sagte sie.
„Ich suche eine Frau, die auch herkommt", begann ich.
„Dann fragen Sie doch am Empfang", sagte sie.
„Das Problem ist, ich weiß ihren Namen nicht."
Da verlor ich ihre Sympathie. Eine Frage war eine Sache; ausgedehnte Nachforschungen waren eine andere. Ich dachte schnell nach.
„Es ist ein ziemliches Problem, weil ich die Frau nie gesehen habe. Aber eine meiner Freundinnen war einmal hier und sprach mit ihr. Nun stehe ich dieser Freundin sehr nahe, und ihr Geburtstag steht vor der Tür. Die ist der Typ, der sich alles kauft, sobald er es entdeckt, weshalb es schwer ist, Geschenke für sie zu finden. Aber zufällig erwähnte sie, daß diese Frau ihr von einem vollkommen neuen ... einem neuen Terminkalender-System erzählt hat – nicht die Ringbuchmethode, sondern eine ganz neue Konzeption, und meine Freundin ist ein Schreibwarenfan. Deshalb möchte ich die Frau finden, um zu sehen, ob ich so einen Kalender auftreiben kann."
Ich selbst fand die Geschichte ein ganz klein wenig schwach, aber der Anblick von Joannes Gesicht bewies, daß sie angekommen war.
„Hat Ihre Freundin sie beschrieben?" fragte sie.
Ich atmete vor Erleichterung auf. „Es gelang mir, eine Art von Beschreibung aus ihr herauszukriegen, und das, obwohl ich nicht zu interessiert aussehen wollte. Die Frau hat einen leichten Akzent. Ungefähr 40, und ein paar Zentimeter kleiner als ich. Rotbraunes Haar, und sie trägt Pelze – anscheinend ist sie nicht arm. Meine Freundin sagte, daß sie sehr bestimmt ist."
Joanne dachte nach. „Das klingt, als wäre es eine unserer Kundinnen. Eine Mrs. Schoenberg. Da ist sie, dort drüben." Sie zeigte in die Entfernung, wo eine einzelne Frau in Weiß und mit einem Baumwolltuch über den Augen lag.
„Besten Dank, Joanne", sagte ich.
„Ich heiße Marylin. Es war das einzige Schildchen, das sie hatten."

Ich ging zu der Frau hinüber und wählte eine Liege neben ihr. Ich legte mich hin. Sie ließ sich nicht anmerken, ob sie wußte, daß ich da war, oder ob es sie überhaupt interessierte.
„Mrs. Schoenberg?" sagte ich vorsichtig.
Sie nahm ihr Augentuch weg und sah mich an. Ich sah zurück. Mirandas Beschreibung war genau, aber sie hatte nichts von dem leicht pikierten Ausdruck gesagt, der Mrs. Schoenbergs Gesicht beherrschte. Sie war mindestens 40. Sie sah aus, als ob es ihr nicht gefiel, nicht zu bekommen, was sie sich in den Kopf gesetzt hatte. Das war schade. Der saure Ausdruck beeinträchtigte den klaren rötlichen Glanz ihrer Haut, zog die Mundwinkel nach unten und nahm den großen braunen Augen etwas von ihrem Licht.
„Ich kenne dich nicht", sagte sie. Ihr Akzent war südamerikanisch-argentinisch, dachte ich, und überlagert von der Sprache New Yorks. Das und die Brillanten in ihren Ohren erleichterten es, sie sozial einzuordnen. Sie war in einer jener argentinischen Familien der Mittelklasse aufgewachsen, die mit der Junta Polo spielen, während sie darauf achten, daß ihre Kinder im Ausland zur Schule gehen.
„Ich heiße Kate Baeier", sagte ich.
„Das freut mich", sagte sie. „Und auf Widersehen. Was ist bloß mit Euch Engländern los? Entweder sie sagen überhaupt nichts oder sie sprechen einen vollkommen Fremden an, der offensichtlich alleine sein will."
„Ich bin Portugiesin", sagte ich.
Das brachte mir noch einen Blick ein. Ein kurzes Interesse zeichnete sich auf ihrem Gesicht ab. Es dauerte nicht lange. Genauso wie ich von ihrem Aussehen auf ihren Hintergrund geschlossen hatte, so erriet sie meine Herkunft. Sie mochte sie nicht. Sie legte sich wieder zurück und starrte zum Glasdach hinauf.
Ich saß neben ihr und fragte mich, wie ich weitermachen sollte. Schließlich entschied ich, daß es keinen Zweck hatte, um den heißen Brei herumzuschleichen.
„Ich suche David", sagte ich.
„Dann geh' los und finde ihn", sagte sie.
„Weiß du, wo ich mit der Suche anfangen könnte?" fragte ich.
„Warum sollte ich es dir sagen, wenn ich es wüßte?" sagte sie. „Laßt mich in Frieden, ihr alle."
„Ich mache mir Sorgen um ihn", sagte ich. „Er sah etwas blaß aus, als ich ihn das letzte Mal sah."
„Ich wüßte nicht, was mich weniger interessieren würde", sagte sie, und ihre Stimme klang bitter vor Zorn. Ich beschloß zu versuchen, damit zu spielen.
„Du auch?" fragte ich.
„Was soll das heißen?"
„David hat mich sitzenlassen. Neulich auf einer Party. Ich dachte, vielleicht hat er dasselbe mir dir getan."
„Und du glaubst, du hast Probleme", rief sie, als sie ihre Hände mit den Handflächen nach oben in die Luft warf. „Hast du Mitleid mit

dir selbst? Glaubst du, er hat dich schlecht behandelt? Dann solltest du erst einmal wissen, was er mir angetan hat, was ich mitmachen mußte, welchen Dingen ich ausgesetzt war. Nach alledem, was ich für ihn getan habe. Ich, Tina Schoenberg, bin nicht dazu erzogen worden, so behandelt zu werden. In diesem Land gibt es keinen Respekt. Deshalb bin ich krank, deshalb habe ich Ohnmachtsanfälle."

Ich gab keinen Kommentar. Aber Tina brauchte keine Ermutigung. Während der nächsten 5 Minuten hörte ich ihrer ins einzelne gehenden Kritik des Lebens in Großbritannien zu, und die Punkte reichtem vom Telefon und dem Transportwesen bis zum allgemeinen Zustand der Lebensmittel. Ich kann nicht sagen, daß ich keine Sympathie für sie fühlte, als sie jedoch damit schloß, daß sie sich im Kanal des Regents Park Bilharzia geholt hatte, kam ich nicht mehr mit.

„Ich habe einen Vorschlag", sagte ich. „Warum konsultierst du nicht Marty Succulent? Ich bin sicher, er wird wahre Wunder vollbringen, um dich von deinen Ohnmachten zu befreien."

„Wer ist das?" fragte sie. „Es klingt nach einem Quacksalber."

„Ganz und gar nicht. Er ist mein Osteopath und ein ausgebildeter Akupunkteur. Was mich betrifft, hat er Wunder vollbracht. Ich litt Todesqualen, bevor ich ihn traf. Natürlich ist dein Fall komplizierter." Bevor sie eine neue Tirade loslassen konnte, sagte ich noch schnell: „Ehrlich, er kann Tote auferwecken, ich schwöre es."

Ich dachte, ich sei vielleicht etwas zu weit gegangen, aber Tina merkte nichts. Sie wollte Marty sehen, und sie wollte ihn gleich sehen. Sie ließ mich anrufen, um meinen Einfluß auszunutzen und einen Termin festzulegen. Ihre Mundwinkel senkten sich unheilverkündend, als sie hörte, daß es erst in zwei Tagen soweit wäre, aber sie tröstete sich, als ich ihr erzählte, wie sehr Marty mit den Königen und Prinzessinen aller Nationen beschäftigt sei.

Nach dem Anruf verlor sie das Interesse an mir. Sie legte sich hin und verlor sich in ihrer Welt von privaten Sorgen und unnachgiebigen Engländern.

„Und David?" sagte ich.

„Nenn seinen Namen nie mehr in meiner Anwesenheit", sagte sie.

„Du hast gesagt, du wünschst dir, wir alle würden dich in Ruhe lassen", sagte ich. „Hat sonst noch jemand dich belästigt?"

„Ich bin eine kranke Frau", sagte sie. „Ich kann mir das nicht gefallen lassen. Zuerst zwei Männer, und jetzt du. Laßt mich in Frieden."

„Was für Männer?" fragte ich.

„Glaubst du, ich habe mir die Mühe gemacht, sie anzusehen? Unangenehme Männer. Männer ohne Benehmen, die sich in meine Wohnung drängten, als ob sie ihnen gehören würde.

„Und hast du ihnen etwas erzählt?" fragte ich.

„Zum Beispiel?"

„Zum Beispiel, wo David ist?"

„Nein", sagte sie. „Warum sollte ich?"

„Warum beschützt du ihn?“ sagte ich. „Nach allem, was er dir angetan hat. Was hat er dir übrigens angetan?“
„Das fragst du? Na gut, ich werde es dir erzählen. Er behandelte mich wie ein Schmarotzer. Folgte mir wie ein ausgesetzter Hund. Bediente sich meiner Gefühle, um mein Interesse an seinem chaotischen südafrikanischen Hintergrund zu wecken. Und dann, eines Tages, ist er weg ... kein Abschied, kein Dankeschön, Darling.“
„Hatte er Angst?“ sagte ich.
„Ich glaubte, er war nervös. Jetzt weiß ich, warum – der Feigling bereitete sich darauf vor, mich sitzenzulassen.“
„Wann war das?“ fragte ich.
„Am Montag“, sagte sie. „Ich war nie wirklich an ihm interessiert. Er kann machen, was er will. Und du auch.“
Es sah nicht so aus, als ob es irgendeinen Sinn hätte zu bleiben, und außerdem bekam ich langsam Bedenken. Tina Schoenberg spielte im Leben die Rolle des Opfers, und die Art, wie ich mich mit ihr verschworen hatte, indem ich – um ihr gleichzusein – die Rolle der Frau gespielt hatte, die ihre Pläne vereitelt sieht, gefiel mir nicht. Ich stand auf, um zu gehen.
Sie nahm mein Weggehen nicht zur Kenntnis, weshalb ich überrascht war, als ich hörte, wie sie meinen Namen rief. Ich drehte mich um und sah, wie sie in die Tasche ihres Frotteegewandes griff. Sie zog ein Stück Papier heraus. Ich fragte mich, ob sie es überallhin mitnahm. Ich warf einen Blick darauf, als sie es in Armeslänge vor sich hielt. Auf dem Papier standen keine Wörter, nur eine Londoner Telefonnummer. Ich lernte sie schnell auswendig, bevor sie sie wieder an sich nahm. Ich dankte ihr und sagte auf Wiedersehen. Als Antwort schüttelte sie nur uninteressiert den Kopf.
Ich hatte für die Massage keine Zeit. Ich zog mich an. Auf dem Weg nach draußen blieb ich am Empfang stehen. Ich blätterte durch die Mitgliederlisten, während die Empfangsdame hinausging, um meine komplizierte Frage nach den vorgeschriebenen Temperaturen beantworten zu können. Tina Schoenbergs Name stand da. Ich schrieb die Adresse ab und verglich die Telefonnummer mit der, die Tina mir gegeben hatte. Es war nicht dieselbe.
Ich merkte mir beide Nummern, um sie später benutzen zu können, und lief durch Covent Garden. Ich fühlte mich, als ob ich durch eine Wäschemangel gedreht worden sei, aber mein Zeitplan hatte nicht gelitten. Es war genau 2 Uhr, als ich an dem Café ankam, in dem ich Lowri treffen sollte.
Ich ging hinein und hätte fast meinen Kopf an einer jener wunderschönen, wenn auch schlecht plaziert hängenden Pflanzen gestoßen, die in den modernen Hamburger-Läden als Dekoration dienen. Lowri war hübsch eingerahmt von zwei immergrünen Farnen, aber sonst sah sie gut aus. Vielleicht etwas ungekämmt, aber gut. Ihr graues Haar war kurz geschnitten und rahmte ihr kleines Gesicht ein. Ihr Lächeln war so offen wie immer. Lowri war der erste Mensch, den ich in England kennengelernt hatte, und sie war für mich jemand

Besonderes. Als Journalistin, die sich ihres freien Berufs freute, schien sie sich nie über den Druck der Termine oder die Eigenheiten der Herausgeber zu ärgern.
„Was ist los?", sagte ich, als wir uns umarmten. „Hast du eine schwere Nacht hinter dir?"
Lowri versuchte entrüstet auszusehen. Sie hatte gerade eine ihrer Phasen, in denen die Sexpartner ständig wechselten, aber ich hatte es schon lange aufgegeben, die Einzelheiten zu verfolgen.
„Es war meine Tischler-Lehrerin", sagte sie. „Sie hat in letzter Zeit ständig Andeutungen gemacht, bis ich gestern Abend zu viel trank mit ihr und keinen Grund sehen konnte, sie abzuweisen."
„Leidenschaftlich bis zum letzten, ich verstehe. Wie war es?"
„Ich bedaure es. Als ich aufwachte, hatte ich keine Lust, mit ihr zu sprechen. Das heißt, sie redet dauernd über Lack. Langweiliges Thema früh am Morgen. Ich wußte, daß Ganze war ein Fehler. Ich werde mich jetzt in der Klasse sehr verlegen fühlen."
„Einen Augenblick", sagte ich. „Die ganze Zeit hast du sie über Lack reden hören. Und plötzlich langweilt es dich. So etwas wie eine Verwandlung über Nacht, oder?"
Ihr Lächeln hatte etwas von Trotz an sich.
„Ich darf doch meine Meinung ändern", sagte sie. Sie beendete das Thema, indem sie in ihre vollgepackte Tasche griff und den gefürchteten Artikel herauszog.
Wir schluckten beide. Der Artikel war für uns ein Experiment gewesen. Es war ein Überblick über das Leben der Londoner Jazz-Musiker, und wir hatten ihn geplant in einem – wie wir glaubten – Blitz der Inspiration. Er stellte sich als großer Fehler heraus, und es spricht für unsere Freundschaft, daß wir noch miteinander sprachen. Als wir die Forschungen anstellten, die eine unkontrollierbare Anzahl von Interviews mit sich brachten, war alles noch gut gegangen. Alles ging weiter und weiter und weiter. Da wir den Job zu zweit ausführten, kontrollierte keiner von beiden, und es schien das Einfachste zu sein, immer weiterzureden. Es war interessant, einen Blick auf die verschiedenen Londoner Nachbarschaften zu werfen – fast wie Wohnungsjagd ohne Enttäuschungen – und wir führten ein paar interessante Unterhaltungen während unserer endlosen Fahrten von Ort zu Ort. Aber wir konnten nicht ewig so weitermachen. Schließlich kamen wir zu der Einsicht, daß wir das alles aufs Papier bringen mußten, und das war der Augenblick, an dem die Probleme anfingen. Unser Stil war grundverschieden. Unsere Stimmen wurden lauter. Als wir schließlich am letzten Punkt ankamen, gingen wir noch einmal das ganze durch und warfen es in die Welt. Unglücklicherweise schien die Welt es zurückzuwerfen, und niedergeschlagen bereiteten wir uns auf erneute Qualen vor.
Wir hätten uns wirklich keine Sorgen machen sollen. Der Herausgeber hatte den Artikel meisterhaft redigiert, und schließlich war er nicht halb so schlecht, wie unsere Phantasie ihn hingestellt hatte. Wir veränderten eine Kleinigkeit, nur um zu beweisen, daß wir es gelesen

hatten, und dann lehnten wir uns zurück und entspannten uns.
Wir sprachen über unvergeßliche Begebenheiten unserer gemeinsamen Vergangenheit und kehrten wieder zur Gegenwart zurück. Lowri versuchte – aber es gelang ihr nicht – das Dynamische in ihrer Suche nach einer ständigen Beziehung zu erklären. Diese Beziehung hatte etwas an sich von der Flucht weg von allem auch nur vage Ernsthaftem und trug so den Keim der Konfusion in sich. Ich neckte sie deshalb, was sie tolerierte, bevor sie wieder fest auf ihrem Standpunkt verharrte.
„Vielleicht bin ich deshalb verrückt", sagte sie. „Aber sieh dir die Geschichte deiner Karriere an. Ich finde, es ist Zeit, daß du aus dem Status eines freiberuflichen Mitarbeiters aussteigst. Glaubst du, daß deine Mitarbeit bei diesen humorlosen Leuten des AER Fortschritt ist?"
„Es ist ein Job", sagte ich.
„Hm."
„Er interessiert mich", sagte ich. „Und vielleicht werde ich mir etwas erarbeiten im Laufe der Zeit. Du weißt, ich hätte nichts dagegen gehabt, bei AER fest angestellt zu werden."
„Und warum wurdest du es nicht?"
„Weil sie meine Andeutungen nie verstanden haben. Und außerdem, weil ich mich fragte, aus welchen Motiven ich mich an ein Projekt binden wollte, in dem nur Männer arbeiten. Wer weiß, was geschehen wäre, wenn sie mich gefragt hätten. Auf jeden Fall haben sie Bill Haskers statt dessen angestellt. Nicht, daß er lange geblieben wäre."
Lowri warf mir einen langen harten Blick zu. Sie schien etwas gegeneinander aufzuwiegen, die beste Art zu suchen, es zu sagen.
„Du solltest zu ihm gehen", sagte sie schließlich.
„Zum wem, zu Bill? Ich habe gehört, daß er nicht in der besten Verfassung ist. Deshalb ging er."
„Das stimmt", sagte sie. „Niemand, den ich kenne, hat jemals wieder etwas von ihm gehört. Aber du solltest mit ihm sprechen. Ich weiß, er steht im Ruf, schwierig zu sein, aber er arbeitet sehr gut. Ich habe gehört, wegen seines Weggehens gab es eine Menge Spannungen. Ich finde, du solltest mit ihm sprechen – und sei es nur, damit du dich von dem Bedürfnis befreist, von der AER akzeptiert zu werden."
„Was weißt du noch?" sagte ich.
Sie schüttelte den Kopf. „Es sind nur Gerüchte. Nichts, was ich festnageln könnte. Ich verbreite nicht gern Klatsch, nachdem was geschehen ist. Aber geh zu ihm."
Sie schrieb mir Bills Adresse auf und wechselte dann das Thema. Ich unternahm nichts dagegen – zum Teil, weil man Lowris Meinung nicht ändern kann, wenn sie nicht will, und zum Teil, weil ich nicht wußte, was ich fragen sollte.
Wir bestellten Salate mit verschiedenen Beschreibungen, und sie wurden von einer verärgerten Kellnerin auf den Tisch geschmissen. Ich betrachtete das Essen und glaubte erraten zu können, was sie in diese Stimmung versetzt hatte. Lowri und mir gelang es, uns durch die Tel-

ler zu picken, indem wir die weniger gut erkennbaren Bestandteile des Mahls zur Seite schoben. Gegen drei waren wir bereit zu gehen. Wir zahlten und liefen zur U-Bahn, wo wir uns trennten.

# 7.

Diana Nicholson wohnte in einem luxuriösen Appartment nicht weit von der U-Bahnstation Belsize Park. Es hatte seinen eigenen Eingang im Erdgeschoß, und die Teppiche der Eingangshalle waren so dick, daß man Mühe hatte zu laufen. Ich wurde in das Wohnzimmer geführt, das auf einen großen Garten ging, und dort stehen gelassen. Das Zimmer war mit einem Überfluß ausgestattet, der ans Prahlerische grenzte. Zwei Sofas mit tiefen beigefarbenen Kissen standen sich auf beiden Seiten eines Perserteppichs gegenüber, der schon alleine den Einbruchsalarm, den ich draußen bemerkt hatte, gerechtfertig hätte. Die Masse dieser Möbelstücke wurde ausgeglichen durch einige Anrichten und Sessel im modernen italienischen Stil, die alle genau zueinander paßten. Über dem Kamin vergrößerte ein goldgerahmter Spiegel das sowieso schon große Zimmer. Ein Bild war in eine seiner Ecken eingeklemmt: ein Hochzeitsbild. Darauf lächelte Tim Nicholson breit. Seinen Arm hatte er um eine Frau gelegt, die aussah, als ob sie alles hätte, was sie sich jemals gewünscht hatte.
Sie kam durch die Flügeltür. Gegen das Sonnenlicht glänzte sie fast. Ihre Kleidung war von jener Einfachheit, die ihre Klasse kennzeichnet. Das gelbe Hemd und die braunen Hosen trugen nicht den Namen eines Modeschöpfers, aber ganz offensichtlich waren sie nicht von der Stange gekauft worden. Sie sollten ihre blonden Locken und die gebräunte Haut hervorheben, und sie taten es.
Sie sah fast genauso aus wie auf dem Bild, mit Ausnahme einer Einzelheit. Sie war nicht mehr glücklich. Dünne Linien sammelten sich an den Seiten ihrer blauen Augen, und ihre Lippen waren so fest zusammengepreßt, daß man die Anstrengung noch am Unterkiefer bemerkte. Ohne ein Wort zu sagen, setzte sie sich auf eins der Sofas und bedeutete mir, auf dem anderen Platz zu nehmen. Ich fügte mich.
„Was kann ich für Sie tun?" sagte sie. „Wie ich von Elsa erfahre, sagten Sie, es sei dringend?"
„Es geht um Tim", sagte ich.
„Tim wer?" fragte sie. In ihrer Frage war keine Neugier. Ich wußte, daß sie nur sprach, um ihre Nervosität zu verbergen, und sie wußte, daß ich es wußte. Sie nahm eine Zigarette aus dem Etui neben ihr. Ein Feuerzeug aus massivem Gold zündete sie an: ihre Hände zitterten, als sie inhalierte.
„Tim Nicholson", sagte ich. „Ihr Mann."
„Wir leben getrennt", sagte sie. „Nicht geschieden."

„Sie hatten keine Lust, zur Beerdigung zu kommen?“ sagte ich.
„Zu was ich Lust habe oder zu was ich keine Lust habe, das geht Sie überhaupt nichts an. Ich habe nur wenig Zeit und ich schlage vor, Sie kommen schnell zur Sache.“
„Ich würde gern Tims Testament ausfindig machen“, sagte ich.
Sie betrachtete ihre Zigarette, als ob sie nicht wüßte, wie sie in ihre Hand gekommen sei. Dann ließ sie sie sinken und zerdrückte sie in dem dicken gläsernen Aschenbecher. Sie sagte nichts.
„Wissen Sie, wo es ist?“ sagte ich. „Jemand deutete an, daß Sie es wissen könnten.“
„Dieser Jemand war im Unrecht.“ Sie sagte es völlig ruhig, aber in ihren Augen war panische Angst. „Ich schlage vor, Sie sprechen mit seinem Rechtsanwalt. Ist das alles?“
„Nicht ganz“, sagte ich. „Worüber haben Sie und Tim am Freitag diskutiert?“
„Ich weiß nicht, worüber Sie sprechen“, sagte sie.
„Kommen Sie, Diana“, sagte ich. „Sie werden sich daran erinnern, daß jemand Sie unterbrochen hat. Ich könnte ihn sehr leicht dazu bringen, Sie zu identifizieren.“
Dieses Mals stand sie auf.
„Sie haben kein Recht dazu“, sagte sie. „Ich muß Ihre Fragen nicht beantworten. Wenn Sie mich wieder sehen wollen, sprechen Sie mit meinem Rechtsanwalt.“
„Wie heißt er?“ sagte ich.
„Shlitz. Robert Shlitz. Ich bin sicher, daß Sie ihn im Telefonbuch finden.“
„Ich hatte schon das Vergnügen“, sagte ich. „Interessanterweise war er auch Tims Rechtsanwalt.“ Sie antwortete nicht.
„Was geht zwischen Robert Shlitz und Tims Mutter vor?“ fragte ich.
Sie glitt zur Tür und hielt sie auf.
„Ich glaube nicht, daß das Sie auch nur das Geringste angeht“, sagte sie. „Wenn Sie nicht gehen, rufe ich die Polizei.“
Sie meinte, was sie sagte. Ich hatte keine Wahl und ging zur Tür. Auf dem Weg nach draußen warf ich einen Blick auf das Telefon in der Diele. Ich war totsicher, daß sie hinter mir ging, um mich hinauszuschieben. Ich erkannte die Nummer. Es war die, die Tina Schoenberg mir gerade gegeben hatte. Diejenige von David.
Zurück in Islington überkam mich die Müdigkeit, gegen die ich die ganze Woche gekämpft hatte. Es war Freitagnachmittag, der vierte Tag meiner Nachforschungen, und alles, was ich nach Hause gebracht hatte, waren Fragen ohne Antworten. Ich ging in die Küche, wo Sam darin vertieft war, eine Mischung indischer Gewürze zu mahlen.
„Wir haben schon lange keinen Film mehr gesehen“, sagte ich.
„Mmm“, sagte er.
„Wir wär's mit dem im ‚Screen‘. Er klingt, als ob er dir gefallen könnte – ernst, intellektuell und voller Symbolik. Vielleicht könnten wir die 5-Uhr-Vorstellung schaffen.“
„Gewiß“, sagte er. „Matthew kann hinterher eine Interpretation

darüber schreiben. Tony hat dir die *Street Times* geschickt. Warum liest du sie nicht durch? Vielleicht findest du irgendwelche Anhaltspunkte."
Sie waren auf dem Schreibtisch gestapelt: die Exemplare eines halben Jahres, und jede Ausgabe enthielt fünf Seiten Kontaktanzeigen. Ich setzte mich, drehte den Stuhl herum und blickte zur Decke. Matthew sprang ins Zimmer.
„Ich helfe dir", sagte er.
„Besser nicht. Du müßtest dafür ziemlich gut lesen können."
Er hüpfte auf meinen Schoß.
„Ich kann lesen", rief er. „Kann, kann, kann ... und ich weiß, wie man das buchstabiert."
„Aber Matthew ..."
Ich hatte seine Gefühle verletzt. Er kletterte runter und ging zur Tür, blieb aber stehen und sah mich mit einem bösen Blick an.
„Nie läßt du mich meinen Spaß haben", knurrte er.
Ich gab nach, rief ihn zurück und setzte ihn hin.
„Lies diese durch", sagte ich. „Achte auf die Wörter MARS, FISCHE, AUGEN, BLAU und SUCHT. Kannst du das?"
„Natürlich", sagte er. „Ich werde sie finden."
Ich ging ins Wohnzimmer und versuchte sitzenzubleiben. Ich kam nicht weit. Innerhalb weniger Sekunden stand Matthew vor mir.
„Wie buchstabiert man FISCHE?" sagte er.
Ich seufzte und ging das ganze noch einmal mit ihm durch. Dieses Mal schrieb ich ihm die Wörter groß und breit auf und überließ sie ihm.
Ich muß eingeschlafen sein. Als nächstes schrie Matthew mir in die Ohren.
„Ich habe eins gefunden", schrie er und warf ein Exemplar der *Street Times* vor mich hin.
Er deutete auf einen Artikel mit der Überschrift „Stadtrat verkauft Eis an Fischgeschäft". Ich las ihn durch. Es war eine komplizierte Geschichte darüber, wie ein Stadtrat aus dem Norden durch den Verkauf von Eis aus dem städtischen Leichenschauhaus an einen Fischgroßhändler zu Geld gekommen war. Ich schüttelte den Kopf und Matthew ging wieder raus, untröstlich.
Ich nahm an, jetzt würde er aufhören, aber nach fünf Minuten war er wieder da.
„Ich hab's gefunden", sagte er und warf mir dasselbe Exemplar zu.
Ich dachte, ich sollte dem Spiel besser bald ein Ende machen, und sah auf den Text, auf den er deutete. Ich sah noch einmal hin.
„Männlich, Mars Aszendent Fische, Jogger, graue Augen, sucht Bekanntschaft", stand dort.
Das weckte mich aus meiner Trance, und ich suchte mit Matthew zusammen weiter. Es war gar nicht so leicht. Matthew betrachtete es als eine tödliche Beleidigung, als ich versuchte, die Hefte, die er schon beiseite gelegt hatte, noch einmal durchzuschauen, und ich mußte ihn bestechen, um ihn zur Herausgabe der Hefte zu bewegen.

Gegen fünf hatten wir schon eine Menge entdeckt. Wir hatten sechsmal Mars Aszendent Fische gefunden, dessen Augenfarbe zwischen braun, grau und blau schwankte und der den meisten bekannten Sportarten frönte. Der braunäugige Squashfan von Tims Schreibtisch hatte um ein Treffen am 5. Juni gebeten, fast zwei Wochen, bevor man ihn tot auffand.
Ich griff nach dem Telefon, wählte die Nummer der *Street Times* und fragte nach Tony.
„Hallo", sagte ich, „ich bin's, Kate. Ich habe die Chiffren der Annoncen, die ich gesucht habe. Ich werde sie dir vorlesen."
Bevor ich anfangen konnte, unterbrach mich Tony. In seiner Stimme war mehr als nur eine Spur von Zaudern; mein Herz sank.
„Warte einen Augenblick", sagte er. Die Leitung wurde ausgeschaltet.
Ich war zwei Minuten lang furchtbar enttäuscht. Etwas war geschehen – gerade als ich einen Anhaltspunkt gefunden hatte. Ich bereitete mich auf das Schlimmste vor. Aber als Tonys Stimme zurückkam – stark und gefestigter – ärgerte ich mich grün darüber, daß mein Innenleben aus einem Horrorfilm bestand.
„Mußte das Telefon auswechseln, um nicht abgehört zu werden. Ich machte eine Bemerkung über die Annoncen-Chiffren, und schon stand die gesamte Inserate-Abteilung kopf. Ein Abonnent hat sich beschwert, daß einer der Angestellten seine Adresse verraten hat."
„Wann war das?" fragte ich.
„Irgendwann in den letzten zwei Wochen. Ein Mann beschwerte sich bei der Direktion, und die benutzen jetzt jede Ausrede, um uns scharf ranzunehmen. Die Konsequenz war, daß sie ein ganz neues Sicherheitssystem eingeführt haben, welches komischerweise den Angestellten der Annoncenabteilung auch das früher Weggehen erschwert. Seltsam, wie diese Dinge immer zusammenhängen."
„Und ich dachte, du hättest einen liberalen Arbeitgeber", sagte ich. „Ich nehme an, das heißt, ich kann meine Chiffren nicht ausprobieren?"
Ich hatte nicht mit dem Geist der Rebellion gerechnet, der unter den Angestellten der *Street Times* herrscht.
„Im Gegenteil", sagte Tony. „Warum sollten wir uns das gefallen lassen? Wir haben eine neue verbesserte Methode erfunden, das System zu knacken. Sie ermöglicht uns sogar den Zugang zu den neueren Inseraten, was vorher unmöglich war. Gib mir die Chiffren, und wir probieren aus, ob die Methode funktioniert."
„Prima", sagte ich. „Hier sind sie: 4. Jan. 213; 1. März 72; 4. März 119; 3. Mai 165 und 1. Juni 374. Versuch dein Glück. Ich rufe später zurück."
„Warum gehen wir nicht lieber was trinken?" fragte Tony. „Ich bin heute abend in Islington. Wir wär's mit 7 Uhr in der Kneipe um die Ecke von Sams Wohnung?"
„Gut", sagte ich. „Und, Tony, tausend Dank."
„Nichts zu danken. Ich hatte selbst was davon", sagte er, als er ein-

hing.
Wir verbrachten die Zeit bis 7 Uhr damit, auf Fahrrädern herumzualbern. Oder, um genauer zu sein, Matthew alberte auf dem Fahrrad herum, während Sam und ich für ihn stumme Slalom-Pfosten spielten. Als wir in die Kneipe gehen wollten, hatte er mein Fußgelenk nur dreimal gestreift, ohne die Male zu zählen, die er über meine Schuhe gefahren war.
Im Garten der Kneipe saß Tony neben einer kleinen, blonden Frau – ein malerischer Anblick unter einem Baum. Auf ihren Gesichtern lag ein Ausdruck der Erwartung, der unterbrochenen Vertraulichkeit. In ihrem wallenden schwarzen Rock und ihrer gekräuselten rosa Bluse kokettierte sie mit ihrer eigenen Molligkeit. Hellbraune Augen blickten strahlend über ihre Stupsnase und glichen das leicht spitze Kinn aus. Tony, dessen frisches weißes Hemd am Hals offen war, schien etwas von seiner üblichen Schlampigkeit und auch von seiner Nervosität verloren zu haben. Er saß entspannt da und legte seinen feingliedrigen Arm um ihre Schulter, als er sie als „Caroline, die in der Annoncen-Abteilung arbeitet“ vorstellte. Ich glaubte, ich verstand jetzt, warum seine Stimme so eifrig klang, als er über das Knacken des Chiffre-Systems gesprochen hatte.
Während wir versuchten, uns gegenseitig einzuordnen, entstand eine peinliche Pause. Caroline und ich plauderten über unser Leben, wobei Tony leicht stolz dreinblickte. Wir hatten ein paar gemeinsame Bekannte und tauschten zwanglos Einzelheiten über sie aus. Ich bin nie ganz sicher, ob ich mich darüber freuen soll, wenn ich feststelle, daß jeder, den ich kennenlerne, schon jeden kennt, den ich kennengelernt habe, aber auf jeden Fall erleichtert das die Konversation. Bis Sam von seiner erzwungenen Expedition zu den Schaukeln zurückkam, hatten wir alle Themen erschöpft.
„Also, was ist mit den Chiffren“, fragte ich. „Konntest du sie ausfindig machen?“
Tony lächelte stolz und seine Hand berührte leicht Carolines Nacken. Halb fuhr sie auf, halb bewegte sie sich in Form einer Antwort der Hand entgegen.
„Wir haben ein tolles System ausgearbeitet“, sagte Tony. „Das heißt, Caroline hat es getan.“
„Wie hat es sich in der Praxis bewährt?“ fragte ich.
„Einmalig. Es ging nur darum, das System der gegenseitigen Verweise zu knacken, das sie sich ausgedacht hatten, um uns den Zugang zu den Informationen zu verwehren. Eigentlich nicht nur uns ... sie führten das System ein, als einmal jemand entdeckt wurde, der die Annoncen benutzte, um gestohlene Gegenstände zu verkaufen. Die Polizei kroch überall herum und steckte ihre Nasen in die Aktenordner. Es war genauso, als ...“
„Tony.“ Zu meiner Erleichterung stoppte ihn der Vorwurf in Carolines Stimme.
Er straffte die Schultern, genauso wie seine Gedanken.
„Diese Annoncen sind seltsam“, sagte er. „Sie sind nicht von einer

einzigen Person aufgegeben worden. Dein Freund hat tatsächlich die letzte bezahlt", sagte er.
„Mein Freund?"
„Ja, Tim Nicholson. Wußtest du, daß er tot ist?" Tony lehnte sich vor. „He, du, das hat doch nichts mit seinem Tod zu tun? Ich will damit sagen, ich, wir wollen nicht in etwas Ernsthaftes hineingeraten."
„Ich werde dich später aufklären", sagte ich. „Keine Angst, ich bin nur hinter Informationen her. Wer gab die anderen Annoncen auf?"
Caroline, nun nicht in Tonys Armen, wirkte verlassen. Plötzlich mischte sie sich in die Konversation ein.
„Ein Südafrikaner", sagte sie. „Er sagte, er hieße Jonathan de Vries, aber ich weiß, daß das eine Lüge war, weil ..."
Tony konnte nicht weiter zuhören. Er lehnte sich vor. „Ja, er machte ein Höllentheater darüber, daß wir seine Adresse hergegeben hatten, aber die ganze Zeit über log er uns an ..."
Er hörte auf. Er sah wohl ein, daß es für Unterbrechungen schlechte Noten gab, und murmelte auch etwas Ähnliches vor sich hin.
Ich sah, wie Caroline ihm einen verletzten Blick zuwarf, bevor sie fortfuhr. „Weißt du, als er sich wegen der Annoncen beschwerte, war er komisch, so etwas wie verzweifelt und beunruhigt. Als er rausging, zog er etwas aus seiner Brieftasche und alles fiel auf den Boden. Ich sah seinen Führerschein."
„Und?" fragte ich.
„Und sein Name war nicht Jonathan. Er hieß David Munger."
„Bist du sicher?" fragte ich.
„Ja. Ich sah sogar die Leihkarte einer Bücherei auf diesen Namen."
„Hast du sonst noch was bemerkt?"
„Nur das Geld", sagte sie. Ich habe noch nie so viel in einer einzigen Brieftasche gesehen. Fast alles 50-Pfund-Scheine. Wenn ich es mir überlege, dann bezahlte er die Annoncen immer selbst und in bar."
„Aber seine Adresse hast du nicht rausgekriegt?" fragte ich.
„Nein, tut mir leid, wie ich gesagt habe, ich habe ihm nur geholfen, den Kram einzusammeln. Nur eins habe ich noch gesehen, daß die Leihkarte auf die Stadtbibliothek Camden ausgestellt war. Das wird nicht viel helfen, oder?"
Ich ließ die Frage unbeantwortet, da Tony, der sich angestrengt bemüht hatte, sich während des Wortwechsels zurückzuhalten, nicht länger still bleiben konnte. Er machte seinen Anspruch auf Carolines Schulter wieder geltend und drehte sie sich zu, während er mir gegenüber saß.
„Was geht hier vor? Wieso bist du eigentlich so interessiert an alledem?" fragte er.
Ich fand, es war besser, ihnen alles zu erzählen und sie Schweigen schwören zu lassen, als daß ihre Spekulationen die Runde machten. Ich schnappte nach Luft und fing an. Es gelang uns, Sam und mir, ihnen das Wichtigste von dem, was geschehen war, mitzuteilen, ohne in Details oder in Schlußfolgerungen steckenzubleiben. Die Tatsache,

daß ich jetzt den Nachnamen jenes geheimnisvollen David besaß, machte das Ganze nicht verständlicher. Als wir fertig waren, bewegten sich beide auf ihren Sitzen, als ob es ihnen unbequem wäre. Caroline sagte als erste etwas.
„Aber warum? Ich nehme an, es ist dumm, das zu sagen. Ihr versucht herauszufinden warum. Ich meine: warum – wenn Tim David kannte, und jenes Mädchen hat dir erzählt, sie diskutierten im Lock – warum gaben sie beide ähnliche Annoncen auf?"
„Wer weiß." Ich zuckte mit den Schultern. „Noch weniger klar ist, wie das alles mit Tims Tod zusammenhängt. Ich denke, daß die Annoncen zu Verabredungen aufforderten. Aber wer traf wen? Vergiß die Frage nach dem Warum."
„Ich hab's", brach Sam das Schweigen. „Es war ein Geheimbund einer ehemaligen Privatschulklasse, die sich traf, um über Schulkram zu diskutieren. Tim bildete eine Splittergruppe und schrieb sein Testament neu. Deshalb brachte man ihn wegen Separatismus um."
Wir lachten alle, aber das half uns auch nicht weiter.
„Wer durchsuchte Tims Schreibtisch und warum?" fragte Tony.
„Und warum fliegt ein Vogel?" Matthew war von den Schaukeln zurückgekehrt und erkannte ein Spiel, das er gut spielen konnte.
„Und warum läufst du?" fragte ich.
Er lächelte lausbübisch. „Und warum trompeten Ameisen?"
Ich fiel darauf herein. „Trompeten Ameisen?" fragte ich.
Sam beendete das Gespräch, bevor es in eine Diskussion ausarten würde.
„Hört auf, ihr zwei", sagte er. „Wir wollen essen gehen."
Wir fünf brauchten etwas Zeit, bis wir uns auf die Autos verteilt hatten, und fuhren dann zu unserem italienischen Restaurant. Das Essen war leidlich und die Unterhaltung entspannt. Ich fühlte mich richtig wohl, nachdem wir uns von Tony und Caroline getrennt hatten, und ließ einen schlafenden Matthew in sein Bett fallen. Sam und ich setzten uns vor den Fernseher und tranken Kaffee und Cognac. Wir hatten eine irre Diskussion über das Thema: Werden Tony und Caroline miteinander schlafen oder haben sie es schon getan? Schließlich kamen wir darin überein, daß die Art, wie Caroline Tony vorwurfsvoll ansah, zusammen mit seinen eifrigen Versuchen, den Ruhm gleichmäßig aufzuteilen, Beweise genug waren, daß sie es schon getan hatten. Das brachte uns auf eine Idee, und wir gingen ins Schlafzimmer.

# 8.

Ich hatte nicht vorgehabt, am Samstag zu arbeiten. Der Briefträger änderte meinen Plan. Er klingelte um acht und ließ mich für einen anonymen braunen Umschlag unterschreiben, der so aufregend aussah wie die Bitte eines Redakteurs um einen Beitrag für „Soviet Weekly". Ich öffnete ihn und nahm das dünne Dokument heraus, das er enthielt. Und da stand ich – nicht mit einer Kopie, sondern mit dem echten Testament von Timothy Christopher Nicholson. Es war unterschrieben und trug ein Datum. Es war vier Jahre zuvor abgefaßt worden und die Zeugen waren zwei Leute, von denen ich nie gehört hatte.

Ich schüttelte den Umschlag auf der Suche nach einem Hinweis. Es gab keinen. Er war in Camden Town aufgegeben worden, aber der Absender hatte es vorgezogen, unbekannt zu bleiben. Ich wandte mich dem Dokument zu.

Ich brauchte nicht lange, um es durchzulesen. Die Sprache war schwülstig und juristisch, aber die Botschaft war einfach. Der größte Teil von Tims Besitz ging an seine Frau Diana Nicholson, geborene Glovet über. Dann vermachte Tim seiner Mutter noch ein paar einzeln aufgeführte Gegenstände. Das Dokument gab sich große Mühe hervorzuheben, daß sie gekauft waren mit Geld, das Tim nicht geerbt, sondern verdient hatte.

Das war alles. Nichts Spektakuläres, außer in der Art, wie ein Tim vergangener Zeiten dargestellt wurde: ein verheirateter Mann, der sein Vermögen innerhalb der Familie ließ. Das Testament half mir nicht bei der Beantwortung von Fragen, die ich mir während der vergangenen Woche gestellt hatte.

Eine Minute nach neun wählte ich die Nummer von Shlitz und Stevens. Ich sprach mit dem Notdienst. Eine geduldige Stimme widerstand meinen Erklärungen und Schimpfworten, ohne an Boden zu verlieren. Schließlich gab ich nach und hinterließ meine Nummer.

Innerhalb von 10 Minuten klingelte das Telefon. Ich nahm den Hörer ab und hörte die honigsüße Stimme von Robert Shlitz.

„Miss Baeier", sagte er. „Ihre Nachricht ist zu mir gelangt. Ich höre, daß Sie im Besitz von Dokumenten sind, die für mich interessant sein könnten."

„Tims Testament", sagte ich.

„Vielleicht ist Ihnen klar, daß der Besitz eines Testaments eine heilige Verantwortung ist. Ich hoffe, Sie waren nicht so indiskret, es zu lesen."

„Ich fürchte doch", sagte ich.

„Das war nicht klug", sagte er, und seine Stimme klang drohend. „Ich werde in Erwägung ziehen, ob ich diesen Verstoß gegen die Gesetze den zuständigen Behörden melde, und die Gültigkeit des Testaments könnte angezweifelt werden."

„Zweifeln Sie nur an! Wir wissen beide, daß niemand gegen mich gerichtlich vorgehen kann, weil ich ein Dokument gelesen habe, das mir zugeschickt wurde. Was haben Sie überhaupt gegen Diana Nicholson?"

„Was meinen Sie?" bellte er.

„Na ja, wenn Sie die Gültigkeit des Testaments anzweifeln, wird sie

das ganze Geld verlieren", sagte ich.
Es entstand eine Pause und dann gab es eine Veränderung. Robert Shlitz wechselte den Gang. Die gefühllose Stimme eines tüchtigen Rechtsanwalts kehrte zurück.
„Gut, vielleicht können wir es als Fehler Ihrerseits bezeichnen", sagte er. „Wenn Sie so nett wären, das Testament zurückzugeben – natürlich per Einschreiben – könnten wir die ganze Angelegenheit vergessen."
„Ich möchte es Ihnen lieber geben. Dieses Dokument scheint die Angewohnheit zu haben, verloren zu gehen", sagte ich.
Er war verärgert, aber er versuchte, es nicht zu zeigen. „Sehr gut. Ich werde Sie genau in einer Stunde in meinen Praxisräumen treffen."

Er erwartete mich vor seinem Büro in der Bond Street. Ohne ein Wort hielt er mir die Hand entgegen.
„Ich hätte gern eine Quittung", sagte ich.
Er griff in die Tasche seiner Freizeit-Tweedjacke und entnahm ihr einen Schlüsselbund, der von einem schweren silbernen Ring zusammengehalten wurde. Er benutzte die Schlüssel für das dreifache Schloss in der schweren Tür. Er bat mich herein.
„Warten Sie hier", sagte er. „Ich hole die notwendigen Papiere."
Er blieb nicht lange weg. Als er zurückkam, gab er mir einen Umschlag und stellte sich an die Seite, um mich herauszulassen.
„Einen Augenblick", sagte ich. „Ich habe noch zwei Fragen."
„Miss Baeier, es ist Samstag und ich erwarte Gäste. Außerdem habe ich keinen Auftrag, Ihnen gesetzlichen Rat zu erteilen. Bitte konsultieren Sie eine andere Firma."
„Ich wußte nicht, daß Sie hinsichtlich Ihrer Klienten so pingelig sind", sagte ich.
„Was wollen Sie damit sagen?" fragte er. Die Schlüssel klimperten ungeduldig in seiner Hand; ein Manschettenknopf mit einem Smaragd wurde grob geradegebogen.
„Ich will sagen, daß es seltsam scheint, daß Sie sowohl Tim als auch Diana Nicholson vertreten haben. Wenn man an die hohen Geldsummen denkt, um die es geht, dann ist das doch ziemlich unorthodox."
„Da Sie schon so unklug waren, das Testament zu lesen, müssen Sie gesehen haben, daß Timothy darin keinen Interessenkonflikt sah", sagte er.
„Das sagen Sie", sagte ich. „Aber das ist es, was seltsam ist. Dieses Testament ist vier Jahre alt. Das bedeutet, daß es erstellt wurde, als die beiden noch zusammen waren. Als Tims Anwalt hätten Sie sicher darauf achten müssen, daß er sein Testament revidierte. Ich habe ihn damals nicht gekannt, aber aus dem, was ich mir zusammengereimt habe, schließe ich, daß er sich in den letzten paar Jahren ganz schön verändert hat."
Ich sah ihm in die Augen. Das war anstrengend. Sein höfliches Gesicht hatte sich verändert, und die reine Wut blitzte mich an. Er sah

aus, als ob er eine innere Kraft verbergen wollte, die zu explodieren drohte. Sein Mund hatte sich verzogen, Adern röteten sein Gesicht.
„Ihre Sorte von Leuten hat ihn soweit gebracht", zischte er.
„Was für eine Sorte ist das?" sagte ich.
„Gesindel, Volksverhetzer und Gesindel. Sie untergraben die Fundamente unserer Gesellschaft. Zügellose Jugendliche, die keine Familien haben, die der Rede wert sind, und die versuchen, jeden auf ihr eigenes Niveau herunterzuziehen. Leute ohne Format ..."
Er fing sich und hörte auf. Als die Röte aus seinem Gesicht wich, machte sich Traurigkeit darauf breit. Das kam mir irgendwie bekannt vor, aber bevor ich über den Grund nachdenken konnte, war die Traurigkeit auch verschwunden. Der Bond-Street-Anwalt war in sein Schneckenhaus zurückgekehrt.
„Hat Tim sein Testament geändert?" fragte ich.
„Sie haben mich genug aufgehalten", antwortete er mit einem Lächeln auf dem Gesicht. „Würden Sie jetzt bitte meine Räumlichkeiten verlassen?"
Ich hatte keine Wahl. Ich ließ ihn unter einem sehr alten Gemälde einer idyllischen Landschaft stehen.
Ich ging die Oxford Street hinauf. Ich kam nur langsam vorwärts, teils, weil Robert Shlitz' Benehmen mich beunruhigt hatte, teils, weil riesige Menschenmassen die Gehsteige bevölkerten. Ich dachte über Tim nach und über das Leben, das er ausgeschlagen hatte. Bis ich in der Tottenham Court Road angekommen war, hatte ich meine Haltung zum größten Teil wiedergewonnen: so weit, daß ich mich über die Konsumenten-Orgie, die um mich herum in Gang war, ärgerte. Ich kaufte eine Fahrkarte nach Belsize Park und verbrachte die Zeit des Wartens und des Fahrens damit, die Reklame um mich herum zu studieren. Viel gelernt habe ich nicht dabei.
Diana Nicholson öffnete selbst die Tür. Sie sah mich an, ohne zu sprechen, und wollte dann die Tür wieder zuschlagen. Ich stellte meinen Fuß in den Spalt. Sie gab nach und führte mich ins Wohnzimmer.
Sie strahlte eine Art nervöser Energie aus, und das Zimmer war der Leidtragende. Alles war leicht aus dem Gleichgewicht gebracht. Die Bücher aus Glanzpapier lagen geöffnet herum, zur Seite gelegt von einer gelangweilten Leserin. Die Aschenbecher waren übervoll, und das Zimmer roch muffig trotz der offenen Flügeltüren zum Garten. Ich setzte mich und sah sie an, während sie am Fenster stand. Sie war ein Wrack. Dunkle Schatten lagen um ihre Augen und wurden noch betont durch die Wimperntusche, die seitwärts runtertropfte. Ihr helles Haar war in Unordnung. Als sie ihre rechte Hand hob und es die Wange entlang hinter das Ohr schob, wußte ich warum.
„Ich habe das Testament", sagte ich.
„Das hat nichts mit mir zu tun", sagte sie.
„Es vermacht Ihnen das Geld", sagte ich.
„Und Sie glauben, das bedeutet mir viel? Sie sind genau wie Tim ... er hat nie verstanden, daß ich nie so am Geld interessiert war, wie

er glaubte."
„Für Robert Shlitz ist es interessant", sagte ich.
Damit hatte ich das Eis gebrochen. Sie lachte aus echter Freude, aber das Lachen entzog sich langsam ihrer Kontrolle. Sie hörte rechtzeitig auf.
„Armer Robert", sagte sie.
„Warum?"
„Er hat ... Probleme", sagte sie. „Nicht daß ich erwarte, daß sie Sympathie aufbringen für die Probleme der Reichen."
„Machen Sie einen Versuch", sagte ich.
Sie öffnete den Mund, und einen Augenblick sah es so aus, als ob sie sprechen wollte. Statt dessen verbissen sich ihre oberen Vorderzähne in ihre Unterlippe. Ein Stückchen glänzender Haut machte sich los und klebte an einem ihrer engen Vorderzähne.
„Es hat nichts mit Ihnen zu tun", sagte sie. „Können Sie nicht die Vergangenheit in Ruhe lassen?"
„Wie sieht es mit der Gegenwart aus? Erzählen Sie mir etwas über David Munger", sagte ich.
„Aber das hat er ..." begann sie. Dann verlor ihre Stimme ihre Lebhaftigkeit. „Ich weiß nicht, wovon Sie sprechen."
„Jemand hat mir diese Nummer für David gegeben", sagte ich.
„Jemand hat sich geirrt", sagte sie. „Ich kenne keinen David Munger."
„Haben Sie mit Tim darüber gestritten?" fragte ich.
„Warum in aller Welt sollten wir? Ich habe Ihnen schon gesagt, ich kenne ihn nicht. Und ich sehe nicht ein, warum ich weiter mit Ihnen über Tim diskutieren soll."
„Wir könnten über das Testament sprechen", sagte ich. „Sie werden einen schönen Batzen erben."
„Vielleicht ist das Ihrer Aufmerksamkeit entgangen, aber ich habe Geld. Ich arbeite für meinen Lebensunterhalt und es geht mir ganz gut. Mutter greift mir dann und wann unter die Arme." Sie setzte sich plötzlich und griff nach einem Päckchen Zigaretten. Es war leer. Ohne es anzusehen, knüllte sie es zusammen und ließ es fallen. Sie sprach weiter, und ihre Stimme wurde höher. „Es ist mir egal, was Tim Ihnen gesagt hat. Ich liebte ihn auf eine Art, die er nie verstanden hat. Vom Augenblick an, da wir uns trafen, lief alles schief, aber ich liebte ihn."
„Warum sind Sie dann auseinandergegangen?" fragte ich.
Tränen rollten ihr die Wangen herunter, ganz still, und sie ließ es gewähren. Aber während sie heruntergl itten, nahmen sie mit, was ihr noch an Haltung geblieben war. Ihr Gesicht faltete sich, ihr Mund verzog sich.
„Ich will sein Geld nicht", sagte sie. „Ich habe es nie gewollt. Er sagte, ich sei nur an seinem Geld interessiert, weil er sich schuldig fühlte an der Art, wie er mich verließ. Es war nicht meine Schuld. Ich weiß, er hat sich verändert. Aber er gab mir nicht die Chance, mich anzupassen. Und dann versuchte er zu sagen, es sei alles mein Fehler. Gut,

ich mußte meine Selbstachtung aufrecht erhalten, während er sich unter seinen sozialen Problemen begrub. Er hätte mich auch nicht zurückzuweisen brauchen ... Ich habe ihm das gesagt."
Sie sagte es unter Tränen, aber es gab etwas, das sie zurückhielt.
„Wie paßt David Munger in das Bild?" fragte ich.
Sie stand auf und wischte grob die Tränen von einer Wange. Die Verletzbarkeit, die sich in ihr Gesicht geschlichen hatte, verschwand.
„Ich weiß nicht, wovon Sie sprechen", sagte sie. „Verlassen Sie das Haus, oder ich rufe die Polizei."
„Sie wiederholen sich", sagte ich.
„Dann seien Sie so freundlich zu gehen, und ich werde Sie nicht mehr langweilen", stotterte sie. Sie sah wütend aus. Ich fühlte mich nicht wohl bei dem Gedanken, daß ich ihrem Kummer nicht getraut hatte, aber ich konnte ihr das nicht sagen. Statt dessen tat ich, um was sie mich gebeten hatte.
Ich ging in Richtung U-Bahn, als ein weißes BMW-Kabriolet an mir vorbeizischte. Ich drehte mich um und sah, daß es nicht weit fuhr. Innerhalb von Sekunden bremste es und parkte vor Dianas Tür. Ein Mann kam heraus. Ich erkannte ihn. Es war Robert Shlitz.
Was als ein warmer Tag angefangen hatte, war jetzt fast heiß. Ich fand eine Telefonzelle und rief Anna an. Wir sprachen eine Weile, bis wir uns verabredeten. Ich schlenderte rüber zur Hampstead Heath, und auf dem Weg kaufte ich einige Brötchen, Butter und etwas italienischen Schinken, ein halbes Pfund Tomaten und zwei sagenhaft glänzende rote Äpfel. Als ich in der Frauen-Abteilung des Schwimmbads ankam, wartete Anna schon mit einem zweiten Bikini in der Hand. Ich zog mich um und verbrachte ein paar Minuten damit auszuprobieren, wie man das Unterteil des Bikinis zusammenziehen und das Oberteil dehnen könnte. Dann entschloß ich mich, das Oberteil wegzulassen, und ging zu Anna, die sich schon auf dem Gras ausgestreckt hatte. Wir saßen in der Sonne und aßen. Die Äpfel schmeckten nicht so gut, wie sie aussahen.
Gedämpfte Konversation kam von den Frauenknäueln rüber, die sich unterhielten. Vor uns schwammen vier Entlein auf dem grünen Wasser und führten ihre perfekte Überlebenstechnik vor. Sie zeigten, wie sie das Hereinplanschen von Eindringlingen in ihr Revier abwehrten. Ich schwamm eine Runde, bevor mich die Kälte hinausjagte. Der eisige Schock tat seine Wirkung. Gegen zwei war ich fast entspannt.
Wir zogen uns an und setzten uns in Annas Auto. Das Wasser tropfte aus meinem Haar über meinen Rücken; der Wasserschlamm klebte an meiner Haut. Wir kamen in der Cardozo Road an und knobelten. Ich kriegte die Dusche, Anna die Badewanne. Danach setzten wir uns in den Garten und tranken Kaffee, während wir Daniel bei seinem Feldzug gegen das überhandnehmende Unkraut anfeuerten. Die Zeit verlief langsamer. Schließlich kam es mir so vor, als ob ich eine Woche Detektivarbeit Detektivarbeit sein lassen könnte.
Gegen 5 fingen wir mit dem Tequila an. Gegen 6, als Matthew und Sam ankamen, lächelte ich sogar. Sam sank müde auf einen Stuhl,

während Matthew die Runde durch den Garten machte.
Die Sonne verschwand und hinterließ einen blaßrosa Himmel, unter dem wir das Abendessen besprachen. Wir entschlossen uns, beim nahegelegenen Chinesen etwas holen zu gehen. Der hatte Peking-Ente und Pfannkuchen.
In der Mitte des Mahls klingelte das Telefon. Matthew, der fast platzte und sich nach Unterhaltung umsah, ging zum Apparat.
„Nein", sagte er. Das war sein gewöhnlicher Telefon-Eröffnungszug. Dann noch einmal „Nein", gefolgt von einem „Meine Mammi ist nicht hier, ich bin bei Sam." Nach einer Pause sprach er wieder. „Sie wohnt in Dalston."
„Wer ist das", fragte Anna, als Matthew daran ging aufzuhängen.
„Ein Mann ... für Kate, aber das ist nicht ihre Nummer", sagte er.
Ich rannte zum Telefon und griff nach dem Hörer, gerade bevor er den Unterbrechungsknopf drückte.
„Hallo", sagte ich, und zu Matthew gewandt: „Aber du hast mich doch im Zimmer gesehen."
„Kate?" fragte Michael Parsons.
„Ich langweile mich", sagte Matthew und stürzte sich auf meine Hände.
„Weg hier", sagte ich. „Tut mir leid, Michael, hier ist es etwas unruhig."
„Ich möchte mich mit dir treffen" sagte Michael.
„Ich möchte mit dir spielen", sagte Matthew.
„Ich krieg was zuviel", sagte ich. „Warte einen Augenblick. Okay, legen wir einen Termin fest", sagte ich ins Telefon.
Keine Antwort.
„Michael?"
„Kate ... ich warte."
„Mir reicht's", sagte ich. „Wie wär's mit einem Termin für morgen. Etwa fünf. Bei Sam."
„Ich werde kommen", sagte er, und wir beendeten das Gespräch, während Matthew schnurstracks auf die Bänder meiner Sandalen zustürzte.
Es dauerte etwas, bis ich ihn davon abbrachte, und noch etwas länger, bis ich ihn überzeugt hatte, daß er schlafen mußte. Aber letzten Endes hatten wir Erfolg, und zwar mit Hilfe einer vorsichtig koordinierten Aktion. Wir ließen uns im Wohnzimmer nieder, vor dem akkustischen Hintergrund von Eddice Cleanhead Vincent.
„Also, was soll ich machen, Kate?" sagte Anna und führte die Unterhaltung fort, die wir im Schwimmbad begonnen hatten, als hätte es nie eine Unterbrechung gegeben.
„Worum geht's?" fragte Sam.
„Anna hat ein neues Angebot bekommen", sagte ich. „Sie soll in einer reinen Frauen-Firma arbeiten. Sie haben einen Vertrag für Dokumentarfilme im 4. Programm."
„Klingt gut", sagte Sam. „Wo ist das Problem?"
„Das Budget", antwortete Anna. „Es ist eine Gruppe Filmema-

cherinnen, reine Profis, die einen Antrag für eine Fernsehfolge stellten, obwohl sie nicht damit rechneten, daß sie eine Chance hätten. Und jetzt haben sie den Vertrag bekommen, aber nicht genug Geld. Es wird die Hölle, mit so geringen Etats Filme zu drehen."
„Vielleicht solltest du zustimmen, wenn sie die Mittel erhöht bekommen", sagte ich.
„Das habe ich schon vorgeschlagen. Aber sie wagen es nicht. Sie sind so entzückt, daß sie eine Chance erhalten haben. Sie wollen, daß ich die ganze Folge herausgebe, und ich habe Angst, daß es langweilig wird."
„Warum langweilig?" fragte Sam.
„Bei dem Zeitplan, den sie haben, kann ich nicht verstehen, wie sie irgendwelche Forschung betreiben können. Es wird alles auf eine unendliche Reihenfolge sprechender Gesichter hinauslaufen – d.h. Interviews, die im Cutter-Raum zusammengeschnitten werden."
„Auf jeden Fall geeignet, um von der Männerwelt des Fernsehens wegzukommen", sagte ich.
„Ach, wer weiß das besser als ich? Ich habe genug von ihnen. Ich will nicht mehr behandelt werden wie eine Mischung von Kaffee-Kocherin und Mutter, die sich um allen Mist kümmert."
„Und wie ist es bei den Frauen?" fragte ich.
„Kommt darauf an. Da sind ein paar, mit denen ich schon zusammengearbeitet habe und mit denen ich gern wieder arbeiten würde. Andere gehören zu dem Typ, den ich nur zu gut kenne ... weißt du, die sich in der BBC ohne Hilfe hochgearbeitet haben, und jetzt, wo Feminismus sich auszahlt, legen sie ein Lippenbekenntnis zu ihm ab. Aber im Grund haben sie sich ganz alleine durchgesetzt ... in ihrem Herzen sind sie überzeugt, daß jeder, der gut ist, machen kann, was er will, und daß die, die nicht gut sind, nur stöhnen. Im großen und ganzen denke ich, daß die Atmosphäre gesünder wäre als mein jetziger Alptraum", sagte Anna.
„Das ist schwer zu verstehen", sagte Daniel. „Daß die Männer immer noch so schwierig sind. Besteht denn keine Hoffnung für uns?"
„Es kommt darauf an, wie sehr die Männer sich anstrengen", erwiderte Anna. „Die, mit denen ich arbeite, sitzen auf dem hohen Roß. Sie haben keinerlei Grund, sich zu ändern, wenn nicht die Frauen in ihrem Leben etwas tun. Was ich nicht verstehe, ist, warum die Männer, mit denen Kate arbeitet, sich nicht sehr geändert haben. Ich meine, sie sind herumgekommen."
Als sie mich erwartungsvoll ansahen, hätte ich fast die Männer des AER verteidigt. Ich stoppte mich und dachte darüber nach, warum das so war. Ich wußte, daß ein Teil meiner Probleme als freier Mitarbeiter seinen Ursprung hatte in meinen Gefühlen der Unzulänglichkeit und in ihrer Gefühllosigkeit mir gegenüber. Sie widersetzten sich allem, was ihr Handlungsschema verändern könnte. Ich haßte die Art, wie sie zusammenhielten. Sie fanden das gemütlich. Wenigstens Tim fand das. Mit diesem Wort hatte er einmal den AER beschrieben.

„Ich nehme an, ich bin irgendwie ein Teil der Investition", sagte ich. „Ich habe ihr Verhalten nie völlig verstanden."
Sam prustete los und nahm sich gleich zusammen. „Tut mir leid, aber ich hasse es, wenn du das sagst, Kate. Ich bin überzeugt, es ist eine Frage der Macht."
„Wie, daß sie die gesamte Macht haben?" sagte Daniel.
„Nein, ich sprach über Kate. Ich habe es ihr immer gesagt ... sie glaubt, daß, wenn sie es mit aller Kraft versucht, die Atmosphäre der AER sich bessern würde und sie sie akzeptieren würden. Ich versuche ständig, sie davon zu überzeugen, wie falsch das ist. Die AER hat es fertiggebracht, sie davon zu überzeugen, daß die Schwierigkeiten nur an ihr liegen. Sie fühlt sich als diejenige, die nicht reinpaßt, die sich blöd benimmt."
„Aber was kann ich dagegen tun?" fragte ich.
„Nichts. Das ist es, was ich dauernd sage. Diese Männer stecken zu sehr in ihrer Lebensart drin, und es bedarf mehr als deiner, um die Art, wie sie ihre Beziehungen leben, zu ändern. Während du dich so schwach findest, nimmst du die Macht und die Verantwortung für die Situation auf dich und spielst ihr Spiel."
„Tue ich das jetzt?" fragte ich.
„Vielleicht", sagte Sam. „Aber vielleicht ..."
Anna unterbrach. „Das könnte anders sein. Du arbeitest nicht so eng mit ihnen zusammen, und vielleicht könntest du das als eine Gelegenheit betrachten, aus ihrem Einflußbereich auszubrechen. Ich meine nicht, nicht mehr mit ihnen zu arbeiten; ich meine, du solltest dich weniger intensiv an ihre Probleme gebunden fühlen, als du es jetzt tust."
Ich ließ es dabei bewenden und dachte darüber nach. Ich wollte eine Enttäuschung vermeiden, so wie ich sie während des größten Teils meines Arbeitslebens vermieden hatte. Obwohl meine politische Erfahrung dagegen sprach, fühlte ich, daß es in mir etwas von dem gab, was Anna an einigen ihrer neuen Kolleginnen beschrieben hatte. Als Journalistin hatte ich immer in einer Männerwelt gearbeitet. Es war eine Welt, in der die Männer den Ton angaben. Wenn ich an die Erfahrungen dachte, die meine Freundinnen täglich im Journalismus machten, war ich in der Lage, das klar zu sehen. Aber wenn es um mich ging, rechtfertigte ich mich, indem ich andere Gründe anführte. Vielleicht wollte ich mich nur nicht als Schmarotzer sehen.
„Aber bedeutet dieser Job nicht, daß ich ihnen wieder nur aus ihren Problemen heraushelfe?" fragte ich Anna. „Ich meine, daß ich für sie aufräume. Tim stirbt, die Angelegenheit ist etwas geheimnisvoll, und da wird mir der Job gegeben, dem Geheimnis auf die Spur zu kommen – mit fast keiner Hilfe ihrerseits."
„Zumindest siehst du es jetzt ein", sagte sie. „Sieh es als einen Prozeß an, bei dem etwas für dich selbst herauskommt."
„Und als erstes sag ihnen, daß sie dich nicht mehr überall anrufen sollen. Was denkt Michael eigentlich, wer er ist, wenn er dich an einem Samstagabend anruft? Und dich bittet, ihn am Sonntag zu

treffen. Er hat dafür keinerlei Berechtigung", sagte Sam.
„Erster Akt, erste Szene. Die neue Kate Baeier", sagte ich, als ich nach dem Telefon griff. Ich wählte Michaels Nummer. Sein Samstag war nicht sehr erfolgreich. Er antwortete beim ersten Klingeln mit einer Stimme, die hoffnungsvoll anstieg. Ich bildete mir nicht ein, daß er auf mich gewartet hatte. Seine Stimme sank, als er meinen Namen hörte.
„Ich möchte unser Treffen neu festlegen, Michael", sagte ich. „Es sei denn, du sagst, daß es dringend ist und warum?"
Er fing an zu protestieren.
„Es geht um mein Wochenende", sagte ich. „Wir sehen uns am Montag. Wie wär's mit dem Büro?"
„Wirklich, Kate, das paßt mir ganz und gar nicht. Und es ist ein Bankholiday Feiertag."
„Gut, dann in Sams Wohnung", sagte ich. „Fünf Uhr."
Michael war einverstanden, aber nur widerwillig. Ich hängte ein und fragte mich, ob alles so leicht werden würde.

# 9.

Am Sonntagmorgen wachte ich mit einem panikartigen Gefühl auf. Ich hatte geträumt, daß etwas Großes und Einhüllendes mich erstickte. Ich kämpfte mich aus dem Traum heraus, aber es gelang mir nur schwer. Ich öffnete die Augen und sah das Problem. Es war Matthew, der auf meinem Kopf saß und ein Buch las. Das Buch hatte er verkehrt herum in den Händen. Er war verärgert, als ich ihm das sagte, und noch verärgerter, als ich ihn wegschob. Ich zog mich an und ging los, um meinen Termin bei Marty Succulent einzuhalten.
Die Straßen waren verlassen. In zwanzig Minuten war ich in seinem Büro in der Baker Street. Ich wurde von einer seiner drei schick aussehenden Empfangsdamen hereingelassen und in den luxuriösen Warteraum dirigiert. Es gelingt ihm wirkungsvoller als jedem anderen, den ich kenne, seine Arbeit von seinem Privatleben zu trennen. Wenn er arbeitet, denkt er an nichts anderes, und die Sonntage sind einfach nicht existent. Zwei Wochen lang knackt, schlägt, massiert, streckt und piesackt er seinen Weg durch buchstäblich hunderte von Körpern, und für den Rest des Monats verschwindet er dann nach Marbella, wo seine Frau und seine zwei Kinder in einem prunkvollen, zollfreien Hafen wohnen. Als ich ihn das erste Mal sah, hatte ich Martys leuchtende Gesundheit als einen Tribut an seine Geschicklichkeit angesehen, aber seitdem glaube ich, daß sie eher den ständigen Sonnenbädern zu verdanken ist.
Zwei Jahre zuvor war ich völlig schief in seine Behandlungszimmer gekrochen, um dann innerhalb der streng begrenzten 15 Minuten

wieder zurechtgerüttelt zu werden. Marty ist teuer, aber er ist auch sehr geschickt. Von Zeit zu Zeit lasse ich mich von ihm in Form bringen. Seitdem er aufgehört hat, mich zu überzeugen, daß er nach Spanien pendelt, weil das billiger ist, als in einem Vorort zu leben, seitdem haben wir eine ungezwungene Freundschaft entwickelt.
„Was ist los mit Ihnen?“ fragte er und sah mich kritisch an.
„Furchtbar steif, was sonst?“
Er knirschte mit den Zähnen, als ich mich auf den Tisch legte. „Es ist jedesmal dasselbe, Kate. Und Sie wissen es. Sie sind nicht zu diesem Lehrer Alexander gegangen, den ich empfohlen habe, oder?“
Ich drehte mich um. „Doch, aber ich konnte ihn nicht verkraften. Er fing an mit diesem Echtheitsgerede über Energieübertragung und kinästhetisches Lernen und machte mich nervös. Als ich ihm das sagte, wurde er ganz ernst und blickte in meine Augen, und das machte mich hysterisch. Da ging ich und murmelte Entschuldigungen darüber, daß mein Rücken nur eine schnelle Massage brauchte.“
„Warum versuchen Sie es nicht mit Rolfing?“
„Zu teuer, zu schmerzhaft“, sagte ich.
„Sie haben sich das selbst eingebrockt, und jetzt müssen Sie darunter leiden, daß es korrigiert wird“, sagte Marty und gab mir einen Ruck, wie um zu beweisen, daß er recht hatte.
„Kommen Sie, Marty, spielen Sie nicht den Moralischen. Wie fanden Sie Tina Schoenberg?“
„Ich nehme an, Sie meinen nicht medizinisch“, sagte er. Marty hatte viele Stunden damit verbracht, mich über das Privatleben seiner Patienten aufzuklären, aber er haßte es, wenn ich das für selbstverständlich hielt.
„Kommen Sie, Marty, es interessiert mich. Was denken Sie über sie?“
„Ich will's mal so sagen“, antwortete er. „Ich glaube, sie ist nicht die ausgeglichenste meiner Patientinnen. Raten Sie, was sie glaubte, sie hätte?“
„Bilharziose“, sagte ich. „Haben Sie etwas darüber herausgefunden, was sie in London macht?“
„Sie steckt sich mit Bilharziose an, was sonst?“ Und seine Faust knetete sich langsam meinen Rücken hinunter.
„Ich weiß, daß es Ihnen immer gelingt, ihre Klienten zum Sprechen zu bringen. Es lenkt sie ab vom Schmerz, den Sie ihnen bereiten. Arbeitet sie?“
„Wie eine Sklavin, ihr zufolge.“ Er bearbeitete jetzt meinen Schädel, und ich fühlte eine große Erleichterung, als er meinen Hals dehnte.
„Jetzt umdrehen.“
„Wohin?“
„Auf den Bauch“, sagte er.
„Wo arbeitet sie?“
„An einer Botschaft“, sagte er, und seine Worte wurden von einem Knacken begleitet.
„O.K., ich gebe nach. Was haben Sie noch erfahren?“
„Sie ist verkrampft“, antwortete er.

„Das weiß ich. Was noch, Marty, oder ich bleibe länger, und das werden Sie nicht wollen bei all den reichen Leuten, die auf Sie warten."
„Sie arbeitet an der argentinischen Botschaft. Sie hat eine Art von Verbindungsjob mit, wie sie mir sagte, sehr großer Verantwortung. Dann sagte sie, sie würde wie eine Null behandelt und herumgereicht. Sie lebt alleine. Ihr Freund hat sie verlassen und hat es jetzt mit – wie sie es nannte – einer Art englischer Aristokratin mit Geld?"
„Diana Nicholson", sagte ich.
„Das könnte sein. Ich habe damals nicht darauf geachtet. Ihre Rückenwirbel sind sehr verknotet. Folge einer frühen Störung bei ihrer frühen äußeren Objektwahl."
„Was soll das?", sagte ich. „Wollen Sie Psychiater werden?"
„In der Tat, ich denke daran, meine Ausbildung zu erweitern. Ich mache jetzt schon so viel Laientherapie, daß ich genausogut kassieren könnte. Aber außer einer vorläufigen Beurteilung habe ich wirklich nicht viel über Tina Schoenberg herausbekommen, außer daß sie keine Bilharziose hat. Entspannen Sie sich jetzt, ich bin gleich fertig."
Es kam zu einem letzten Krachen und Knirschen, und dann wurde ich rausgeschmissen. Ich zahlte, zählte kurz die Brillanten im Wartezimmer und ging.
Bill Haskers, der AER nach wenigen Monaten verlassen hatte, wohnte in einem der vielen Nachkriegsbetonsilos, die man überall in Hackney findet. Die benachbarten Hackney Downs betonten nur die absolute Häßlichkeit der Gebäude. Ich fand seinen Block und stieg die kalten, dunklen Stufen zum 4. Stock langsam hoch. Meine Schritte hallten an den mit Graffiti bedeckten Wänden wider. Der Gang war wie ein Gefängnisbalkon: Tür neben Tür die ganze Länge entlang.
Ich fand Nummer 94 und klopfte. Keine Antwort. Ich schob die schwere Metalltür, und sie öffnete sich etwas. Ich klopfte noch einmal. Drinnen war ein Kratzen zu hören, so als ob eine Schallplatte abgelaufen wäre und ziellos die Rillen entlang kreiste.
Vorsichtig schritt ich in den engen Flur. Kartons mit Büchern und Papier standen die Wände entlang, und revolutionäre Poster wetteiferten mit dem Schimmel, der langsam die Oberhand gewann. Ich zog meine Jacke um mich zusammen und ging dem Geräusch entgegen.
Das Geräusch hörte nicht auf, während meine Augen sich an die Dunkelheit gewöhnten. Bill stand fast bewegungslos am Fenster. Mit einem Tuch wischte er methodisch eine kleine Fläche. Sein ganzer Körper konzentrierte sich auf die Arbeit, fast als ob er versuchte, den Dreck durch die Scheibe herauszudrücken. Es sah nicht so aus, als ob er mich gehört hätte oder als ob er je meine Anwesenheit zur Kenntnis nehmen würde.
„Bill?" meine Stimme klang pathetisch.
Er drehte sich halb um, aber seine Hand unterbrach ihre Bewegungen nicht. Er zwinkerte mir mit halbgeschlossenen Augen zu, so als ob er

nicht wüßte, wo er mich einordnen sollte.
„Ich kenne dich", sagte er. „Kate Baeier. Guten Tag und Auf Wiedersehn."
„Ich würde gerne mit dir sprechen", sagte ich.
„Wer würde das nicht gern? Meine Mutter, Milly, meine sogenannten Freunde und jetzt du. Ich kenne dich überhaupt nicht ... nur dein Gesicht von einer jener Parties, wo jeder lächelt und niemand sich amüsiert."
„Die können schrecklich sein", sagte ich. „Komm und setz dich einen Augenblick hin. Das Fenster kann warten."
„Da bin ich nicht so sicher", sagte er. Aber er legte das Tuch hin und bewegte sich zu mir hin. Ich saß auf einem alten Sessel. Er lehnte sich an die gegenüberliegende Wand und blickte mich durch halbgeschlossene Augenlider an. Er sah aus, wie ein Mann, den entweder das Rezept seines Arztes oder sein eigener Kummer betäubt hatte. Mir kam es so vor, als handele es ich in diesem Fall um eine Kombination von beidem. Seine schmalen Schultern waren gebückt, so als wollte er sich gegen etwas schützen. Seinen mausbraunen Bart hatte er abrasiert, und sein zurückweichendes Kinn konnte sich nirgends mehr verstecken.
„Ich wollte dich etwas über die AER fragen", sagte ich.
„Nur los", sagte er. „Das ist nicht mein Lieblingsthema."
„Du weißt, daß Tim tot ist."
„Hab's gehört. Schade. Ich hatte ihn gern. Aber so wird es uns allen gehen, und einigen ist es sogar egal."
„Manche meinen, daß er umgebracht worden sein könnte."
„Komisch", sagte er, „was die Leute einem alles erzählen, um einen aufzumuntern. Ich hab' das auch gehört."
„Warum hast du AER so schnell verlassen?" fragte ich.
„Mein Informationsnetz ist besser als deines", antwortete er. „Ich dachte, die ganze Stadt wüßte das. Mir paßte das alles nicht, und ich ließ es jeden merken. Aldwyn sagte, ich hätte sein Ablagesystem zerstört, als ich auf Zerstörungstour ging. Aldwyn sagt viel. Aber er meint wenig. Tim sagte nichts und meinte viel."
„Was soll das heißen?" fragte ich.
Er bewegte sich von mir fort und zum Fenster hin. Das Tuch quietschte wieder auf der Scheibe. Seine Worte klangen, als kämen sie von weither.
„Hast du es nicht gehört? Ich bin irrational. Niemand kann mir helfen. Tim hat es versucht. Aber er konnte es nicht. Er vertraute mir, weißt Du. Vertraute mir. Jetzt ist er tot."
„Besteht da eine Verbindung?" fragte ich.
„Mein Therapeut sagt, ich soll noch nicht versuchen, Kontakte zu knüpfen."
„Ist dir eigentlich egal, wer Tim umgebracht hat?"
„Mein Therapeut sagt, ich soll mich nicht ärgern. Mein Therapeut sagt viel. Komisch, ich habe immer gedacht, sie sollen nicht sprechen. Nehme an, er muß irgendwie die Lücken füllen." Seine Schul-

tern zuckten, aber nicht aus Belustigung.
Ich wollte gehen. Gerade, als ich an der Tür ankam, rief mich seine Stimme zurück.
„Tut mir leid, Kate Baeier“, sagte er. „Ich bin nicht immer so schrecklich. Ich werde es schaffen.” Seine Stimme klang nur sehr schwach überzeugt.
„Tim hat mir ein Dokument gegeben. Milly hat es. Vielleicht hilft es. Hilflose Hoffnung.“
Ich zog die Tür auf und stand vor einer großen Frau, die in ländliches Tweed gekleidet war. Aber während von ihm Niedergeschlagenheit ausging, strahlte sie wilden Frohsinn aus.
„Oh, es tut mir so leid. Ich war nur schnell einkaufen. Sie sind einer von Williams Freunden, Miss ...?“
„Kate Baeier“, sagte ich.
„Wie nett, und ich bin Williams Mutter. Mrs. Haskers, aber das wissen Sie, nicht wahr?“ Sie lachte mich unecht an. „Gehen Sie nicht, kommen Sie in die Küche, ich mache uns eine schöne Tasse Tee.“ Ihre Stimme verwandelte sich in ein Flüstern: „Unserem William geht es nicht sehr gut.“
Das war nun wirklich ein Understatement, aber ich sagte nichts. Ich fühlte mich in einer Falle, aber sie wollte mich nicht entkommen lassen. Bevor ich protestieren konnte, saß ich schon in der Küche auf einem Stuhl.
Sie redete unaufhörlich, während sie damit beschäftigt war, etwas, das wie ein endloses Sortiment von Keksen aussah, auszupacken. Sie vertiefte sich in das Thema Gartenschädlinge, als wäre es ihr Hobby. Zwischendurch ließ sie durchblicken, daß Geld in der Familie war. „Wir sind nicht reich, natürlich nicht, aber wir haben genug, um unseren ziemlich tüchtigen Gärtner zu bezahlen, wenn man auch das meiste selbst machen muß.“ Was Bill anging, war sie weniger selbstbewußt.
„Glauben Sie, daß es unsere Gene sind?“ sagte sie im Plauderton.
„Er hat jetzt nur eine schwere Zeit“, antwortete ich. „Seit wann ist er so depressiv?“
„Oh, Sie denken, er ist depressiv? Ich würde sagen, er ist eher aggressiv, wenn das auch nur die Meinung einer Mutter ist. Ich weiß es nicht. Er rief an, aber ich hatte so viel zu tun. Am Montag mußte ich Charles zum Flugplatz bringen, er hat so eine große Verantwortung in seinem Geschäft, und am Dienstag war der Frauenclub dran. Am Mittwoch habe ich eingekauft, am Donnerstag schließen die Geschäfte natürlich früher, und da am Freitag das Wochenende anfing, konnte ich erst gestern reinfahren und nach dem armen Jungen sehen.“
Mir reichte es. Ich mußte raus, selbst auf die Gefahr hin, unhöflich zu sein. Das nahm ich in Kauf. Als ich durch den Flur ging, tauchte Bill auf. Er warf mir einen schmutzigen Fetzen Papier zu.
„Milly's Adresse“, sagte er.
„Also, William, beleidige deine Freundin nicht.“ Seine Mutter wand-

te sich an mich.
„Oh, liebe Miss ... Cater, nicht wahr. Ihr Tee steht noch da. Möchten Sie Zucker?"
Ich lächelte schwach und verzog mich mit einem Gemurmel. Als ich an der Treppe ankam, hörte ich ihre Stimme hinter mir.
„Komm rein, William. Sie scheint ganz nett zu sein. Ich habe immer gedacht, daß Milly – was für ein gewöhnlicher Name – nichts für dich ist."
Nach der bedrückenden Atmosphäre, die Bills Depression umgab, war selbst die Luft von Hackney eine Wohltat. Ich stieg ins Auto, sah auf den Zettel, den Bill mir gegeben hatte und fuhr zu Millys Wohnung in Hampstead.
Sie öffnete erst nach dem zweiten Klingeln. Sie trug eine Art ländliches Gewand, das aus vielen Teilen bestand und keinen Stil hatte. Dicke Armbänder zierten ihre plumpen Arme, und ihr langes braunes Haar folgte ihr wie ein schwerer Schleier. Ich stellte mich vor, und sie schob mich in ihre Mansarde hinauf. Das Haus war luxuriös, aber von kalter Eleganz. Überall lag Nippes herum, selbst im Flur, und sollte Lässigkeit vortäuschen. Ich sah mich erstaunt um und wunderte mich.
„Ich mache hier sauber", sagte sie.
„Oh?"
„Das gehört mir nicht, ich habe nur das Zimmer dafür, daß ich saubermache. Meine Schicht dauert von neun bis elf. Du hast Glück, ich bin gerade fertig."
Ihr Zimmer war auf freundliche Art unordentlich, im Gegensatz zu dem Rest des Hauses. Unter dem Oberlicht in der Mitte stand ein langer Arbeitstisch, auf dem halbfertige Ohrringe und winzige Werkzeuge herumlagen. Auf dem einfachen Holzfußboden stand kein Stuhl. Ich setzte mich auf das Ende des Bettes.
„Ich war gerade bei Bill", sagte ich.
„Geht es ihm immer noch schlecht?"
„Ja, und seine Muter scheint keine große Hilfe zu sein."
„Wenn du denkst, daß sie eine Zumutung ist, dann solltest du erst mal den Vater kennenlernen. Er kümmert sich nur um seine wertvollen Aktien und um die Frage, ob er vom Boten des Gemüsehändlers übers Ohr gehauen wird."
„Und Bill? Ist er oft so depressiv?"
„Manchmal, aber dieses Mal ist es schlimmer als sonst. Ich bleibe weg, bis seine Mutter geht. Wenn wir alle zusammen sind, ist es, als ob wir um ihm kämpfen. Ich versuche, ihn hierherzukriegen, aber sie meint, es ist nicht richtig, in anderer Leute Häuser zu wohnen."
„Bill sagt, du hättest Unterlagen, die mir helfen könnten. Ich bin dabei herauszukriegen, was bei der AER vorgeht", sagte ich. Ich fügte hinzu: „Einer der Plätze, wo Bill eine Zeitlang gearbeitet hat", als ein fragender Blick über ihr friedfertiges Gesicht huschte.
„Schon gut. Auf solche Läden bin ich nicht so scharf – zu intellektuell für mich. Ich arbeite gern mit den Händen. Das hilft meinem

Karma."
Ich nickte. „Die Unterlagen?"
Sie arbeitete sich aus ihrem Lotussitz hoch und ging zu einem Schrank an der Tür. Es dauerte etwas, bis sie wieder auftauchte, in der Hand einen großen Notizblock.
„Das muß es sein. Er bat mich, es sicher aufzubewahren. Irgendjemand gab es ihm. Ich habe reingesehen. Aber ich konnte nicht viel damit anfangen. Alles mögliche über Argentinien und Generäle und eine ganze Liste mit Daten und Namen."
Ich bedankte mich und sagte, ich würde schon rausfinden. Sie blieb dort, wo sie sich wieder hingesetzt hatte, ein friedfertiger Blick auf ihrem sorgfältig kontrollierten Gesicht.
Ich prüfte den Notizblock, sobald ich im Auto war. Ich kam auch nicht weiter als Milly. Zur Hälfte war er in Tims unordentlicher Schrift ausgefüllt, mit Durchstreichungen und Pfeilen und dem gelegentlichen roten Kreis. Unter den wilden Zeichen fast vergraben waren Namen: Namen von argentinischen Juntamitgliedern. Manche konnte ich erkennen, andere nur erraten. Aber das war nicht alles. Die spanischen Namen waren von Leuten unterschiedlicher Herkunft durchsetzt: Südafrikaner in großer Menge. Es waren bekannte Nachnamen – in Afrikaans, aber ich konnte mit keinem von ihnen ein Gesicht in Zusammenhang bringen.
Der Text schloß abrupt, und verschiedene Ausrufungszeichen unterstrichen Tims wachsende Aufregung. Das war alles. Ich drehte den Block um und fand auf der Rückseite eine Liste mit Telefonnummern. Ich erinnerte mich an Tims Angewohnheit, Telefonbücher zu verlieren. Das Resultat war, daß er Nummern überall draufschrieb. Nur eine Nummer stach hervor, und auch nur deshalb, weil sie in rot und etwas größer als die anderen geschrieben war, so als sollte ihre Bedeutung hervorgehoben werden. Hugh Castlewitch stand dort, gefolgt von sieben Ziffern. Ich fuhr zur nächsten Telefonzelle und wählte die Nummer. Am anderen Ende meldete sich eine dröhnende Stimme. Er war nicht gerade begeistert von meiner Bitte. Es kam mir vor, als hätte ich bei einem Familienessen gestört, aber er war damit einverstanden, daß ich vorbeikommen wollte.
Ein kleiner Junge öffnete mir die Tür. Ein sehr ordentlicher kleiner Junge. Er trug kurze Flanellhosen und einen grauen Pullover mit V-Ausschnitt und sah aus, als ob er gerade aus einem Schulkonzert käme. Sein glattes, gut gekämmtes und ordentliches braunes Haar verstärkte noch diesen Eindruck. Als Hugh Castlewitch hinter ihm auftauchte, hätte der Gegensatz nicht größer sein können. Denn Hugh war ein großer Mann, bestimmt größer als eins achtzig, und er wußte das. Das graumelierte rote Haar unterstrich noch sein eindrucksvolles Auftreten. Er schob das Kind mit einer Bewegung seines Handgelenks, auf dem auch gelbrotes Haar wuchs, beiseite.
„Kommen Sie herein", sagte er. „Ich habe ein paar Minuten Zeit für Sie."
Er führte mich ins Arbeitszimmer. Es war das Zimmer eines altmo-

dischen Gelehrten: überall Leder, Mahagoni und indirektes Licht. Hughs Leben war Teil der Folklore der Anti-Atombewegung. Als er Ende der Vierziger sein Physikstudium abgeschlossen hatte, war es der richtige Augenblick und der richtige Jahrgang, die eine Karriere versprachen, die schließlich mit einem Honoratioren-Neujahrsempfang enden würde. Statt dessen hatte er seinen meteorhaften Aufstieg dadurch gestoppt, daß er öffentlich Zweifel an den Atomwaffen zum Ausdruck brachte. Er war jetzt ein etablierter Physikprofessor und Leiter eines gut organisierten Fachbereichs, der seine Erfahrungen aus der Zeit der Friedensbewegung dazu nutzte, die radikalen feministischen Elemente, die sich in der Organisation zu Wort meldeten, zurückzudrängen.
Hugh setzte sich hinter seinen polierten Schreibtisch und wies auf einen Sessel, der an der Seite stand. Er griff in einen Schrank und goß sich einen Whisky ein, bot mir aber keinen an.
„Was kann ich für Sie tun?" fragte er und hob seinen Kopf in Richtung Tür. „Was willst du? Ich habe dir gesagt, daß du nicht stören sollst, wenn ich arbeite."
Ich sah zur Tür hin. Dort stand der kleine Junge und trat von einem Fuß auf den anderen.
„Ich ... ich ... Mammi hat gesagt, ich soll fragen, ob du Tee willst", stotterte er.
„Siehst du nicht, daß ich schon etwas trinke?" dröhnte Hugh. „Laß uns jetzt bitte alleine."
Der Junge flitzte hinaus.
„Ihr Name stand in einem Buch von Tim Nicholson", begann ich.
Hugh trank einen Schluck und stellte das Glas hin, als ob der Inhalt ihm nicht geschmeckt hätte.
„Das ist an sich nicht ungewöhnlich. Als Chairman", und er betonte die letzte Silbe und sah mich an in der Hoffnung, daß es mich beeindrucken würde, „einer Reihe von Komitees bin ich sehr gefragt. Aber gewöhnlich arbeite ich nicht sonntags."
„Tut mir leid", sagte ich. Langsam identifizierte ich mich mit dem kleinen Jungen.
„Es ist nun mal geschehen", sagte er. „Wie ich zu sagen pflege: ist die Suppe erstmal eingebrokt, iß sie und sieh zu, ob sie schmeckt."
„Was wollte Tim von Ihnen?" fragte ich.
„Er kam immer zu mir, um Informationen zu bekommen. Das tun auch viele andere Journalisten. Manchmal verwünsche ich meine eigene Karriere in Physik, denn sie hat mich zu einer Goldmine für Nachrichtenschürfer gemacht."
„Das muß unangenehm sein", sagte ich. „Und schlagen sie sich dafür wenigstens in den Komitees auf Ihre Seite?"
Hugh hob wieder seinen Whisky, trank den Rest aus und warf dann den Kopf zurück. Sein Gelächter erfüllte den Raum.
„Entschuldigen Sie", sagte er. „Ich halte Familiensonntage nicht aus. Hier, trinken Sie."
Er griff wieder in den Schrank und goß mir ein. Er genehmigte sich

noch einen, diesmal einen doppelten.
„Tim Nicholson war ein interessanter Junge. Hatte sich etwas verrannt, tendierte zu weit nach ultralinks, aber ein guter Arbeiter. Er zog mich oft zu Rate. Das letzte Mal, als er zu mir kam, wollte er etwas über die Herstellung von Kernwaffen wissen. Er hätte gerne gewußt, ob Argentinien fähig sei, sie herzustellen."
„Und was haben Sie ihm gesagt?"
„Ich antwortete: Ja. Besonders auf Grund der Information, die er mir gebracht hatte."
„Was für einer Information?"
„Sind Sie nicht die Kate, die beim AER gearbeitet hat?" fragte er.
Ich nickte.
„Das ist es, was ich der neuen Linken vorwerfe. Keine Koordination. Ich machte für Tim einen Bericht über meine Funde. Natürlich konnte er ihn nie abholen. Ich gab ihn dem Burschen, dem anderen, der in der Organisation arbeitet. Er holte ihn, lassen Sie mich nachdenken, vor 6 Tagen, glaube ich."
„Wer war das?" fragte ich.
„Der Bruder war ziemlich von sich selbst überzeugt, und erstaunlich gut angezogen für euch Lumpenproleten von der AER. Er hatte es eilig, und es blieb wenig Zeit, uns gegenseitig Stories aus unserem Leben zu erzählen."
„Aldwyn Potter", sagte ich.
„Der war's. Fragen Sie ihn danach und wenn Sie dann noch irgendwelche Fragen haben sollten, kommen Sie wieder."
Er stand auf und ging zur Tür. Unterwegs kamen wir an dem kleinen Jungen vorbei, der sich im Korridor herumdrückte. Ich zwinkerte ihm kurz zu. Er verdrückte sich.
Aldwyn lebte zusammen mit seiner Freundin Margaret in zwei Etagen eines Hauses, das in einem der vornehmeren Teile von Highgate gelegen war. Es ist die Art von Gegend, wo es kein Unkraut gibt und die Gartentore sich mit einem Geräusch schließen, das Fremde abschrecken soll. Die Reihe der Vorgärten blühte in einer Orgie von Farben, aber selbst die populären Azaleen hatten etwas Aseptisches an sich.
Als Aldwyn die Tür öffnete, bemerkte ich sogleich, wie perfekt er in diese Umgebung paßte. Er hatte eine braune Cordhose an, ein cremefarbenes Hemd mit offenem Kragen und einen beigen Pullunder, der die Sache abrundete. Seine cremefarbenen Turnschuhe sahen aus, als würden sie regelmäßig in die Reinigung gebracht.
„Hallo, Aldwyn", sagte ich. „Hübsch siehst du aus."
„Das hast du das letztemal schon gesagt, als wir uns sahen", antwortete er vorwurfsvoll. Nach diesem Scherzchen führte er mich die Treppe hinauf.
Ich schaute mich in der Küche um, während Aldwyn sich mit einer dieser Kaffeemaschinen beschäftigte, die viel Krach machen und herumtanzen und doch nur einen mittelmäßigen Kaffee produzieren. Sie hatten sich rustikal eingerichtet: ein ungebeiztes Kiefernbuffet

und weiße Rauhfasertapeten, und dann die Sache wieder verdorben, indem sie die Fenster durch moderne Glasjalousien ersetzt hatten und statt gewöhnlichem Licht Neonbeleuchtung installiert hatten. Aus dem Hintergrund erklang Mozartmusik untermalt vom diskreten Geklapper einer elektrischen Schreibmaschine.
Die Kaffeemaschine machte sprotzend eine letzte Anstrengung, als die braune Flüssigkeit am oberen Rand der Kanne anlangte. Aldwyn goß davon in die beiden dicken Tassen und ging hinaus. Ich folgte ihm. Margaret hörte auf zu tippen, als wir ins Wohnzimmer kamen. Wir begrüßten uns, dann entschuldigte sie sich und zog sich zurück.
Es war noch so ein Raum, der mit sich selbst uneins war. Das flaschengrüne Sofa wirkte leicht unpässlich im rehbraunen Rundum der Wände, und die schweren Samtvorhänge bedeckten, was eigentlich ein großartiger Ausblick hätte sein können. Aldwyn und ich saßen uns gegenüber auf zwei senffarbenen segeltuchbespannten Stahlrohrsesseln. Seine roten Haare gaben eine hübsche Dissonanz ab.
„Ich nehme an, du kommst nicht einfach nur so vorbei, Kate", sagte er. „Ich bin übrigens ganz froh, daß du kommst. Ich wollte sowieso mit dir reden."
„Worüber?" fragte ich.
„Ich habe lange über die ganze Sache nachgedacht und bin letzten Endes zu der Überzeugung gelangt, daß ich dir meine Meinung sagen sollte. Ich denke, du solltest deine Ermittlungen einstellen. Die Polizei ist zufrieden, und ich sehe nicht ein, weshalb wir uns noch weiter mit einer Untersuchung der Todesumstände herumschlagen sollten."
„Ich habe dich noch nie zuvor so beeindruckt von der Polizei gesehen", sagte ich.
Aldwyns Mund verzog sich zu der Imitation eines verächtlichen Grinsens. Ich fand es ein wenig überzogen. Er sagte nichts.
„Ich höre jetzt nicht auf", sagte ich. „Das bin ich mir selbst schuldig. Und ich denke, ich bin es auch Tim schuldig."
Aldwyns Brust schwoll an, seine Augen wurden hart. Ich kannte die Symptome. Ich hatte mich auf eine Gardinenpredigt gefasst zu machen. Doch obwohl ich das wußte, überraschte mich dennoch, welches Thema er sich ausgesucht hatte.
„Der Feminismus hat in der Entwicklung der Politik nach 1970 eine enorme Rolle gespielt. Ich wäre der letzte, der das leugnen würde", sagte er. „Aber manchmal habe ich das Gefühl, daß einige von euch sich von den Anfangserfolgen haben zu weit treiben lassen. Ich muß zugeben, daß ich es langsam müde bin, mir all diese Rechtfertigungen anhören zu müssen, die sich auf die Entfaltung der eigenen Persönlichkeit berufen. Könnt ihr denn nicht einfach mal begreifen, wie die Welt in Wirklichkeit funktioniert?"
Ich stellte meinen Kaffee abrupt hin. Ich sah, daß meine Hände zitterten. Ich beschloß, das zu ignorieren.
„Was soll denn das heißen?" fragte ich.
„Lediglich, daß ich aus dem Staunen nicht rauskomme, wieso ihr euch so weit habt gehen lassen", gab Aldwyn zurück.

„So wie du Hugh Castlewitchs Schlußfolgerungen hast mitgehen lassen?" fragte ich.
„Ich kann da keinen Zusammenhang sehen", sagte er. „Diese Arbeit ist Eigentum von African Economic Reports und hat für niemanden sonst irgendeine Bedeutung."
„Tim hat daran gearbeitet. Und er hat es für wichtig genug gehalten, Bill Haskers zu bitten, die Originaluntersuchung zu verstecken."
„Gut und schön, aber beweist das nicht eben meine These?" fragte Aldwyn. Er zog den Pullunder über seinen schlaffen Bauch.
„Das verstehe ich nicht", sagte ich.
„Jeder vernünftige Mensch würde das sofort begreifen. Tim Nicholson und Bill Haskers. Tim hatte, wie ich schon angedeutet habe, einen Hang zum Konspiratorischen, und was Bill betrifft ... weiß doch jeder, daß er nicht ganz ... wie soll ich sagen ... nicht ganz richtig im Kopf ist. Daß die beiden miteinander gegluckt haben, macht die Sache natürlich klar."
„Ich wüßte nicht, weshalb", sagte ich. Ich sah nicht ein, weshalb ich mich auf eine Debatte über Geisteskrankheiten einlassen sollte, aber ich fühlte das dringende Bedürfnis, Aldwyn's Selbstsicherheit anzukratzen. Ich wußte, daß mich das nicht weiterbringen würde. Ich wechselte das Thema, bevor er antworten konnte.
„Erzähl mir von David Munger", sagte ich. „Schon mal was von ihm gehört?"
Aldwyn begann zu kichern. Er bremste sich und verwandelte es in ein tiefes männliches Lachen.
„Du *hast* dich also hineinziehen lassen. Na, es heißt ja, Paranoia sei ansteckend", sagte er, als sein Lachen polternd zum Stillstand kam. „Tim hatte einen totalen Schlag weg, was diesen David Munger betraf. Absoluter Nonsens, da bin ich ganz sicher."
„Hat Tim im Büro etwas über David gesagt?"
„Er hat eine Art Aufruhr verursacht ... würde ich das eher nennen. David war einer unserer üblichen Kontaktleute. Tim hatte sich dazu entschlossen, seine inneren Spannungen auf David zu projizieren. Tatsächlich komme ich, je mehr ich darüber nachdenke, immer mehr zu der Überzeugung, daß Tim sich in einem Zustand nervöser Instabilität befand, bevor er starb. Was mich zu dem naheliegenden Schluß führt ..." Er ließ das Ende des Satzes in der Schwebe und schaute mich hilfeheischend an.
„Was hatte Tim gegen David?" fragte ich.
„Irgendeinen Unsinn, daß David in seinen Privatsachen herumgeschnüffelt habe. Kein Wunder, wenn Tim seinen Schreibtisch in der üblichen Unordnung zurückgelassen hat, was konnte er da anderes erwarten? Und letztlich stellte sich heraus, daß David lediglich nach einer Telefonnummer gesucht hatte. Das ist doch noch lange kein Verbrechen, oder was meinst du?"
„Das kommt darauf an", sagte ich. „Wann ist das alles passiert?"
„Anfang des Jahres. Es hat nicht lange angehalten, wie ich mir gedacht hatte. Solche Sachen renken sich normalerweise wieder ein,

wenn sie nur mit ausreichend Diskretion und Takt behandelt werden. Jedenfalls was mich betrifft, war die Sache schon gestorben, als Michael Ende April aus dem Urlaub zurückkam. Tim schien sich wieder beruhigt zu haben. Bis natürlich die Wochen unmittelbar vor seinem Tod, wo er wieder irrational zu werden begann."
„Hat Tim Tina Schoenberg erwähnt?", fragte ich.
Aldwyn hatte das Interesse verloren. „Nie von ihr gehört", sagte er. „Du mußt wissen, daß wir es bei der African Economic Reports vorziehen, nicht allzusehr ins Privatleben der anderen hineingezogen zu werden. Aber es ist Sonntag heute, und wenn es dir nichts ausmacht?"
Er drängelte mich aus dem Haus und legte mir schließlich nochmal die Hand auf die Schulter, um mich zurückzuhalten.
„Ich vertraue darauf, daß du meine Worte nicht mißinterpretierst", sagte er. „Ich habe nichts gegen die Frauenemanzipation. Genaugenommen unterstütze ich sie und habe das immer schon getan. Ich habe nur das Gefühl, daß sie als Ausrede für alles mögliche benutzt werden kann."
Er ließ mich los, und ich ging fort. Hinter mir fiel das Gartentor klickend ins Schloss.
Ich war fast schon wieder bis zu Sams Wohnung zurück, als ich meine Meinung und die Richtung änderte. Ich bog von der Upper Street ab ins Zentrum von Barnsbury. Ich fand Zoe Fridenbergs Haus in einer engen Sackgasse, wo die Fassaden weiß leuchten, und der Verkehrslärm aus der Entfernung allenfalls erahnt werden kann. Zoe kam zur Tür. Ihre eulenhaften Augen blinzelten hinter einer goldgefassten Brille. Sie schien nicht sonderlich erfreut zu sein, mich zu sehen, führte mich aber dennoch die Treppe hinauf.
Wir landeten in einem großen Wohnzimmer. Es war Anfang der sechziger Jahre möbliert worden, zu der Zeit, als Zoe aus Südafrika angekommen war, und hatte sich seitdem wenig verändert. Die Farben waren braun und rehfarben, die Vorhänge in einem übergroßen Blumenmuster. Einige afrikanische Holzfiguren, kunstvoll geschnitzt und groß, standen auf den Bücherregalen, die eine Wand des Zimmers einnahmen. Sie waren fast das einzige lebendige Inventar des Zimmers.
„Was kann ich für dich tun, Kate?" sagte Zoe. Ich war verblüfft über ihre Stimme. Sie überraschte mich immer wieder. Sie hatte fast gar keine Tiefe, als käme sie direkt aus der Kehle gesprudelt.
„Ich bin vorbeigekommen, um dir dies hier zu geben", sagte ich. „Ich dachte, es könnte für deine Freunde von Interesse sein." Ich reichte ihr das Notizbuch, das Milly mir gegeben hatte. Zoe blätterte es durch, aber es sagte ihr nicht viel, und sie wurde es rasch leid.
„Welche Freunde?" fragte sie, und das Mißtrauen gab ihrer Stimme ein wenig mehr Volumen.
„Irgendwer vom ANC könnte interessiert sein. Es ist das Ergebnis einer Untersuchung, die Tim Nicholson gemacht hat. Es hat etwas mit Argentinien und Südafrika zu tun."

Zoe's Lippen öffneten sich ein wenig. Sie warf mir ein sanftes Lächeln zu, das eindeutig spöttisch gemeint war.
„Du warst politisch aktiv in Portugal, nicht wahr?" fragte sie.
„Ja", sagte ich. Sie verwirrte mich.
„Hattest du da auch mit verschiedenen Aktionen zu tun, die einen gewalttätigen Charakter hatten?" insistierte sie.
Ich nickte. Mir war nicht klar, worauf sie hinaus wollte, aber ich wußte aus Erfahrung, daß es unmöglich war, einen einmal von ihr eingeschlagenen Umweg abzukürzen.
„Wir billigen solche Aktionen nicht", sagte sie.
„Ich dachte, ihr hättet euch für den bewaffneten Kampf entschieden?"
„Das ist etwas anderes. Wir haben eine Organisation. Wir haben eine Politik. Wir mißbilligen individuelle Aktionen aufs schärfste."
„Du hast aber eben über Portugal vor dem Putsch gesprochen. Es sitzen fast überall auf der Welt Minister in den Kabinetten, die am bewaffneten Kampf beteiligt waren."
„Trotzdem ...", sagte sie. Sie ließ das Wort so in der Luft stehen, als spräche es Bände. Ich nehme an, das tat es auch. Zoe kam aus einer Familie von Parteiarbeitern alten Stils, ergeben, schonungslos gegen sich selbst und zur Inflexibilität neigend. Wir waren schon früher politisch zusammengerasselt. Sie dachte, ich sei nicht ernsthaft genug. Ich fand sie scheinheilig. Sie tat stets so, als werde der Kampf allein von ihrer Familie und nur auf ihrem Territorium geführt, und alle anderen hätten zu warten, bis sie eine schriftliche Einladung bekämen.
Ich wußte, daß ich ohne nähere Erklärung nicht weiterkommen würde, deshalb setzte ich sie ins Benehmen. Ich erzählte ihr von Tims Tod, und daß er den Schreibblock vorher Bill Haskers gegeben hatte. Ich erzählte ihr von David Munger, von seiner Verbindung zu Diana Nicholson, und wie er mein Saxophon zerstört hatte. Und ich schloß mit dem, was Tina Schoenberg mir gesagt hatte: daß zwei Männer auf der Suche nach David waren.
„Munger ... der Name läßt was bei mir läuten", sagte sie, als ich geendet hatte. Ich glaube, daß ist einer dieser kürzlich hier angekommenen Studenten, die sich in Antiapartheidszirkeln herumtreiben. Kein seriöser Mann: Ich sah ihn bei ein paar Meetings, aber er konnte sich unserem demokratischen Arbeitsstil nicht anpassen. Er wird wohl nicht mehr gekommen sein, weil er sich für deinen Haufen begeistert hat. Es ist immer einfacher, zu kritisieren, als Tag und Tag die Kleinarbeit zu machen."
Ich hütete meine Zunge. Ich wußte, wenn ich mich mit ihr anlegen würde, würden wir uns im Kreis bewegen: wir würden in Afrika anfangen, zu China und der Viererbande überwechseln, und dann wären wir für gut ein paar Stunden verloren. Ich zeigte auf das Notizbuch.
„Willst du es dir anschauen?" fragte ich.
„Ich nehme an, es kann nicht schaden. Wir melden uns bei dir, wenn

sich irgendwas ergibt."
Für den Rest des Tages beschloß ich, daß ich mein Wochenende reichlich verdient hatte. Ich kochte Lunch und schlief dann beim Nachmittagsspielfilm ein, wurde aber noch rechtzeitig wach, um die Schlußszene mitzubekommen, wo drei Männer in Fliegerjacken auf einen schwarzweißen Sonnenuntergang zugingen. Sam brachte Matthew zu seiner Mutter, und dann gingen wir ins Kino im Westend. Ich kann mich nicht daran erinnern, was wir uns ansahen. Das einzige, was ich noch weiß, ist, daß in der Schlußszene der Sonnenuntergang in Farbe war, und die Piloten T-Shirts trugen.

# 10.

Montag war Feiertag wegen Bank Holiday. Das Wetter wußte Bescheid. Als ich aufstand, nieselte es grau und pausenlos, und es war merkwürdig still. Das Gedränge der zur Arbeit hastenden Nachbarn und die Hupen der Lastwagen auf der nahen New North Road waren verstummt. Nichts rührte sich außer dem unaufhörlichen Plätschern des Regens.
Ich überhörte Sams Protest und hievte mich aus dem Bett und in meine Kleider.
„Mach doch den Tag blau", brummelte er.
„Vielleicht später", sagte ich. „Ich habe dringend das Bedürfnis, Tina Schoenberg zu besuchen."
„Du und deine dringenden Bedürfnisse. Es war schon schlimm genug, als du auf einen Redaktionsschluß zugearbeitet hast, aber jetzt bist du ja zu einem richtigen Detektivioholic geworden."
„Gestern nacht hattest du gegen meine dringenden Bedürfnisse nichts einzuwenden", konterte ich. „Und außerdem habe ich ja jetzt wieder so was ähnliches wie Redaktionsschluß. Ich habe zehn Tage Zeit bekommen."
„Das bist nur du ganz allein, Kate. Glaubst du, daß die sich noch an das Zeitlimit erinnern und darauf drängen werden?"
„Das bezweifle ich", sagte ich, „aber ich will trotzdem versuchen, mich daran zu halten."
Ich hatte wenig Mühe, Tinas Wohnung zu finden. Sie war in einem dieser imposanten Blocks von St. John's Wood gelegen, die 1920 erbaut worden waren, und schaute geradewegs über Regents Park. Die Apartments sind teuer, von der Sorte, die außerdem massiv Trinkgeld kosten, mein erster Eindruck jedoch war der von Dunkelheit. Dieser Ort hatte bessere Tage gesehen, und jetzt war er in der Flaute. Der luxuriöse Flurteppich, düsteres Rot, saugte zusammen mit jedem Geräusch auch alles Licht auf. Von der schweren Brokatmustertapete fühlte ich mich wie in einen Käfig gepreßt, als ich zu

Tinas Wohnung im dritten Stock hinaufstieg. Ich kam zu ihrer Tür und klingelte. Von drinnen schrie mir eine Stimme zu, ich solle warten oder wieder abhauen. Ich blieb da. Während ich wartete, hatte das Treppenhauslicht seinen Spartakt überschritten und war mit einem Klick ausgegangen. Ich tastete mich durch die Halle, bis ich den Schalter fand, und drückte darauf. Im gleichen Augenblick öffnete Tina ihre Wohnungstür.
„Was um alles in der Welt machst du da?"
„Ich habe das Licht wieder angeschaltet. Im Dunkeln warten gibt mir immer so ein Gefühl, als träfe mich im nächsten Augenblick ein Eispickel", sagte ich.
Sie lächelte. „Ich verstehe genau, was du meinst. Es ist ziemlich düster hier."
Ihr Lächeln hielt nicht lange an. Es wurde ersetzt durch einen Blick tiefer Unzufriedenheit. „Tut mir leid, daß es so lange gedauert hat, aber ich mußte telefonieren", sagte sie. „Es kommt immer alles zusammen – die Orangenpresse funktioniert nicht mehr."
Ihre braunen Augen glänzten. Ich fragte mich, ob sie damit ihr ramponiertes Aussehen kompensieren wollte.
„Ich werde mir die Presse einmal ansehen", sagte ich. „Vielleicht kann ich sie reparieren."
Erst hatte Tina den Eingang blockiert; jetzt beeilte sie sich, mich hereinzulassen. Alles, was ich zu tun hatte, war, dieses verdammte Ding zu reparieren.
Ich war in die Küche marschiert. Ein seelenloser Raum, den jemand entworfen haben mußte, der sicher wußte, daß er niemals darin würde kochen müssen. Alle nötigen Vorrichtungen waren da – der Spültisch mit zwei Abflüssen, der gleichhohe Kochherd, der Eisschrank – aber sie waren fast ohne Arbeitsflächen dazwischen einfach lieblos aneinandergestellt. Falls Tina diesen Raum geerbt hatte, dann hatte sie sich nicht darum gekümmert, ihm ihren eigenen Stempel aufzuprägen.
Sie zeigte auf einen mit Krimskrams beladenen Tisch. „Da steht sie. Sie ist tot. Was soll ich bloß machen."
Ich ging zum Tisch hinüber und versuchte herauszubekommen, was nun wohl die tote Orangenpresse sei. Endlich fand ich sie und drehte am Schalter. Nichts passierte.
„Siehst du, es liegt nicht an mir; es war schon. Was soll ich machen?"
„Beruhige dich", sagte ich. „Wir wußten bereits, daß sie nicht gehen würde, es besteht also kein Grund zur Panik. Warum setzt du dich nicht hin?"
Ich folgte dem Kabel, überprüfte, ob der Stecker auch drin war, und drehte dann die Maschine vorsichtig auf den Rücken. Ich muß sagen, daß ich ziemlich genau wußte, wie Tina sich fühlte. Ich hasse Maschinen, die nicht laufen. Ich versuche immer, sie zu reparieren, und habe nur selten Erfolg damit: meistens geht es so aus, daß ich den Kopf in die Hände nehme und die Welt dafür verfluche, daß sie aus der Steinzeit herausgewachsen ist. Die Sache mit der Orangenpresse

war da keine Ausnahme. Als ich mich selbst und einen Schraubenzieher in den Stecker hineingepfuscht hatte, um die Sicherung zu überprüfen und das ganze Ding wieder zusammenzubauen, war ich irritiert. Tina, die unaufhörlich eine Flut von Seufzern ausstieß, während ich mir auf die Lippen biß, ergriff das Wort, als ich mich mit einem barocken Fluch verriet.

„Du solltest die Sache nicht so schwer nehmen", sagte sie. „Es ist nur eine Maschine."

„Vielen Dank", sagte ich, als ich die Presse umdrehte. „Was ist das für ein Schalter?"

„Der Sicherheitsmechanismus. Du kannst die Maschine auch mit Batterien betreiben, deshalb hat sie einen Schalter, der dafür sorgt, daß du sie nicht aus Versehen einschaltest. Die Maschine ist gar nicht so übel, mit der einzigen Einschränkung, daß sie nicht funktioniert."

Ich legte den Sicherheitsschalter um, steckte den Stecker in die Steckdose und sah zu, wie die Maschine Luft preßte.

„Großartig, jetzt brauche ich nur noch ein paar Orangen. Gehst du auch in meine Richtung?" sagte Tina.

„Ich hoffe nicht, ich bin gerade erst hereingekommen. Ich möchte mich kurz mit dir unterhalten."

Sie bot mir einen Drink an und führte mich ins Wohnzimmer. Es war auch nicht mehr ganz neu: ein großer Raum mit soliden Mahagonimöbeln und dazu passenden dicken antiqierten Vorhängen. Tina deutete in Richtung auf einen eleganten grauen samtbezogenen Lehnstuhl.

„Das ist die komfortabelste Sitzgelegenheit, was nicht viel heißt. Diese Wohnung habe ich von einem anderen Diplomaten übernommen, und so wie die Einrichtung ausschaut, bin ich froh, daß ich ihm nie begegnet bin."

„Wie warst du mit Marty zufrieden?" fragte ich.

„Ich mochte ihn. Er nahm mich wenigstens ernst, was immerhin mehr ist, als ich von den anderen sogenannten Experten sagen kann, die ich konsultiert habe. Er tastete meine Leber ab, und ich muß sagen, er gab sich ziemliche Mühe. Er hat mich auf vegetarische Diät gesetzt", sagte sie.

„Wollen wir hoffen, daß es wirkt", sagte ich. „Ich bin hergekommen, um dich nach David Munger zu fragen."

„Ich habe dir schon alles gesagt, was ich weiß." Ihr Gesicht strafte die Ausdruckslosigkeit in ihrer Stimme Lügen. Es hatte sich da ein Ausdruck eingeschlichen: ein Ausdruck von Verlegenheit, wenn nicht von Angst.

„Ich denke, du hast mir mehr über ihn erzählt, als du weißt, und gleichzeitig auch weniger", bemerkte ich.

Ihr Kopf zuckte hoch, als wolle sie protestieren, aber sie kam nicht so weit. Ihr Kopf sank wieder herab, und sie konzentrierte sich auf den Rubinring, der ihren Zeigefinger klein wirken ließ.

„Ich weiß nicht, was du damit meinst", sagte sie, ohne den gering-

sten Versuch, überzeugend zu wirken.
„Diese Telefonnummer, die du mir gegeben hast – wo hast du die her?"
„David hat sie mir gegeben", murmelte sie. Sie drehte fest an dem Ring.
„Warum?" fragte ich. „Wenn er dich verlassen hat, warum hat er dann eine Nummer hinterlassen?"
„Was geht dich das eigentlich an?" schrie sie. „Mein Leben liegt in Scherben vor meinen Füßen, und dann mußt du kommen und mich ins Kreuzverhör nehmen. Was würdest du sagen, wenn er sie mir nicht gegeben hätte? Ich habe sie gefunden. Geh doch und schnüffle im Privatleben der anderen Frau herum."
„Weißt du, wer sie ist?"
„Diana Sowieso. Was geht mich das an? Sie kann ihn haben."
„Sie heißt Nicholson", sagte ich. „Sie war mit Tim Nicholson verheiratet. Hast du ihn gekannt?"
Sie ließ ihren Ring los und starrte mich an. Sie wurde völlig leise. Erst, als sie hinunterschaute und ihre Hände in ihrem Schoß liegen sah, riß sie sich aus der Trance und schlug sie zusammen.
„Ja", sagte sie. „Ich kannte ihn. Er hat mich David vorgestellt. Er kam vorbei."
„Vor kurzem?" fragte ich. „Hast du ihn gesehen, bevor er starb?"
„Er hat mich besucht", sagte sie. „Das hat er vorher nie getan. Er wollte etwas über David wissen. Er stellte mir Fragen, und ich erzählte ihm von dieser Frau, Diana. Es war nicht mein Fehler. Ich hatte völlig die Fassung verloren. Ich habe nichts Falsches getan. Was hätte ich tun sollen?"
Tinas Gesicht bekam wieder einen tragischen Ausdruck. Ich hätte das ernster genommen, wenn ich nicht den Eindruck gehabt hätte, daß sie es genoß.
„Was hat Tim gesagt, als du ihm die Telefonnummer gegeben hast?", fragte ich.
Sie grinste triumphierend bei dieser Erinnerung. „Er war außer sich. Er sagte, daß David zu weit gegangen sei. Er sagte, er werde es ihm zeigen."
„Hast du es David gesagt?"
„Weshalb sollte ich?" gab sie zurück. „Ich habe ihm gesagt, daß Tim ihm auf die Schliche gekommen sei, und es ihm geben würde. Das hat ihn getroffen, weißt du, natürlich hat er versucht zu leugnen."
„Was zu leugnen?" fragte ich. Ich war verwirrt.
„Ich dachte, du hättest gesagt, daß du David kennst. Er würde alles ableugnen. Er beschimpfte mich, aber ich wußte, daß ich ihn getroffen hatte. Er stritt ab, etwas mit dieser Frau zu haben."
„Wo hast du ihre Telefonnumer gefunden?" fragte ich.
„In seinem Adressbuch", sagte sie. „Ihr Name und ihre Nummer, rot angestrichen. Ich wußte, daß sich irgendetwas tat ... er war verändert und nicht mehr an mir interessiert. Ich hatte nichts falsch gemacht, und dann fand ich diese Nummer ... ich wußte sofort Bescheid. Des-

halb habe ich es Tim erzählt. Das tut mir überhaupt nicht leid. Ich, Tina Schoenberg, habe mir nichts vorzuwerfen. Es gab keinen Grund, warum ich hätte schweigen sollen. Ich gab Tim und dir die Nummer, damit ihr etwas von meinem Schmerz nachempfinden konntet. Warum sollte durch Davids Verhalten nicht auch sie ins Unglück gestürzt werden."
„Und du hast keine andere Nummer von ihm?"
„Ich habe eine Adresse", sagte sie. „Hier, nimm sie. Und dann lass mich in Frieden. Ich möchte mein ganzes Leben lang nichts mehr von David Munger hören."
Ich schrieb mir die Adresse heraus und stand auf.
„Noch was", sagte ich. „Wo hat David gearbeitet?"
Sie lachte. Es kam eher höhnisch heraus. „Dieser Mann weiß nicht, was Arbeit bedeutet. Er war mehr an meiner interessiert als an der seinen. Er arbeitete gelegentlich für eine Nachrichtenagentur, International News Limited. Aber Geld hat er nicht gebraucht."
Ich dankte ihr und ging.
Die Adresse, die sie mir gegeben hatte, war kurz hinter Kings's Cross. Ich fand sie ohne größere Schwierigkeiten. Eine schmutzige Straße, eine Häuserreihe, deren Vernachlässigung in Verfall überzugehen begann, und nichts, wodurch sich die Nummer 58 vom Rest unterschieden hätte. Ich parkte in der Nähe, saß in meinem Wagen und fragte mich, was als nächstes zu tun wäre. Ich hatte eine Woche damit zugebracht, David Mungers Wege zu kreuzen oder zu verfehlen, und jetzt, wo ich ihn fast gefunden hatte, empfand ich Nervosität. Ich spielte mit der Idee, wegzufahren, um mich erst mal zu erholen, aber die Apathie ließ mich bleiben, wo ich war. Gerade in dem Moment, wo ich mich selbst überredet hatte, daß jede x-beliebige Aktivität besser wäre als gar keine, öffnete sich die Tür des Hauses.
Ein großer, hellhaariger Mann kam heraus. Er war weder bewußtlos noch war er weiß angemalt im Gesicht, aber ich hätte ihn überall erkannt. Das war David Munger, und er war elegant gekleidet, in einen gut aussehenden grauen Straßenanzug. Er sah aus wie ein Mann, der etwas vorhatte. Ich sah zu, wie er die Tür schloß, einen Schlüsselbund aus seiner Jackettasche zog und in einen schmutzigen weißen Mini stieg.
Ich drehte den Zündschlüssel um und wartete mit gesenktem Kopf. Der Mini ließ mich wieder die Vision meines zermalmten Altos Revue passieren, deshalb war ich sehr froh, als Munger abrupt aus der Parklücke fuhr und dabei fast einen vorbeifahrenden VW Estate rammte. Es widersprach meinem Empfinden für ausgleichende Gerechtigkeit, daß der VW-Fahrer genügend Geschick bewies und nach einer Flut von Verwünschungen davonfuhr, ohne dem Mini auch nur einen einzigen Kratzer zugefügt zu haben. Ich wartete. Entweder war David ein abgrundtief schlechter Fahrer, oder aber seine Nerven waren endgültig am Ende. Er machte noch einige Versuche, aus der Lücke herauszukommen, bis er es endlich schaffte. Er fuhr die Straße hinunter, wobei er dicht an der weißen Mittellinie fuhr. Ich

folgte ihm.
Er fuhr nicht schnell, und das war mein Glück. Die Verfolgungsfahrt war schwieriger, als ich mir das vorgestellt hatte: jedesmal, wenn sich ein anderes Fahrzeug zwischen uns gezwängt hatte, befürchtete ich, ihn verloren zu haben. Er bewegte sich mit scheinbarer Ziellosigkeit durch die Seitenstraßen von Islington, fast so, als mache er eine Spazierfahrt. Als er jedoch an der U-Bahnstation Caledonian Road angelangte, stoppte er so plötzlich, daß ich gezwungen war, an ihm vorbeizufahren. Ich schaute in den Seitenspiegel und sah, daß er wieder angefahren war, um die Ecke fuhr und parkte. Als ich an einem Zebrastreifen wartete, stieg er aus und ging zur U-Bahn. Ich trat aufs Gaspedal, raste um die Ecke, parkte, sprang heraus, und hastete ihm fast augenblicklich hinterher.
Ich atmete schwer, als ich gerade noch zurecht kam, um ihn im Aufzug verschwinden zu sehen. Ich machte mit dem Kopf eine dankende Geste in Richtung des Fahrtkartenschaffners, der die Durchgangsschleuse noch einen Moment länger für mich offen hielt. Kaum hatte er die schwere Stahltür hinter mir zugehen lassen, holte ich noch einmal tief Luft und hetzte zur Treppe. Ich ging sie mit Schwung an, nahm immer zwei Stufen mit einem Schritt. Auf halbem Weg nach unten zwang mich der durch die scharfen Kurven verursachte Schwindel, das Tempo zu drosseln. An einem bestimmten Punkt glaubte ich zu verstehen, was Tina Schoenberg mit einem Red-out gemeint hatte. Ich lief um die letzte Kurve und war mir sicher, daß er schon lange weg sein mußte.
Ich hatte bei meiner Berechnung die Instandsetzungsarbeiten der U-Bahn außer Acht gelassen. Als ich auf dem Bahnsteig ankam, war er überfüllt mit einer erregten Menge. Müde Ausflügler standen zusammen mit ihren nörgelnden Kindern, während ein uniformierter Angestellter der British Railway den Bahnsteig entlangpatrouillierte und die baldige Ankunft des verspäteten Zuges ankündigte.
David war in der Menschenmenge verschwunden, und ich stellte mich auf die Zehenspitzen, um ihn ausfindig zu machen. Als das nichts nützte, begann ich mich vorwärtszuschieben, wobei ich mir zornige Blicke der Leute zuzog, die ich auf meinem Weg anrempelte. Bevor ich mir richtig darüber im Klaren war, befand ich mich in der vordersten Reihe, die drängelnde Menge in meinem Rücken. Etwas weiter konnte ich ihn erkennen, wie er dicht neben den Gleisen stand. Er war nicht allein. Mit gesenktem Kopf hörte er einem untersetzten Mann zu, der lebhaft auf ihn einsprach. Beide Männer schauten sich dauernd um.
In diesem Moment machte die Menge einen Schritt nach vorn. Aus der Tiefe des Tunnels war das Geräusch eines herannahenden Zuges zu hören. Ich wurde langsam, aber unausweichlich in Richtung der elektrischen Eisenbahn gedrückt. Ich versuchte mich gewaltsam rückwärts zu bewegen. Doch jeder Widerstand gegen den Druck der Menschenmasse war zwecklos. Als der Zug ins Gesichtsfeld schoß, griff eine Hand nach meiner Schulter.

„Wir können uns keinen Unfall leisten", flüsterte eine freundliche Stimme in mein Ohr.
Der Schrei, der aus meinem tiefsten Inneren kam, fand auf dem ganzen Bahnsteig ein Echo. Noch lange, nachdem ich aufgehört hatte, schrie eine andere Frau weiter. Das kreischende Bremsen der U-Bahn verwandelte den Bahnsteig in einen Alptraum. Von hinten drängten ungeduldige Leute, die sich verspätet hatten, nach vorne. Die vorderen Reihen schoben sich in Gegenrichtung langsam fort von dem Horror zu ihren Füßen. Ich schaute zum Ursprungsort des Tumultes. David Munger war nicht mehr da. Ich starrte Davids Begleiter unverwandt an. Er hatte auf die Gleise hinuntergeschaut, aber jetzt richtete er sich auf und sah sich ruhig in der Menge um.
Erst jetzt wurde mir wirklich klar, was passiert war. Der Mann agierte zu kalt. Sein starrer Blick war abschätzend; seine Ruhe kalkuliert. Das Entsetzen ließ meinen Körper zusammenzucken, als ich einen Schritt zurücktrat, um seinem Blick auszuweichen. Da stand ein Mann, der gerade David Munger umgebracht hatte, und er schaute sich um, ob ihn jemand dabei beobachtet hatte.
Nachdem er sich vergewissert hatte, begann er sich seinen Weg durch die Menge zu bahnen. Niemand schenkte ihm sonderlich Beachtung. Was mit Panik begonnen hatte, war in Konfusion umgeschlagen, und die Ankunft verschiedener Beamter und des zitternden Zugführers trugen wenig dazu bei, die Dinge zu beruhigen. Ich folgte dem Mann. Er war ein Profi. Ich hatte nie zuvor irgendwen sich so akkurat durch eine Menschenmenge bewegen sehen; sie schien sich fast vor ihm zu teilen. Er erreichte den Lift, als dieser gerade eine weitere Ladung Reisender ausspuckte. Ich war nahe genug, um zu sehen, wie er auf den Aufzugführer zueilte, irgendetwas murmelte und ihm Geld zuschob. Sie stiegen beide in den leeren Lift, und die Türen schlossen sich.
Ich rannte zur Treppe. Ich wußte, ich konnte unmöglich noch rechtzeitig oben sein, aber ich hatte das Gefühl, als müsse ich in Bewegung bleiben. Der Schock hinderte mich daran, langsam zu machen und darüber nachzudenken, was ich gesehen hatte. Das Treppensteigen kam mir leicht vor, und selbst, als ich oben angelangt war, nahm ich noch nicht wahr, wie erschöpft ich war. Stattdessen schaute ich mich um und hastete dann zum Ausgang.
Mein Weg wurde von einem Fahrkartenkontrolleur aufgehalten.
„Die Fahrkarte bitte", sagte er.
„Ich habe keine, und ich war auch nirgends. Bitte lassen Sie mich durch – ich erkläre es Ihnen später."
Ich hatte kein Glück. Ich steige oft in der Caledonian Road in die U-Bahn, und ich halte hin und wieder mit vier der fünf Fahrkartenkontrolleure, die dort in Schicht arbeiten, ein Schwätzchen. Ausgerechnet jetzt mußte der fünfte Dienst haben. Seine ganze Haltung und sein verkniffenes Gesicht brachten zum Ausdruck, daß er nicht bereit war, irgendwem irgendeinen Gefallen zu tun. Er griff nach meinem Arm und schob mit der anderen Hand seine Dienstmütze auf

den dünnen Haaren zurecht.
„Ich hoffe, Sie wissen, daß es eine strafbare Handlung darstellt, ohne gültigen Fahrschein in der Untergrundbahn zu fahren in der Absicht, die Londoner Transportbetriebe um den Fahrpreis zu prellen. Ich muß Sie fragen ..."
Ich hörte nicht weiter zu. Ich suchte in meinem Geldbeutel herum und zog ein paar Münzen hervor, die ich ihm in die leere Hand drückte.
„So kommen Sie nicht an mir vorbei", sagte er. „Auf welcher Station sind Sie zugestiegen?"
Jetzt wurde es mir zu bunt. Ich entriß ihm meinen Arm und versuchte, mich durchzuschieben. Alles, was ich erreichte, war, daß sich der Mann im Kassenhäuschen erhob und Anstalten machte, herauszukommen, um seinem Kollegen zu helfen. Er kam nicht dazu. Stattdessen hielt er inne, um ein Gespräch auf der Gegensprechanlage anzunehmen.
„Lassen Sie mich gehn", brüllte ich ihn buchstäblich an. „Und hören Sie auf so rechthaberisch mit mir umzugehen. Ich habe gesehen, wie Sie dieses Geld von dem Mann angenommen haben, und das muß wohl gegen die Vorschriften verstoßen haben. Auf dem Bahnsteig ist jemand umgebracht worden, und der Mörder hat Ihnen soeben Schmiergeld dafür gegeben, daß er wegkonnte."
Er setzte ein grimmiges Lächeln auf.
„Wie könnt ihr Leute euch bloß einbilden, ihr könntet uns mit einem solchen Unsinn zum Narren halten. Ich verstehe das nicht. Ihr Diebesgesindel seit doch alle gleich. Voller Phantasie, aber es paßt euch nicht, wenn man euch erwischt, was? Und jetzt kommst du mit."
Er drehte meinen Arm nach hinten, als der andere Mann aus dem Fahrkartenhäuschen angeschossen kam.
„Was ist denn hier los?", schrie er. „Lass sie gefälligst los. Unten ist jemand auf die Gleise gefallen, und die totale Hölle ist losgebrochen. Sie wollen wissen, warum der Lift leer hier oben steht."
Ich blieb gerade noch lange genug, um die Genugtuung zu erfahren, den Fahrkartenkontrolleur erbleichen zu sehen. Er trat einen Schritt zurück und schüttelte sich, wie um mich aus seinem Gesichtskreis zu verbannen. Ohne jedes weitere Wort schob er den anderen Mann in den wartenden Lift und schloß die Tür.
Ich wußte, es war nutzlos, und doch rannte ich nach draußen und schaute mich suchend nach allen Seiten um. Wie vorauszusehen, war der Mann weg – und alles was ich sah, waren die wenig belebten Feiertagsstraßen.
Ich war mir dessen gar nicht bewußt, aber ich war am Rande eines Zusammenbruchs. Alles, was ich wahrnahm, war ein undeutliches Gefühl der Erleichterung, daß das Verschwinden des Mannes bedeutete, daß ich mich nicht mit ihm würde anlegen müssen. Ich wußte, daß ich eine Verschnaufpause brauchte, und machte mich auf den Weg in die Cardozo Road. Er schien sich elend lang hinzuziehen.

Die Laternenpfähle, mein einziger Anhaltspunkt für die Entfernung, schienen immer weiter auseinander zu liegen. Während ich mich weiterschleppte, tauchte plötzlich das Gesicht einer alten Frau vor mir auf. „Scheint sich wenigstens aufzubessern", sagte sie und verschwand wieder aus meinem Gesichtskreis.
Als Anna die Tür aufmachte, hing mir die Zunge fast auf dem Boden.
Ein Blick genügte ihr. „Was ist passiert?"
Ich war zu sehr damit beschäftigt, den Schock zurückzudrängen, als daß ich hätte sprechen können. Ich erlaubte es Anna, mich hineinzugeleiten und mich hinzusetzen. Ich saß still und hielt mich an einem Glas mit irgendetwas fest, das sie mir in die Hand drückte. Daniel war aufgetaucht, sie saßen rechts und links von mir und warteten.
„Was ist los?" fragte Anna.
Ich erzählte es ihnen, oder ich versuchte es zumindest. Als ich halbwegs durch die Geschichte durch war, begannen mir plötzlich Tränen das Gesicht herunterzulaufen, und ich mußte warten, bis es aufhörte. Ich fühlte mich völlig unfähig, sie unter Kontrolle zu halten. Nach und nach schaffte ich es jedoch, sie herunterzuschlucken und etwas ruhiger zu werden und meine Geschichte zu Ende zu erzählen.
Danach war ich erst einmal sprachlos. Das störte die beiden kaum. Wir versuchten, irgendeinen Sinn in die Geschichte zu bringen, herauszufinden, warum mein Hauptverdächtiger ermordet worden war, aber nichts paßte zusammen. In etwa schon, aber nicht so richtig.
Wir diskutierten weiter, während wir eine von Daniels elegant zubereiteten Mahlzeiten verzehrten, Seezunge mit Zitrone, dazu Spinat und Bratkartoffeln. Nach dem Essen stand mir die Szene in der U-Bahn innerlich nicht mehr ganz so scharf vor Augen. Es war Zeit, zur Polizei zu gehen.
Fast zwei Stunden waren seit dem Mord vergangen, aber die Polizeistation war immer noch in Aufruhr. Alle Augenzeugen waren aus der U-Bahn geholt worden, und mußten in Schlangen darauf warten, verhört zu werden. Die Beschwerden der Anstehenden, die unbedingt nach Hause wollten, wechselten sich mit Routinefragen nach Name, Adresse, Beruf und so weiter ab. Wir standen hinter einer wütenden alten Dame, die in regelmäßigen Abständen laut nach einem Stuhl verlangte. Niemand kümmerte sich um sie.
„Der nächste?" Der Polizist am Schreibtisch machte sich nicht die geringste Mühe, aufzuschauen.
„Ich habe gesehen, was passiert ist", sagte ich.
Er seufzte. „Oh ja, Sie und tausend andere auch. Name?"
„Baeier", sagte ich, und buchstabierte es langsam.
„Okay, wie buchstabiert man das?"
Anna griff fürsorglich nach meiner Hand. Die nächsten zehn Minuten war der Mann hinter dem Schreibtisch damit beschäftigt, einen neuen

Weltrekord aufzustellen in der Disziplin des langsamsten Protokollierens von Einzeldaten.
„Das wäre dann alles", sagte er, als er endlich fertig war. „Wir melden uns dann. Der Nächste?"
Ich stemmte mich kräftig gegen meinen Hintermann, der es darauf abgesehen hatte, so schnell wie möglich aus dieser Geschichte heraus und nach Hause zu kommen.
„Warten Sie noch eine Sekunde. Ich habe den Mann gesehen, der es getan hat", sagte ich.
Der Polizist sah mit völlig ausdruckslosem Gesicht auf.
„Der was getan hat?" fragte er.
„Den Mann auf dem Bahnsteig umgebracht hat."
„Schauen Sie mal, meine Dame, wie kommen Sie darauf, daß der Mann umgebracht wurde?"
„Weil ich den Mann gesehen habe, der es gemacht hat", sagte ich laut.
Der Polizist erhob seine Fleischmasse aus seinem Sessel. „Okay, setzen Sie sich hin, und ich werde jemanden holen, der mit Ihnen spricht", seufzte er.
Wir quetschten uns auf eine Bank an der Wand und warteten, bis ein anderer uniformierter Polizist aus einer Seitentür kam und meinen Namen rief. Wir standen alle drei auf und gingen zu ihm hin.
„Wollen Sie bitte hier entlang kommen", sagte er, und machte mit der gleichen Geste deutlich, daß er nur mich meinte, mit der er Anna und Daniel zurückwies. „Ihre Freunde können hier warten."
Ich widersetzte mich seinem sanften Druck. „Ich möchte aber, daß sie mitkommen."
„Ist eine dieser Personen ein ordentlich zugelassener Rechtsanwalt?" fragte er.
„Weshalb brauchte sie einen? Sie machte ihre Aussage doch freiwillig, das sehen Sie doch", sagte Anna.
„Dann braucht sie keinen Begleitschutz", sagte er und versuchte, sie einzuschüchtern.
Sie hob die Stimme. „Dazu haben Sie kein Recht. Wenn Sie uns nicht mit hineinlassen, dann holen wir einen Rechtsanwalt."
„Gut, ich nehme an, es geht", sagte er. „Kommen Sie mit mir." Und er wies uns den Weg zu einem kleinen schmutzigen Verhörzimmer.
Wir mußten lange warten. Die Tür stand halb offen, und wir verbrachten die Zeit mit dem Versuch, die zahlreichen Unterhaltungen zu überhören, die draußen im Gang im Vorbeigehen geführt wurden. Endlich wurde die Zimmertür weit aufgerissen, und ein junger, arrogant aussehender Mann in Zivilkleidung trat herein, in Begleitung eines Notizblocks und einer Polizistin.
„Miss Baeier?" sagte er und setzte sich hin, während seine Kollegin sich aufmerksam beobachtend an die Wand lehnte. „Vielleicht können Sie mir erst einmal erzählen, was Sie gesehen haben, und dann lassen wir Ihre Aussage abtippen, damit Sie unterschreiben können."
Ich gab ihm eine Beschreibung der Vorgänge auf dem Bahnsteig, ließ

aber alles weg, was mich mit David Munger hätte in Verbindung bringen können. Als ich fertig war, stand der Polizist auf.
„Das ist sehr interessant. Es hat noch eine weitere Zeugin den Eindruck gehabt, daß der Mann gestoßen wurde, aber da sie direkt neben ihm stand, war sie wohl eher hysterisch." Er verkniff sich hinzuzufügen, ‚und deshalb überhaupt nicht vertrauenswürdig.' Offenbar waren Leute, die entsetzt darauf reagierten, wenn vor ihren Augen jemand ermordet wurde, nicht weiter ernst zu nehmen.
Er nahm seinen Notizblock und verließ das Zimmer. Wir gingen zwanzig Minuten darin auf und ab, und es gelang uns während der ganzen Zeit nicht, aus der Statue an der Wand auch nur ein einziges Wort herauszulocken.
Der Polizist kam zurück. „Miss Baeier", sagte er.
„Gratuliere, Sie haben es zweimal hintereinander richtig hingekriegt."
„Sie leben in Dalston?"
„Das stimmt. Ich habe meine Personalien aber doch schon dem Mann in der Schreibstube angegeben."
„Soweit ich gehört habe, haben Sie vor gerade erst vier Tagen eine Leiche in Ihrer Wohnung gemeldet."
Wir schauten einander an: ein beachtliche Leistung des Polizeicomputers.
„Ja, stimmt, das habe ich gemeldet. Tatsächlich weiß ich inzwischen, daß dieser Mann nur K.O. geschlagen worden war. Ich habe der Polizei in Dalston seinerzeit alles erklärt."
„Das glaube ich Ihnen gerne. Das wäre dann alles. Sergeant Cotts wird Sie hinausbegleiten", sagte er, die Türklinke in der Hand.
Daniel machte einen Satz nach vorne. „Eine Sekunde noch – was ist mit dem Fahrkartenkontrolleur?"
„Er hat jede Kenntnis von dem Vorfall verneint. Das wäre dann alles, ich danke Ihnen."
„Sie behaupten also, Kate sei eine Lügnerin", insistierte Daniel.
Er schaute kurz in meine Richtung. „So weit würde ich nicht gehen. Augenzeugen sind oft unzuverlässig in Streß-Situationen. Und diese Dame", seine Stimme wurde leise, „hat eine gewisse Reputation."
Er verließ das Zimmer. Sergeant Cotts schien froh zu sein, etwas zu tun zu bekommen, als sie uns mit ungewöhnlicher Energie zum Ausgang beförderte.
Zurück in der Cardozo Road war mein Adrenalin verbraucht, und damit meine ganze Energie. Die beiden anderen versuchten kurz, eine Unterhaltung zustande zu bringen, gaben aber auf, da mein Gesicht regungslos blieb und mein Mund geschlossen. Eine schwere Last hatte sich mir auf die Schultern gelegt, vermutlich eine Art verzögerter Schock. Das einzige, woran ich noch denken konnte, war Schlaf, und ich legte mich auf das Sofa, nahm gerade noch genug wahr, um Anna für die Decke zu danken, die sie über mich legte, und war weg.
Um vier wurde ich wach, nicht sonderlich erfrischt, aber ruhiger.
„Vielleicht solltest du Michael absagen", meinte Anna.

„Ist schon in Ordnung, ich fühle mich schon besser. Michael zu treffen wird mir wohl kaum mehr ausmachen, als zusehen zu müssen, wie David Munger umgebracht wurde. Ich hätte es lieber hinter mir."
Anna sah so aus, als habe sie da ihre Zweifel, aber sie behielt es für sich.
„Ich habe Sam angerufen und ihm die Sache erzählt", war alles, was sie sagte.
Ich nickte, und trank den Cappuccino, den Daniel vor mir auf den Tisch gestellt hatte. Ich ließ ihm einen kurzen Whisky folgen, der mir ins Blut sickerte und das Werk vollendete, das der Schlaf begonnen hatte. Soweit ich das für mich selbst sagen kann, war ich wieder ganz auf dem Damm, als ich bei Sams Wohnung angelangt war.
Es war viertel vor fünf, als ich die Tür öffnete, aber Michael war schon früher gekommen. Sam und er saßen einander gegenüber und führten ein Verlegenheitsgespräch. Keiner von beiden schien sich dabei sonderlich wohl zu fühlen, und mir fiel ein, daß die beiden noch nie miteinander gekonnt hatten. Ich nehme an, es war eine Frage verschiedenen Stils und unterschiedlicher Lebensgeschichte. Sam warf mir einen kurzen Blick zu, sagte aber nichts. Ich erriet, daß er Michael noch nichts von David Mungers Tod erzählt hatte. Ich tat es auch nicht.
Michael lächelte mich kurz an. Das hatte nichts weiter zu bedeuten. Er war wie immer, gepflegt und modisch gekleidet, saubere Jeans und ein hellblaues Fliegerhemd, aber sein Gesicht wirkte irgendwie zerstreut und besorgt. Seine blauen Augen schauten falsch; seine breite Stirn war zerfurcht, und ich beobachtete, wie er sich bemühte, sie zu entkrampfen.
„Ich muß unbedingt mit dir sprechen, Kate", sagte er. „Ich denke, du solltest nicht weiter bohren."
Ich nickte und wartete, was noch kommen würde. Er setzte sich aufrecht hin und versuchte es erneut mit Lächeln. Es gelang ihm ebensowenig wie beim erstenmal.
„Es ist gefährlich, sich mit Spionen einzulassen", sagte er. „Woher sie auch kommen mögen. Es wird in den Medien soviel über sie erzählt, daß die Leute schon gar nicht mehr glauben, daß sie gefährlich sein könnten. Wir von der AER wissen da genauer Bescheid. Ich komme, um dich davor zu warnen, weiter gedankenlos vorzugehen. Überlasse die Spionage den Experten."
„Sprichst du von jemand Speziellem?" fragte ich.
„David Munger", sagte er. „Aldwyn erwähnte, daß du auf diesen Namen gestoßen bist. David Munger ist irgendwie in Gefahr ..."
David Munger ist tot, dachte ich. Aber ich sagte auch jetzt noch nichts davon.
„... und du könntest seine Position noch bedrohter machen, wenn du ihm zu intensiv nachschnüffelst. Glaube mir, David Munger ist für Tims Tod nicht relevant. Das ist eine ganz andere Sache."
„Aber weshalb hat David dann versucht, mich zu erschrecken, und mich ernsthaft zu warnen. Warum spielte er toter Mann in meiner

Wohnung und stahl mein Alto?"
„Er hat das nicht gespielt", sagte Michael. „Die Südafrikaner haben ihn K.O. geschlagen. Er hat mir die ganze Geschichte erzählt. Er war gekommen, um dich vor den Gefahren zu warnen, wurde aber verfolgt und überfallen. Er nahm dein Saxophon mit, als eine Warnung an dich. Ich gebe zu, das war eine kindische Aktion, aber so schlimm nun auch wieder nicht, oder was meinst du?"
„Ich sehe das anders", sagte ich.
„Was ich damit meine, Kate, das ist, daß es keine Frage von Leben und Tod ist. Und genau mit so einer kriegen wir es möglicherweise zu tun. Schließlich und endlich ist Tim doch umgebracht worden." Michaels Stimme sank ab, als er den Satz beendete. Seine Augen füllten sich mit Tränen, und er sank in sich zusammen. Ich sagte gar nichts.
Nach einer angemessenen Pause stand er auf.
„Ich dachte nur, daß es meine Pflicht wäre, dich zu warnen", sagte er.
Er hinterließ eine Stille. Ich saß, wo ich war, tief versunken in meine Gedanken. Nach und nach drang mir ein klopfendes Geräusch schmerzlich ins Bewußtsein. Ich schaute auf. Sam saß mir gegenüber, und bewegte seinen Zeigefinger rhythmisch auf seiner Stuhllehne. Er sah meinen Blick und hielt inne. Ich verfiel wieder in meine Träumereien. Ich hatte noch ein wenig Muße, bis die Klopferei wieder los ging.
„Okay", sagte ich. „Ich habe verstanden. Du willst etwas sagen."
Sam schaute verlegen. Er schob eine graue Locke aus seiner Stirn und räusperte sich.
„Was wirst du jetzt tun?" fragte er.
„Weitermachen", sagte ich. „Mir sind da ein paar Ideen gekommen, die mir gar nicht gefallen. Ich kann die ganze Sache jetzt nicht so in der Schwebe belassen."
„Aber was ist, wenn er recht hat?" sagte Sam.
„Wer? Michael? Es ist nicht neu für mich, daß diese Geschichte gefährlich ist. Ich habe gerade erst gesehen, wie David Munger umgebracht worden ist."
„Ich sage das nicht gerne ...", sagte Sam. Ich dachte, ich weiß, was jetzt kommt. Ich wollte ihn aufhalten, aber er nahm keine Notiz davon.
„Ich mache mir Sorgen", sagte er. „Wenn Michael recht hat, dann könntest du da in eine üble Sache hineingeraten. Vielleicht ist es jetzt an der Zeit, die Ermittlungsarbeit weiterzugeben an ..."
„An wen?", schrie ich. „An die Jungs vielleicht? Ist es das, worüber Michael und du geredet habt, bevor ich hereinkam? Wollt ihr es so arrangieren, daß ich mich jetzt aus der Sache rauszuhalten habe, bloß weil es gefährlich wird?"
Meine Wut, soviel wußte ich, war eine Eruption, die sich aus einer langen Geschichte von sogenanntem Beschütztwerden nährte, das immer auch auf Ausschluß hinauslief. Im Geiste sah ich Sam und

Michael wieder vor mir, wie sie miteinander sprachen, als ich hereinkam. Was ich für Verlegenheit gehalten hatte, war Konspiration gewesen: schon wieder waren Männer dabei, mein Leben zu dirigieren. Ich war viel zu wütend, um noch bleiben zu können. Ich verließ die Wohnung und warf die Tür hinter mir zu. Auf dem Weg nach draußen stieß ich auf Sams einen Stock tiefer wohnende Nachbarin, die eben zu ihrer rituellen Beschwerde über den Lärm anheben wollte. Sie hatte keine Chance. Ich schob mich an ihr vorbei und fuhr zu meiner Wohnung.
Dort angelangt, schaltete ich den automatischen Anrufbeantworter an und den Fernseher. Vier Stunden geistesabwesendes Glotzen, bevor ich einschlief. Acht Stunden traumloser Schlaf.

# 11.

Dienstag wachte ich auf und renkte meinen verkrampften Kiefer zurecht. Ich machte mir Kaffee, ging ins Arbeitszimmer, betrachtete das immer noch nicht reparierte Fenster und schaltete dann den Anrufbeantworter an. Sams Stimme war darauf: er versuchte, sein Verhalten zu rechtfertigen. Ich rief ihn an und wir hatten ein schwieriges Telefongespräch, bei dem wir die Sache abzuklären versuchten. Am Ende hatte ich ihm fast verziehen: verziehen, aber nicht vergessen, dachte ich bei mir.
Ich zog mich an und verließ das Haus, nachdem ich mir eine Marschroute zum Fleet Street Büro der International News Limited zurechtgelegt hatte. Ich hatte die Einbahnstraßen nicht mitbedacht, und geriet zudem schon bald in die Falle eines Staus hinter einem Lastzug, der quer über der Straße lag. Es war 11 Uhr 30, als ich ankam. Ich kam gerade noch rechtzeitig, um miterleben zu können, wie die Vorhut zerknittert aussehender Journalisten den direktesten Weg Richtung Pub ansteuerte. Ich setzte mich auf eine Bank und sah der Prozession zu. Nach einer Weile wurde es doch zu entmutigend, die Scherze im Vorübergehen allzu abgedroschen, deshalb machte ich mich auf die Suche nach dem Haupteingang der INL.
Ich ging durch eine schmale Eingangshalle und folgte handgemalten Pfeilen drei Treppenfluchten hoch. Das Gebäude begann schäbig auszusehen, und als ich hinaufstieg, versuchte ich im Geiste genau den Zeitpunkt festzulegen, wann der Journalismus all seinen Glamour verloren hatte. Ich war nicht sehr weit in die Materie eingedrungen, als ich an einer matten Silbertafel ankam, der ich entnahm, daß ich vor dem Zentralbüro der International News Limited stand.
Ich stieß die Glasfront der Doppeltür auf und betrat die Auskunftsabteilung. Der Raum war fensterlos. Ich fand mich vor einer hohen

Holztheke, die die Länge des Raumes einnahm, mit einer Tür an jedem Ende. Ich schaute mich um. Alle Anzeichen deuteten darauf hin, daß ich mich in einem seriösen Zeitungsbetrieb befand. An der Wand waren Regale, die mit Zeitungspapier vollgestopft waren. Nur zwei heruntergekommene Plastikstühle unterbrachen die Monotonie. Hinter dem Schalter saß mit dem Rücken zum Eingang eine Frau, die simultan zu tippen und ein Telefongespräch auf französisch zu führen schien.
Als ich näher herantrat, beendete die Frau ihr Gespräch, schwang ihren Drehtstuhl in meine Richtung herum und lächelte mir entgegenkommend zu. Für einen Augenblick verschlug es mir völlig die Sprache, da das Geräusch der Schreibmaschine nicht aussetzte, aber dann sah ich, direkt hinter der Empfangsdame den gebeugten Rücken eines Mannes, der mit zwei Fingern auf einer alten mechanischen Olympia herumhackte.
Die Frau lächelte erneut. „Sie sind da drüben beim Papierkorb", sagte sie mit einem breiten australischen Akzent.
„Ich hoffe, es gefällt ihnen dort", sagte ich. „Wer sind ‚sie'?"
Der Schreiberling fluchte, da er offenbar eine falsche Taste erwischt hatte. Er riß das Blatt aus der Maschine, knüllte es zu einem Knäuel zusammen und warf es quer über den Flur.
„Entschuldigung, aber ich habe auf einen Kurierdienst gewartet, und ich dachte, Sie wären es. Ich bin nur Aushilfskraft, und manchmal gerät mir was durcheinander", kicherte die Frau ungeniert und schaute mich fragend an.
„Ich hätte gern ein paar Informationen", begann ich.
„Nun, so weit ich weiß, und, wie gesagt, ich bin erst zwei Wochen hier, ist das genau das, womit die hier ihr Geschäft machen. Sagen Sie mir, was Sie wollen, und ich bringe Sie mit dem Chef in Verbindung", sie deutete mit dem Kopf verächtlich nach hinten, „... oder mit dieser Pfeife dahinten, wenn Sie den vorziehen", fügte sie leise hinzu.
„Ich ziehe Erkundigungen ein über einen Mann namens David Munger", sagte ich.
Die Reaktion des Schreiberlings war dramatisch. Die Erwähnung des Namens Munger wirkte wie eine Zündkapsel. Er drehte sich um und starrte mich an. Ohne ein Wort zu sagen, stand er auf, riß die rechte Seitentür auf und verschwand. Die Frau hatte seine Bewegungen mit Überraschung verfolgt. Sie drehte sich um und zuckte gleichgültig mit den Schultern.
„Das bedeutet, daß er sich um sie kümmern wird. Sie haben ihn schon in Trab gebracht", sagte sie, bevor jegliches Interesse aus ihrem Gesicht wich und sie den Kopf senkte, ganz Konzentration.
Ich lief im Zimmer umher und versuchte, mich auf einem der Plastikdinger komfortabel einzurichten. Das war nicht einfach.
Nach zehn Minuten fühlte ich mich unruhig. International News hatte eine beträchtliche Anzahl von Zeitungen abonniert, aber mir stand nicht der Sinn nach Zeitungslesen. Ich lief im Zimmer hin und

her und versuchte, mich selbst zu beschäftigten, und war schließlich wieder gegenüber der Frau vom Empfang angelangt. Sie war ganz vertieft, und als ich mich hinüberbeugte, bemerkte ich, daß ihr nur noch wenige Schlüsselwörter fehlten, um das *Guardian* ‚Um-die-Ecke-gedacht'-Kreuzworträtsel zu lösen.
„Ich schaffe diese Dinger nie", sagte ich voller Bewunderung.
Sie sah auf. „Du mußt an den Dingern dranbleiben, dann werden sie einfacher. Bei diesem Job will die Zeit einfach nicht vergehen, deshalb muß ich irgendetwas tun, um nicht verrückt zu werden."
„Weshalb, gibt es denn nicht viel zu tun?" fragte ich.
„Wie soll ich das wissen? Der Kriecher, der eben raus ist, verbringt den ganzen Tag damit, darauf aufzupassen, daß ich nichts mitkriege. Alles, was ich zu tun bekomme, ist, mich am Telefon zu melden und gelegentlich auf französisch Phrasen zu dreschen. Ich habe nicht die mindeste Ahnung, warum sie mich überhaupt angestellt haben. Ich bin ein glorreiches Statussymbol, das den Herren noch den Tee servieren darf."
„Machst du immer nur Aushilfsjobs?"
Sie legte ihr Kreuzworträtsel beiseite und lehnte sich zurück. Das künstliche Licht gab allem und jedem in diesem Zimmer einen grellen Rand, aber mir fiel auf, daß sie bei näherem Hinsehen ganz gut aussah. Leicht sonnengebräunt, mit einer sanften Haut und gutgeschnittenen braunen Haaren, die ihr rundes Gesicht hervorhoben, strahlte sie etwas Gesundes aus. Sie sah nicht wie der Typ aus, der in dieser Umgebung alt werden würde.
„Ja sicher, ich mache immer nur Teilzeitjobs. Sekretärin auf Dauer ist ein Idiotenspiel. Ich mache gerade soviel, daß ich damit rumkomme, arbeite ein halbes Jahr und fahre den Rest in der Weltgeschichte herum. Ich wollte eigentlich gerade nach Indien, aber mein Freund, der kommen wollte, ist irgendwie aufgehalten worden, deshalb verdiene ich noch ein wenig dazu. Dieses Büro ist wirklich das letzte: ich werde bald wieder draußen sein."
Während sie sprach, hatte sich die Tür linker Hand geöffnet, zwei Männer waren herausgekommen und standen jetzt hinter ihr. Zum ersten Mal sah ich dem Schreiberling voll ins Gesicht. Er zeigte alle Symptome eines Klippjournalisten: sein Schlips hing leicht schief, der oberste Knopf war offen und die Ärmel seines Hemdes unordentlich hochgerollt, und der Gesichtsausdruck unübersehbar in Aufruhr. Der andere Mann schien wesentlich selbstsicherer zu sein. Er trug einen schmucken grauen Anzug und eine dazu passende ruhige Krawatte. Er war ein großer Mann mit einem roten Gesicht und zuviel reichlichem Lunch unter dem Gürtel.
„Womit kann ich Ihnen behilflich sein?", fragte er. In seiner Stimme mit dem deutlichen südafrikanischen Dialekt schwang ein bedrohlicher Tonfall mit, der noch durch die Art und Weise verstärkt wurde, wie beide Männer sich mit dem Oberkörper über den Schalter beugten. Der kleinere Mann wirkte mit seiner herausfordernden Geste eher lächerlich, doch der ältere konnte mir auch ohne größere Mühe

einen Schrecken einjagen. Er setzte seinen Körper ein wie ein Mann, der es gewohnt war, ihn als Waffe zu benutzen.
Ich tat einen tiefen Atemzug und betete darum, daß meine Stimme nicht zittern möge. Ich hatte Glück.
„Ich ziehe Erkundigungen ein über einen Mann mit Namen David Munger", sagte ich. „Soviel ich gehört habe, hat er für Sie gearbeitet."
„Wer hat Ihnen das erzählt?" fragte der zweite Mann mit einem einstudierten höhnischen Grinsen im Gesicht.
Ich sagte nichts. Ich wartete. Der große Mann ließ sich Zeit, mich zu mustern. Nachdem er zu einem ihn zufriedenstellenden Ergebnis gekommen war, streckte er sich und ließ seine ganze Körperfülle auf mich wirken.
„Mr. Munger weilt nicht mehr unter uns", sagte er und wandte sich ab.
„Soll das heißen, nicht mehr bei International News oder gar nicht mehr auf dieser Welt?" rief ich, als sich seine Nummer zwei anschickte, ihm zu folgen.
Beide erstarrten – wobei der kleinere Typ gerade noch die Zeit fand, nicht auf den anderen aufzurennen. Dann wandten sie mir wieder ihre Gesichter zu.
„Sehen Sie, Miss ...?" sagte der große Mann lebhaft, während ich da stand, „...wer auch immer Sie sind. Wir sind ein vielbeschäftigter Betrieb hier, und wir arbeiten alle auf den Redaktionsschluß hin. Ich fände es sehr zuvorkommend von Ihnen, wenn Sie meine Belegschaft jetzt in Ruhe weiterarbeiten ließen, ohne sie weiter bei ihrer Arbeit zu unterbrechen."
Seine Belegschaft reagierte unterschiedlich. Während die Frau nicht den mindesten Versuch unternahm, ihre Belustigung über den Verlauf der Ereignisse zu unterdrücken, bemühte sich der Journalist, sehr beschäftigt und hart arbeitend auszusehen. Ich versuchte, meine Würde zu wahren, und ging langsam hinaus.
Ich lief schnell die Treppe hinunter. Bevor ich richtig registrierte, daß ich im Erdgeschoß angelangt war, stand ich blinzelnd im Sonnenlicht. Ich lief ein paar Schritte den Block herunter, und hielt dann an. Der Chef der International News hatte nicht wie ein Mann ausgesehen, der sich den Lunch entgehen läßt, deshalb beschloß ich, hier noch etwas herumzulungern für den Fall, daß er seinen Kumpel mitnähme. Ich hatte nämlich das Gefühl, daß die Frau an der Rezeption nur allzu gerne bereit sein würde, mir zu helfen, wenn ich sie nur allein erwischte. Ich hatte während meiner harten Zeit als Sekretärin gelernt, daß es etwas gab, was mit tödlicher Sicherheit für jede Aushilfskraft galt – daß sie nämlich keinen ausgeprägten Sinn für Loyalität und Verantwortlichkeit gegenüber ihren Chefs empfinden. Ich dachte mir, daß es immerhin einen Versuch wert wäre, und bummelte umher auf der Suche nach einer geeigneten Tarnung.
Ich kam sehr rasch zu dem Schluß, daß ich noch viel zu lernen hatte, bevor ich mich zur Aufnahmeprüfung bei der Stadtguerilla melden

konnte. Ich entschied mich für das Schaufenster des Schreibwarengeschäfts, das genau gegenüber dem Eingang der INL lag.
Ich lernte eine Menge über Kugelschreiber, und ich war irgendwann derart damit beschäftigt, als Konsument Vergleiche anzustellen, daß ich fast vergaß, im Spiegelbild des Schaufensters nach den beiden Männern Ausschau zu halten. Ich befürchtete schon, sie verpaßt zu haben, aber um 12 Uhr 30 ging die Tür auf, und sie tauchten auf, ganz in ein Gespräch vertieft. Ich blieb still stehen, bis sie in einem Pub verschwunden waren, und lief dann im Sprinttempo zurück zu ihren Büroräumen.
„Da bist du ja wieder. Ich nehme an, du weißt, das sie zum Lunch gegangen sind. Ich mache nie Mittagspause. Ich werde stundenweise bezahlt, und wenn ich hierbleibe, ist das den Trotteln nur recht, und sie zahlen mir mehr."
Ich war etwas verlegen. „Ich habe meine Zeitung verloren. Ich fürchte, ich habe sie hier liegen lassen", sagte ich.
Sie schaute wieder auf und kicherte. Mir gefiel ihre Art, gar keinen Hehl daraus zu machen, daß sie mir nicht glaubte.
„Du bist herzlich eingeladen, dich umzuschauen", sagte sie. „Such dir aus, was du brauchst. Dieses Zimmer ist proppevoll mit Zeitungen, und ich werde keine davon vermissen. Du hast die beiden auf die Palme gebracht, nicht wahr?"
„Du hast völlig recht, ich hatte gar keine Zeitung dabei, als ich hierherkam. Ich bin zurückgekommen, um von dir zu erfahren, ob du vielleicht eine Idee hast, warum deine Chefs so aggressiv zu mir waren?"
„Sie sind völlig übergeschnappt, nicht wahr? Ich sage dir, bei dieser Art von Job bist du darauf vorbereitet, wie ein Stück Löschpapier behandelt zu werden – dafür bezahlt, Anweisungen in dich aufzusaugen – aber die beiden schlagen wirklich alle Rekorde. Du hast total ins Wespennest gestochen. Als du draußen warst, haben sie mich auf der Telefonanlage zum Schwitzen gebracht, als sei die Bude in Brand."
„Haben sie irgendwas Interessantes gesagt?" fragte ich.
Sie schaute mich lange an, bevor sie ihr Pausenbrot aus seiner cellophanen Zwangsjacke befreite und einen herzhaften Biss tat.
„Was soll's, ich hör sowieso bald mit dem Job auf, und jeder, der seinen Kopf am rechten Platz hat, weiß, daß Telefonistinnen die Anrufe mithören – wenn sie nicht allzu langweilig sind. Sie führten ein Gespräch mit der südafrikanischen Botschaft. Es ging dabei um eine Frau, die Ermittlungen anstellt. Du warst gemeint, nehm ich an – und um David. Die Botschaft sagte ihnen, sie sollten sich gefälligst beruhigen, und daß du sowieso nichts ausrichten könntest." Sie war mit dem Pausenbrot zu Ende und begann, einen Apfel zu polieren.
„Hast du gehört, was David passiert ist?" fragte ich.
Sie biß krachend in den Apfel, bevor sie sprach. „Er ist tot. Er ist aus einem Zug gefallen. Tut mir leid um ihn – er war nicht gerade

was Besonderes, aber verglichen mit den beiden anderen ... Außerdem hat er immer für Nachschub gesorgt."
Ich lächelte unverbindlich und schaute genauer hin. Langsam hatte es mir gedämmert, was dieser Frau ihre gespenstische Fähigkeit zu träger Entspannung verlieh. Die Art und Weise, wie sie aß, sparsam Bissen für Bissen ordentlich durchkauend, bestärkte mich in meinem Eindruck. Diese Frau war völlig bekifft. Sie hing hier herum, und wartete nur darauf, endlich nach Indien losfahren zu können, und sie vertrieb sich die Wartezeit mit ausreichend viel Cannabis, das der Monotonie etwas die Wucht nahm.
„Hättest du was dagegen, wenn ich mich mal schnell in ihrem Büro umschauen würde?" fragte ich.
„Was mich angeht, ist mir das völlig egal. Du mußt wissen, was du machst. Nu mach schon." Sie bewegte sich nach vorn, und öffnete eine Schranke, die in den Schalter eingefügt war.
„Warte eine Sekunde, dann stelle ich mich an die Tür und halte Ausschau. Ich rufe, wenn jemand kommt", sagte sie.
Ich dankte ihr, während wir die Plätze tauschten.
Im Verlauf der zwanzig Minuten, die ich brauchte, um die Büroräume zu durchsuchen, machte ich zwei Entdeckungen. Zum ersten, daß es in einem Büro mehr zu durchsuchen gibt, als es auf den ersten Blick den Anschein hat; und zweitens, daß ich einfach nicht die Nerven habe, die für dieses Handwerk unabdingbar sind. Ich hatte die ganze Zeit das Gefühl, als würde mir gleich jemand in den Rücken fallen oder wartete auf den harten Schlag auf die Schulter. Und trotz der Tatsache, daß Michelle, so hieß, wie sie mir mitgeteilt hatte, die Frau an der Rezeption, nicht müde wurde, ein unermüdliches Geplapper von sich zu geben.
Hinter dem Schalter war es einfach: außer der mechanischen Schreibmaschine und einem tot aussehenden Golfball gab es da nur einen Kasten für den Eingang mit den unterschiedlichen Artikeln, und einen für den Postausgang mit grauen Kuverts. Michelle bot mir an, mir von allen zu erzählen, was drin stand, aber das wollte ich ihr und mir selbst nicht unbedingt antun. Stattdessen begab ich mich in das Zimmer zur Rechten.
Wenn es draußen auch ausgesprochen nach Zeitungsbüro aussah, hier drin jedenfalls wurde in einer ganz anderen Liga gespielt. Es war die Bibliothek, und Aktenordner bis an die Decke konkurrierten um den verbleibenden Platz mit den Aktenschränken, die bis auf den letzten alle verschlossen waren. Und der war leer. Dieses Zimmer, hatte mich Michelle informiert, war dasjenige gewesen, in dem David gearbeitet hatte. Er hatte irgendeine Art von Schreib- und Verbindungsarbeit dort gemacht.
Als ich in das zweite Zimmer hinüberging, war mein Angstpegel ziemlich hoch angestiegen. Es war offensichtlich das Büro des größeren Mannes mit einer Art Direktionsschreibtisch und zwei bequemen Drehsesseln. Der Mann war ein überaus ordentlicher Arbeiter. Alles war in kleine Stapel sortiert, und drei gespitzte Bleistifte mar-

kierten die Grenzlinien seiner Arbeitsfläche.
Ich begab mich zu seinem bequem gepolsterten Stuhl, setzte mich hinein, und öffnete die Schubladen. Sie waren vollgepfropft. Soviel Zeit würde mir unter gar keinen Umständen übrig bleiben, um all dieses säuberlich darin aufgestapelte Material durchzusehen.
Ich überflog die Etiektten. Kein eindeutiger Titel wie „Mörder" oder „Spione" sprang mir in die Augen, deshalb griff ich nach dem Ordner „Finanzen". In der Plastikhülle war eine extensive Korrespondenz auf weichem weißem Papier – alles sauber und chronologisch abgeheftet. Das sah sich durchaus hübsch an, aber alles, was ich der Akte entnehmen konnte, war der andere Partner der Korrespondenz – die „Organisation of Information Services".
Von der anderen Seite der Tür her rief mich Michelle aufgeräumt an. Vor Schreck wäre ich fast in den Papierkorb gefallen. „Wie geht's bei dir? Ich würde dir empfehlen, möglichst bald aufzuhören, denn manchmal sind sie nur eine halbe Stunde weg."
Diese Frau tat so sorglos, daß ihre Empfehlung, mich kurzzufassen, völlig ausreichte. Ich griff nach einem anderen Ordner. Er war betitelt mit „Verträge – diverse". Immerhin konnte ich ja mal nachschauen, ob Tims Name drinstand.
Ich flog mit den Augen über die Kolonnen, aus der die Liste sich zusammensetzte. Sie erwies sich als echte Überraschung. Tims Name stand da sehr wohl, mit einem leichten Bleistiftkreuz daneben, aber es gab noch viel andere. Die Liste las sich wie ein Who's Who der unabhängigen liberalen und etablierten Journalisten in England. Vor ein paar Tagen noch hatte ich von INL nie etwas gehört. Ein Blick auf die Liste überzeugte mich indessen, daß sie fast überall ihre Finger drin hatten. Bevor mich vollends die Furcht überkam, fiel mir noch auf, daß auch Miranda Johnsons Name unter den vielen anderen rangierte.
Ich legte das Papier wieder in den Ordner, den ganzen Packen wieder in die Schublade zurück, schloss sie und trat etwas nach hinten, um mich davon zu überzeugen, daß die Bleistifte nicht im mindesten verrutscht waren und der Schreibtisch völlig unberührt aussah. Ich eilte hinaus, schloß die Tür und sprang über die Theke. Erst, als ich mich im äußeren Teil des Büros befand, fühlte ich mich wieder relativ sicher. Ich dankte Michelle, wünschte ihr viel Glück in Indien, und nahm immer zwei Treppenstufen auf einmal.
Ich war schon zweieinhalb Blocks weiter, als ich langsamer zu werden begann. Die Angst hatte mich leer und hungrig gemacht. Ich kam gerade an ‚Grains', dem Müslirestaurant, vorbei, und ging geradewegs hinein. Und wie üblich, kaum hatte ich mich mit meinem Tablett hingesetzt, bereute ich es auch schon wieder. Die Atmosphäre des Lokals ist nicht unangenehm: hübsch gearbeitete Fichtenholztische, bequeme Bänke und indirekte Beleuchtung. Das einzige Problem war das Essen: alles in allem schmeckte es einfach nach fadem Stroh. Das Gericht sieht gar nicht einmal schlecht aus, entpuppte sich aber als große Enttäuschung, sobald es den Gaumen

berührt. Gottseidank hatte ich heute nicht eben einen sonderlich kritischen Tag, und angesichts meines niedrigen Blutzuckerspiegels, der mal wieder alle Rekorde brach, mampfte ich mich durch eine raffinierte Mischung aus Hülsenfrüchten und Gemüsen hindurch und trank den wässerigen Limonen-Tee bis auf den Grund der Kanne aus. Damit zu Ende stand ich auf, nickte noch mitfühlend einem lockenköpfigen Mann zu, der verzweifelt in seinem Essen herumstocherte, und ging.
Ich fand ohne größere Probleme eine Telefonzelle. Mit meinen Anrufversuchen hatte ich weit weniger Glück. Bei AER hob niemand ab, und die Assistentin von Diana Nicholson teilte mir mit, daß Diana zur Arbeit gegangen sei. Ich ließ mir die Adresse geben und machte mich auf den Weg dorthin.
Sie arbeitete bei einem Innenarchitekten irgendwo hinter Covent Garden. Das Äußere des Gebäudes war nicht übel. Im Inneren war es dagegen schon am Verblühen. Stahlröhren und poliertes Glas wetteiferten um Aufmerksamkeit zwischen den drapierten Pflanzen, die sich in den Tropen gewiß heimischer gefühlt haben würden.
Die Empfangsdame versuchte mich abzuwimmeln, aber sie hatte nicht so recht Glück. Eben, als ich mit ihr einen Streit vom Zaun zu brechen begann, kam Diana in das auch als Ausstellungsraum dienende Großraumbüro. Mißmutig dirigierte sie mich zu einem kleinen Ensemble, das wie ein Glaskasten aussah, und den Eindruck zu erwecken schien, als würde es sogleich umkippen, sobald nur irgendwer versuchte, es leicht in Schwingung zu versetzen. Ich ließ mich auf einem geometrischen Inventarstück nieder, welches sich als nur wenig komfortabler erwies, als es ohnehien den Anschein machte.
„Ich muß mich bei Ihnen entschuldigen" sagte ich.
Diana nahm eine Zigarette heraus, zog eine elegante silberne Spitze hervor, und steckte beide zusammen. Sie machte sich nicht die geringste Mühe, das Resultat auch zu entzünden.
„Ich glaube Ihnen inzwischen, was Sie über David Munger gesagt haben", sagte ich. „Sie haben ihn nicht gekannt."
„Ich verspüre keinerlei Verlangen nach Ihren Besuchen ... beziehungsweise Ihrer Anerkennung", sagte sie. „Ich weiß selbst, wann ich die Wahrheit sage. Auch dann, wenn jeder an meinen Worten Zweifel zu hegen scheint."
„Hat Tim Ihnen gegenüber die gleichen Vorwürfe erhoben?"
fragte ich.
Sie griff unter ihren Schreibtisch und holte ein rechtwinkliges, hellrotes und weiches Objekt hervor. Sie drückte einen am Boden versteckten Mechanismus und hielt die Flamme an ihre Zigarette. Sie versuchte ihr bestes, selbstsicher zu agieren, aber sie vergaß zu ziehen, und die Zigarette ging wieder aus.
„Was tut sich zwischen Ihnen und Robert Shlitz?" fragte ich. „Was versuchen Sie beide zu vertuschen?"
„Warum um alles in der Welt sollte ich ausgerechnet Ihnen das sagen wollen?" fragte sie. Es sollte eigentlich hart klingen, aber es hörte

sich eher wie eine flehentliche Bitte an.
„Es könnte vielleicht Ihr Gewissen erleichtern. So schlimm kann es doch nicht sein. Lassen Sie es einfach mich selbst mal versuchen. Hat es möglicherweise etwas mit Tims Mutter zu tun?“ sagte ich.
Diana versank in Nachdenken, und sie zeigte das auch. Zwei steile Falten gruben sich zwischen ihre ansonsten makellosen Augenbrauen.
„Wie stehen Sie eigentlich zur Polizei?“ fragte sie.
Ich schaute sie fragend an.
„Ich meine, würden Sie zu ihr gehen mit Informationen, die mit der Sache nichts zu tun haben, aber vielleicht diesen Eindruck erwekken?“
„Wenn sie wirklich nicht relevant sind, dann sicher nicht“, sagte ich.
Ihr Gesicht entspannte sich, die Falten verschwanden, und sie lehnte sich über den Schreibtisch.
„Robert Shlitz hatte vor langer Zeit einmal eine Affäre mit Tims Mutter“, sagte sie. „Es gab das Gerücht, daß Tim Roberts Sohn sei. Ich habe nie erfahren, ob es stimmt. Und wie ich glaube, Tim selbst ebenfalls nicht.“
Ich nickte, und fragte mich verwundert, wohin all das noch führen sollte.
„Das hat seinerzeit einen erheblichen Skandal verursacht“, fuhr sie fort. „Tims Vater erfuhr davon und ließ sich daraufhin von Mrs. Nicholson scheiden. Sie waren niemals glücklich gewesen miteinander, und es war für ihn eine willkommene Ausrede. Robert seinerseits ließ jedoch Mrs. Nicholson sitzen, erzählte Tims Vater, daß es für ihn nur ein Fehltritt gewesen sei, und so blieben die beiden Männer trotz dieser Geschichte weiter Freunde. Es war Robert, der Tims Vater geholfen hat, ein Testament aufzusetzen, in dem festgelegt wurde, daß Mrs. Nicholson niemals in den Besitz des Geldes kommen würde. Robert ist ein sehr aufrechter Mann, und ich bin der Überzeugung, daß er der Ansicht war, sie habe den Skandal lediglich in Bewegung gebracht, um ihn zu ruinieren.“
„Und zwanzig Jahre später?“ soufflierte ich.
„Fünfundzwanzig Jahre später beschloß Tim, sein Testament umzuschreiben. Er wollte das Geld nicht mehr mir vermachen – ich sehe auch nicht, weshalb er das hätte tun sollen – sondern lieber das Erbe Organisationen zukommen lassen, an denen er politisch interessiert war. Robert Shlitz war entsetzt. Ich glaube, daß er Tim immer als seinen Sohn angesehen hat, und nun war Tim dabei, das Geld all jenem zukommen zu lassen, wogegen Roberts ganzes Empfinden im Widerspruch stand.“
„Und deshalb hat Robert ihn daran gehindert“, sagte ich.
Diana sah mich an. Sie schien irgendetwas fragen zu wollen, aber ich kam nicht darauf, was. Sie senkte den Kopf.
„Ich weiß es nicht“, sagte sie. „Ich bin so durcheinander. Ich kann nicht mehr weiterreden.“
„Was passierte in der Nacht, als Sie zu Tims Büro gingen?“ fragte

ich. „Vielleicht kann ich die Geschichte aufklären."
„Wir haben uns gestritten", sagte sie. „Tim begann damit, daß er mir mit David Munger kam. Ich wußte überhaupt nicht, wovon er sprach. Er nannte mich eine Lügnerin. Er sagte, ich sei unmoralisch und dekadent. Dann warf er mir sein altes Vermächtnis ins Gesicht. Sagte mir, ich würde keinen einzigen Penny zu sehen bekommen. Er sagte, er würde ein neues Testament unterschreiben, sobald ich gegangen wäre. Ich versuchte ihm glaubhaftzumachen, daß das Geld für mich keine Bedeutung habe, aber er wollte nichts davon hören. Er verhöhnte mich und ließ nicht ab. Schließlich ging ich."
„Und dann haben Sie mir das Testament geschickt, nachdem ich zu Ihnen gekommen war?"
„Ja", sagte sie. „Es schien mir nicht recht, es zu behalten. Ich dachte auch, das würde mir Sie vom Leibe halten. Robert hat das überhaupt nicht gefallen."
„Wie ist er in diese Geschichte hineingeraten?" fragte ich.
„Ich habe es ihm erzählt. Er riet mir, mich ruhig zu verhalten und der Polizei auf keinen Fall etwas davon zu erzählen, daß ich dort gewesen war. Er sagte, es würde mich nur in Verdacht bringen."
„Was geschah mit dem neuen Vermächtnis?" fragte ich. „Haben Sie es gesehen?"
„Ich ... ich habe es weggenommen", sagte sie. „Ich war so wütend, daß ich es ihm aus der Hand riß und wegging. Ich hätte es dann wieder zurückgegeben, aber als ich von seinem Tod hörte, bin ich in Panik geraten, und ... und dann habe ich es verbrannt. Es war nicht unterschrieben. Dazu hatte er keine Zeit mehr. Deshalb hätte es doch keinen Unterschied gemacht, nicht wahr?"
Ich ließ diese Frage auf sich beruhen und stand auf, um zu gehen. Kurz bevor ich aus dem Glasmodell heraus war, drehte ich mich nochmal zu ihr um.
„Warum erzählen Sie mir das eigentlich alles?" fragte ich.
„ Weil Sie es ohnehin früher oder später erfahren werden", sagte sie. „Von der Person im Büro."
„Welcher Person?" fragte ich.
„Es war die ganze Zeit über jemand da, der alles mitangehört haben muß. Ich wußte genau, daß da jemand war, weil Tim mich nicht durch die Tür lassen wollte. Meine Existenz war ihm immer peinlich. Er versuchte seine Geschichte, seine früheren Fehler", sie lächelte gezwungen, „vor euch anderen geheimzuhalten."
Ich nickte und öffnete die Tür. Ihre Stimme folgte mir nach draußen.
„Ich werde das Geld nicht behalten können", sagte sie. „Mir kommt es irgendwie besudelt vor."

# 12.

Ron wohnte in einem kommunalen Haus am Rande von Highbury. Wegen der großen Zahl der benachbarten städtischen Wohngebäude war es eine Gegend, die noch nicht die Invasion der wandernden Mittelklasse zu spüren bekommen hatte. Nur die gelegentlichen Schilder mit der Aufschrift „Zu verkaufen" zeigten, daß die Dinge sich am verändern waren. Der größte Teil der Straße aber strahlte einen Hauch vornehmen Verfalls aus.
Sein Haus stand an der Ecke, umgeben von einem üppigen Garten. Als ich den Gartenpfad entlangging, sah ich die Reihen schießender Salatköpfe, welche die mit Unkraut übersähten Blumenbeete zu überwuchern drohten. Ich nahm den Messingklopfer in meine Hand und ließ ihn gegen die Tür fallen. Ein Stück Farbe fiel dabei ab. Ich hörte von drinnen ein Schlurfen, und Rhoda öffnete die Tür.
„Hallo", sagte ich. „Ich hab dir noch überhaupt nicht gratuliert."
Sie stand in der vollen Blüte ihrer Schwangerschaft, wenn sie auch nicht unbedingt gesund aussah. Ihr dunkles, lockiges Haar hatte etwas von seinem Glanz verloren, und die Überbleibsel ihres New Yorker Näselns klangen breiter als je zuvor. Sie schnitt eine Grimasse.
„Die meiste Zeit hänge ich über der Toilettenschüssel", sagte sie. „Ich fühle mich eher so, als würde ich ins Kraut schießen, statt schwanger zu sein."
„Überlaß das besser deinem Salat. Das ins Kraut schießen, meine ich", sagte ich.
„Ja, es ist wirklich zu schade um ihn, nicht wahr? Er ist ein Überbleibsel. Laut dem letzten Untersuchungsbericht der Nahrungsmittelkontrollkommission sollen fortgeschritten Schwangere ihn nicht mehr zu sich nehmen. Willst du einen Tee, oder bist du zu den Reihen der Gerbsäurehasser übergelaufen?"
„Nein, bin ich nicht", sagte ich. „Ich habe nur Tee noch nie leiden können. Ist Ron zuhause?"
„Er ist oben in seinem Zimmer bei seiner Kleberei. Auf dem ersten Treppenabsatz."
Es war ein Haus, das viele Ebenen hatte. Bei meinem ersten Versuch verpaßte ich den ersten Treppenabsatz. Ich ging einige Stufen wieder hinab und klopfte an eine purpurfarbene Tür, deren fehlender Türgriff erklärte, weshalb ich es für einen Trockenboden gehalten hatte. Als niemand antwortete, stieß ich die Tür auf und trat ein. Ich kam nicht weit.
„Stehen bleiben", schrie er.
Ron war inmitten des Zimmers über den Boden gebeugt, mit dem Rücken zur Tür. Er war umgeben von etwas, das wie Plastiksplitter aussah, mit gelegentlich darunter gestreuten Streichholzstäbchen. Ich brauchte eine Weile, bis ich dahinter kam. Vor ihm stand eine halbfertige Konstruktion, eine komplizierte Miniatur eines Ozeanriesen. Rhoda's Beschreibung war allzu treffend gewesen. Ron war definitiv

am kleben.
Ich blickte mich wie immer kurz im Zimmer um. Die widersprüchlichen Eindrücke verwirrten mich. Das Doppelbett, die Schreibmaschine und der solide Stapel Bücher auf seinem Schreibtisch, all das wies eindeutig auf den professionellen Journalisten hin, aber das war bestenfalls Garnitur. Der Rest war das Zimmer eines Jugendlichen. Die Wände waren gepflastert mit Bildern von Booten und phantastisch aussehenden Konstruktionsplänen. In Augenhöhe waren die Wände übersät mit Glaskästen, in denen sich Modelle befanden. Jedes einzelne war aufs präziseste zusammengebaut, und säuberlich etikettiert, ein Monument stundenlanger Fleißarbeit.
Meine Augen fanden zu Ron zurück. Ich bemerkte, daß er mich fragend ansah.
„Darf ich mich bewegen?" fragte ich.
„Jetzt kannst du. Ich hatte Nummer 521 verloren geglaubt und war entsetzt über den Gedanken, es vielleicht nie mehr wieder finden zu können", sagte er. Dabei hielt er irgendein Stück unförmiger Synthetik hoch.
„Was ist das?" fragte ich. „Konstruktion nach Nummern?"
Ron blickte verletzt. Das stand seinem offenen Gesicht nicht schlecht. „Das ist mein Hobby", sagte er. „Wolltest du etwas Bestimmtes?"
„Ich wollte dich bei der Arbeit anrufen", sagte ich. „Es war aber niemand da."
Sein verletztes Aussehen wandelte sich zu Verlegenheit. Er lenkte seine Aufmerksamkeit von der Röte seines Gesichtes ab, indem er seine goldgerahmte Brille abnahm und sie gegen das Licht hielt.
„Wir dachten, es wäre keine schlechte Gelegenheit, etwas Abstand zu gewinnen", sagte er. Er klang nicht sonderlich überzeugt.
„Ihr Jungs kommt nicht mehr so ganz miteinander zurecht?" fragte ich.
Ich wollte, ich hätte mir das verkniffen. Sein Gesicht verschloß sich. Jede Emotion verschwand, und mit ihr die Röte.
„Was willst du, Kate?" fragte er.
„Informationen", antwortete ich. „Etwas, das mich zu Tims Mörder führt."
„Weshalb vermutest du eigentlich, daß er ermordet wurde?" fragte er.
„Genaugenommen aus zwei Gründen", sagte ich. „Nummer eins, ihr habt mich angeheuert, um dieser Vermutung nachzugehen; und Nummer zwei, David Munger ist tot. Er wurde umgebracht."
Ron blinzelte einmal. Dann gab es eine Pause, und dann blinzelte er noch einmal. Es war, als wolle er sich gegen die Nachricht wehren. Er erhob sich vom Bett, wo er gesessen hatte, und ging in die Mitte des Zimmers. Er starrte sein halbvollendetes Modell an. Er beugte sich hinunter und untersuchte es aus der Nähe. Er war dabei, über irgendetwas einen Entschluß zu fassen.
„Ich mochte Tim", war alles, was ihm dann einfiel.

„Im Gegensatz zu Aldwyn", sagte ich.
„Die sind beide nie miteinander ausgekommen. Tim versuchte, von seiner Herkunft loszukommen, und hatte Aldwyn im Verdacht, genau das anzustreben, was er ausgeschlagen hatte. Das verletzte Aldwyns Stolz. Aber solche Spannungen sind immer zu erwarten, wenn du mit anderen Leuten zusammenarbeitest. Das ist nun mal so im Leben. Tim wußte das, auch wenn er gegen Ende überschnappte."
„Wie das?"
„Er begann, andere zu beschuldigen. Er ging einfach zu weit. Er machte irgendwelche Andeutungen über Spitzel!"
„Hat er gesagt, David Munger sei ein Spitzel?" fragte ich.
„David Munger, ja. Aber das war nicht alles. Er beschuldigte auch Michael, einer zu sein."
„Und du hast ihm nicht geglaubt?"
Ron nahm das Modell hoch und drehte es herum. Ein kleines Stück fiel heraus. Er steckte es in die Tasche seiner Segeltuchhose und schaute mich herausfordernd an.
„Nein", sagte er. „Das tat ich nicht. Hättest du es geglaubt?"
„Nicht wirklich. Es ist nicht schwer, bei eurer Art von Arbeit eine solche Beschuldigung vorzubringen, aber ich kann einfach nicht sehen, was so etwas für Michael bringen könnte. Er würde alles verlieren, was ihm wichtig ist, und nichts dabei gewinnen."
„Genau das habe ich mir auch gedacht", sagte Ron. „Selbst wenn ..." Er ließ es für einen Augenblick in der Schwebe.
„Selbst wenn Aldwyn es eine Zeitlang ernster nahm", sagte er. „Natürlich hat das nicht lange gedauert, aber es hat dabei einen ziemlichen Riß gegeben. Wir müssen einander vertrauen können. Wir müssen Vertrauen zueinander haben."
Er sagte das ganz schnell und mit Verzweiflung in der Stimme. Irgendetwas brannte ihm auf der Seele.
„Was verheimlichst du mir, Ron?" fragte ich.
Er stand mitten im Zimmer und schaute verloren. Seine Ohren, die aus seinen chaotischen braunen Haaren abstanden, gaben ihm fast ein komisches Aussehen.
„Nichts", sagte er. „Überhaupt nichts."
In seiner Stimme klang etwas Entschiedenes mit. Ich steckte meine Hand in den Schlitz zwischen der Tür und dem Pfosten und schwang sie auf. Ron stand noch immer bewegungslos, als ich hinausging.
Sam war zuhause, als ich bei seiner Wohnung ankam. Er stand auf, als ich hereinkam, und kam auf mich zu. Kurz vor mir blieb er stehen.
„Immer noch böse?" fragte er.
„Marginal. Tu sowas nie wieder. Ich habe einfach schon mein gerüttelt Maß genug erlebt mit Männern und ihren Manövern."
Das Telefon unterbrach mich. Es war für mich. Ich nahm den Hörer auf und hörte eine tiefe Stimme am anderen Ende. Er sagte, sein Name sei Joseph, und wir hätten einen gemeinsamen Freund. Ich vermutete, daß er von Zoe sprach.

„Wir haben deine Information überprüft", sagte er. „Sie hat sich als durchaus interessant erwiesen. Bist du damit einverstanden, daß wir sie benutzen?"
„Wenn euch das eine Hilfe ist", sagte ich. „Obwohl sie nicht von mir stammt. Ich wäre euch dankbar, wenn ihr euch mit den Leuten von African Economic Reports in Verbindung setzt, bevor ihr etwas unternehmt. Tim Nicholson hat die Sache herausgefunden."
„Natürlich werden wir mit ihnen kooperieren", sagte er. „Da ist noch eine andere Sache. Unser Freund sagte, du wärst an einem jungen Südafrikaner interessiert."
„Ja", sagte ich.
„Nun, wir auch. Wir haben uns gedacht, vielleicht gehst du mal los und besuchst seine Eltern. Sie kommen heute nacht mit dem Flugzeug an. Sie werden im Hotel Berkeley in Kensington Station machen."
„Welchen Zweck soll das haben, wenn ich sie besuche?" fragte ich.
„Hintergrundinformation. Alles, was du über den fraglichen Mann herausbekommen kannst."
Ich versprach, es zu machen. Joseph sagte, er sei am nächsten Tag im Büro. Ich sagte, ich käme vielleicht vorbei.
Sobald er aufgelegt hatte, wählte ich Miranda Johnsons Nummer. Es dauerte lange, bis sie antwortete. Als sie es schließlich tat, klang sie nicht gerade begeistert darüber, meine Stimme zu hören. Ich fragte sie nach den International News Limited. Sie wurde ärgerlich.
„Schon längst der AER erzählt", sagte sie. „Haben die denn kein Archiv?"
„Wem hast du es erzählt?" fragte ich.
„Tim Nicholson. Weiß, er ist tot, aber er hätte es wirklich den anderen erzählen können. Sagte, er würde sich dahinterklemmen und Nachforschungen anstellen.
„Nachforschungen worüber?" fragte ich.
„INL. Irgendwas falsch mit denen. Traten an mich heran, solle Hintergrundartikel über die Gewerkschaften schreiben. Haben nichts davon in irgendeiner Nummer gebracht, von der ich gehört hätte. Glaube nicht, daß sie überhaupt daran interessiert waren. Fragten eine Menge spezieller Fragen."
„Was zum Beispiel?" fragte ich.
„Kann mich jetzt nicht daran erinnern. Fragen über Leute, die ich kannte ... denke, das war's. Hab nicht geantwortet. Haben mich nie bezahlt. Seltsame Organisation. Habe Tim deshalb von ihnen erzählt. Alles, was ich weiß, wirklich."

# 13.

Am nächsten Morgen merkte ich erst, wie müde ich war. Erschöpfung machte sich in meinem Körper breit und befiel auch mein Gemüt. Ich hatte das Gefühl, schon so lange an den Ermittlungen dranzuhängen, daß ich niemals davon würde loskommen können.
Ich überlegte mir, ob ich das Berkeley anrufen sollte, und entschied mich dagegen. Stattdessen stand ich auf, fand einen Rock, der mir den Anschein von Wohlanständigkeit verlieh, und nahm die U-Bahn nach Kensington.
Die Mungers, so informierte mich der Portier, waren in der Nacht zuvor angekommen, und hatten bis jetzt ihr Zimmer nicht verlassen. Er bot mir an, sie anzurufen. Ich sagte, ich zöge es vor, sie zu überraschen. Es schien ihn nicht weiter zu interessieren.
Ich nahm den mit Samt ausgeschlagenen Lift in die dritte Etage und schwebte durch die menschenleeren Korridore. Ihr Zimmer lag an einer Ecke, die letzte in einer langen Reihe anonymer Türen.
Eine Frau öffnete auf mein Klopfen. Sie hatte ein malvenfarbenes Seidenhemd an, das über einem Glockenrock saß, dessen Streifen es zuwege brachten, sie dünner aussehen zu lassen. Goldene Ketten hingen um ihren Hals, ein schwerer Diamant ließ ihre linke Hand nach unten sinken. Ihr Gesicht sah verbraucht aus. Die lange Reise im Flugzeug und Kummer waren die Ursache.
Sie nickte, als ich meinen Namen nannte. Sie nickte, als ich sie fragte, ob ich mit ihr sprechen könne. Sie nickte, als ich sie fragte, ob ich hereinkommen könne. Sie ging vor mir her. Sie machte nicht den Eindruck, als habe sie irgendetwas von dem verstanden, was ich gesagt hatte.
Ein Mann stand auf dem Balkon, als ich eintrat. Er drehte sich nach mir um. Er war ein großer Mann, schwer gebaut und solide mit Muskeln bepackt, die dazu verdammt waren, in schon wenigen Jahren zu verfetten. Seine Kleider betonten noch seine Fleischmasse: ein stramm sitzender grauer Anzug, der eng, aber nicht unkomfortabel geschnitten war, die Hosen unten leicht ausgestellt. Das breitschultrige Jackett umschloß ein weißes Hemd und eine schwarze Krawatte, komplett mit Emblem.
„Was wollen Sie?" fragte er. Seine Stimme füllte den Raum mit Ärger aus.
„Diese junge Dame hat David gekannt", kam die Stimme der Frau hinter mir. „Sie möchte uns ein paar Fragen stellen."
Der Mann zuckte mit den Schultern und ging wieder hinaus auf den Balkon. Er starrte mit festem Blick auf die beiden Töpfe mit rosa Geranien. Ihre Blätter hatten gelbe Furchen, als seien sie im Begriff, in den Dunstschwaden Kensingtons zu mutieren.
„Es muß ein schwerer Schock für Sie gewesen sein", sagte ich.
Die Frau nickte. Eine Strähne ihres blonden Haares fiel ihr übers Auge. Sie machte keinen Versuch, sie wieder zu entfernen. Der Mann

auf dem Balkon zeigte keinerlei Bewegung.
„Hatten Sie noch Kontakt zu ihm?“ fragte ich.
Davids Mutter schaute zu ihrem Gatten. Es war ein Blick, um den ich ihn nicht beneidete, ein Blick der sowohl Vorwurf als auch Leid zum Ausdruck brachte. Er bemerkte ihn, als er sich umdrehte.
„Wir redeten nicht mehr miteinander“, sagte er. „Der Junge konnte mir nicht einmal die übliche Höflichkeit entgegenbringen. Mehr erwartete ich nicht in meinem Haus: Höflichkeit. Von allen Mitgliedern des Haushalts.“
„Kamen Sie nicht miteinander zurecht?“
Davids Mutter saß auf dem falschen Elisabethanischen Sessel, der vor dem rechtwinkeligen Spiegel stand. Sie starrte in ihn hinein, als wolle sie versuchen, ihm die Vergangenheit zu entreißen.
„John ist nicht Davids Vater“, erklärte sie. „Er ist mein zweiter Ehemann. Sie sind nie miteinander ausgekommen.“
Der Mann kam ins Zimmer. Er versuchte ein Lachen. Es erstickte auf halbem Wege.
„Alles, was ich verlangt habe, war gewöhnliche Höflichkeit“, murmelte er. „Und Respekt vor seinen Eltern. Wie konnte ich zusehen, wie er frech wurde gegenüber seiner Mutter, zu jeder Tages- und Nachtzeit nach Hause kam und uns nur Ärger machte?“
„War das vielleicht der Grund, weshalb David Südafrika verließ?“ fragte ich.
„Oh, an uns hat er dabei bestimmt nicht gedacht, das kann ich Ihnen versichern. Hatte sich selbst in die Scheiße geritten und hat irgendwie selbst wieder herausgefunden, oder nicht? Er glaubte, daß Land verlassen zu müssen, um frischen Wind um die Ohren zu spüren, hat er gesagt, weg von unserer erstickenden Kultur. Ich hätte ihm gerne Kultur gegeben“, sagte der Mann. Seine breite Hand ballte sich zusammen. Die Knöchel an der Faust, die er machte, waren weiß.
„Das ist nicht fair“, sagte Davids Mutter. „Er war in Schwierigkeiten.“
Der Mann schnaubte verächtlich.
„Welche Art von Schwierigkeiten?“ fragte ich.
„Er wurde zusammen mit einer ganzen Gruppe von Studenten verhaftet. Ich weiß nicht, was sie getan haben. Wahrscheinlich nichts. Ich will nichts gegen unsere Polizei sagen, aber manchmal läßt ihre schwere Aufgabe sie über das Ziel hinausschießen. Ich denke, wir leben in einer schwierigen Zeit“, sagte sie. „Sie brachten David ins John Voster Square Gefängnis. Wir wandten uns ganz nach oben, mein Gatte ist es gewohnt, nur mit Leuten zu reden, die wirklich Einfluß haben, aber man hat uns nichts gesagt. Und dann ließen sie David plötzlich raus. Nur so. Er kam in den gleichen Kleidern zurück, in denen ich ihn aus dem Haus hatte gehen sehen.“
„Und bald darauf ging er weg?“
„Nein, er war erst noch einmal fort“, sagte sie.
„Wohin?“
„Glauben Sie wirklich, er hätte es für nötig befunden, uns das zu

sagen?" unterbrach der Mann. Ein Blick von ihr ließ ihn verstummen.
„Wir wissen es nicht. Er sagte uns, er gehe jetzt, und wir sollten uns keine Sorgen machen. Er sagte, er habe ein paar Dinge über das wirkliche Leben zu lernen", sagte sie.
„Welchen Eindruck machte er?" fragte ich.
„Eine Kombination", sagte sie. „Ich machte mir Sorgen um ihn ... Er war sowohl triumphierend als auch bitter zugleich. Als sei etwas passiert, auf das er keinen Einfluß hatte, und als habe er beschlossen, das nicht so wichtig zu nehmen."
„Und was passierte, als er zurückkam?"
„Er wollte nicht darüber sprechen. Und dann sagte er, er wolle das Land verlassen."
Der Mann konnte sich nicht länger zurückhalten. Er stellte sich hinter sie, legte ihr seine Hände auf die Schultern. Das hätte eine tröstend gemeinte Geste sein können. Es sah aber eher bedrohlich aus.
„Wolle, verdammt noch mal! Sagte, man habe ihm diesen Auftrag gegeben. Spielte sich selbst zum großen Helden auf. Warf mir meinen Wehrpaß ins Gesicht. Wer glaubte er eigentlich zu sein?"
„Er war mein Sohn", sagte sie, ganz sanft.
Sein starrer Blick wurde weich. Seine Hand strich über ihre Haare. Sie lebten in einer Welt für sich. Ich ging und schloß die Tür leise hinter mir.

Die Treppe hoch zu Josephs Büro war eine Gefahr in sich. Schon von der Konstruktion her hatte sie nie sonderlich Chancen gehabt, aber es war noch schlimmer geworden durch all diese angeschlagenen Kisten, die auf beiden Seiten herumstanden. Mühsam bahnte ich mir meinen Weg durch sie hindurch und einen langen Korridor entlang. Joseph kam an eine Tür und winkte mich herein.
Er hatte einen Anzug an, der seit mindestens zehn Jahren aus der Mode war. Ausgebeult und braun, mit einer schlechtsitzenden Jacke, konnte er dennoch nicht die Atmosphäre von Autorität bemänteln, die Joseph umgab. Sein Hemd war am Kragen durchgescheuert. Das schien ihm aber nichts auszumachen. Ich setzte mich auf einen plastiküberzogenen Lehnstuhl. Er setzte sich mir gegenüber, die Füße auseinandergesetzt, beide Hände auf die kräftigen Oberschenkel gestützt.
Ich erzählte ihm von meinem Besuch im Berkeley. Er sagte nicht viel, stellte nur an ein paar Punkten Verständnisfragen und nickte grimmig in sich hinein. Dann stand er auf und ging zu einer viel benutzt aussehenden Kartei hinüber. Ihr entnahm er eine Aktenmappe aus Pappe, die er auf einen Beistelltisch legte, der bei der Tür stand. Mit einem Wisch schob er den Papierstapel beiseite, der darauf lag, und öffnete dann die Mappe.
„Ich möchte, daß du dir mal diese Bilder ansiehst", sagte er.
Ich stand auf und ging zu dem Tisch. Es war ein voller Ordner. Ich blätterte die Bilder durch und fragte mich, wozu das wohl gut sein solle.

Es waren fast ohne Ausnahme Bilder von weißen Männern. Die Herkunft dieser Männer war unübersehbar, ihre Züge wiesen alle jene Art brutaler Solidität auf, die die wahren Gedanken so vieler Weißer in Südafrika verdecken. Alle Bilder waren auf Trafalgar Square aufgenommen worden. Auf manchen tauchte im Hintergrund das Südafrika-Haus auf. Ich ging sie einzeln durch. Sie sagten mir nichts. Nichts, das heißt, bis ich sie fast alle durchhatte.
„Das ist er", schrie ich auf. „Der Mann, der David Munger umgebracht hat."
Joseph griff danach und drehte es auf die Rückseite.
„Der Schlächter, wie wir ihn nennen. Sicherheitsabteilung. Ist dafür bekannt, auf Polizeistationen dabei gewesen zu sein, als mehrere unserer Genossen gefoltert wurden. Er kam vor etwa sechs Monaten hier herüber. Wir vermuteten, daß er als Leitoffizier für Spione gekommen war, die bei den Vernehmungen rekrutiert worden waren. Jetzt sieht es ganz so aus, als hätten wir recht gehabt."
„Welchen Grund kann er gehabt haben, David Munger umzubringen?" fragte ich.
Joseph sah lange vor sich hin.
„Dein Freund Tim Nicholson ist zu einem Resultat gekommen, das einen Verdacht bestätigte, den wir schon lange hegten", sagte er schließlich. „Es gibt ein stilles Abkommen zwischen Südafrika und Argentinien ... sie planen die Produktion von Atombomben. Wenn das an die Öffentlichkeit kommt, gerät Südafrika in arge Verlegenheit."
„Aber was hat das mit David zu tun?" fragte ich.
Joseph stand auf und stellte sich ans Fenster, mit dem Rücken zu mir. Als er sich wieder umdrehte, war seinem Gesicht zu entnehmen, daß er einen Entschluß gefaßt hatte.
„Du kannst es ruhig wissen ...", sagte er. „Es wird nicht lange ein Geheimnis bleiben. David Munger war ein Spion der Buren im bezahlten Auftrag des Apartheid-Regimes."
„Woher wißt ihr das?" fragte ich.
„Es paßt einfach alles zusammen. Wir haben es gelernt, sie zu identifizieren. Als Munger gerade nach England gekommen war, nahm er Kontakt zu uns auf. Er sagte, er wolle für die Bewegung arbeiten. Er sagte, er sei verhaftet worden, weil er Literatur für einen von uns besorgt hätte, und seine Verhaftung habe in ihm den Wunsch geweckt, gegen das Regime zu arbeiten. Wir glaubten ihm fast, hatten aber unsere Bedenken. Er war eher zufällig in die Sache geschlittert: er hatte etwas getan, was an sich eine sichere Sache war, und nur durch eine unerwartete Polizeiaktion zu einem Fehler wurde. Er hatte sich nie von sich aus engagiert, solange er im Lande war. Er hatte sogar seinen Militärdienst absolviert. Wir benutzten ihn, jedoch nur am Rande der Organisation. Und dann wurden wir mißtrauisch."
„Weshalb?"
„Zunächst einmal", Joseph hob einen seiner stämmigen braunen

Finger in die Luft, „hatte er zuviel Geld. Das machte die Genossen stutzig. Wir erkundigten uns nach seinem Job. Wie du herausgekriegt hast, arbeitete er für International News Limited, die von der Organisation of Information Services finanziell unterstützt wird. Wir richteten unser Augenmerk auf diese."

„Sind die auch südafrikanisch?"

„Nein, es ist eine englische Organisation. Klein, aber reich. Es gehören einige prominente konservative Parlamentsmitglieder dazu, von denen bekannt ist, daß sie dem Buren-Regime nahestehen. Wir dachten uns, daß sie Gelder von Südafrika erhalten haben, und einige der Enthüllungen in der Muldergate-Affäre deuteten in diese Richtung. Wir denken, sie haben einen Teil des Geldes der INL zugeschoben, die vom Regime als Fassade benutzt wird, um Informationen zu sammeln. INL gibt vor, Nachrichten weiterzuverkaufen. Es wird aber keine einzige davon veröffentlich.

„Das spricht allerdings erheblich gegen David", sagte ich.

„Das ist aber noch nicht alles", ein anderer Finger bohrte sich in die Luft. „Verschiedene Leute von uns, die nach London kamen und hier mit David Munger zusammenkamen, wurden verhaftet, als sie zurückgingen. Die Sicherheitsabteilung wußte zuviel über sie. Kleine Details, an sich gar nicht so wichtig. Aber sie bewiesen, daß irgendjemand diese Informationen weitergegeben haben mußte. Wir schlossen David aus. Wir behielten ihn weiter im Auge, aber wir haben nicht die Mittel, um so etwas gründlich zu machen. Jetzt wissen wir genau Bescheid."

„Was passierte, nachdem ihr ihn losgeworden wart?"

„Er hing durch. Wir verloren ihn aus den Augen. Dann tauchte er wieder auf. Er hielt sich bei uns und überhaupt aus südafrikanischen Zirkeln heraus, und machte sich statt dessen an deine Freunde heran. Wir wurden nicht schlau daraus, weshalb, bis die Sache mit dieser Atomgeschichte einen Sinn zu ergeben begann. Er machte sich an eure Mannschaft heran, um mehr Informationen darüber zu bekommen."

„Vielleicht kannst du die Frage nicht beantworten", sagte ich. „Aber was motivierte eigentlich David? Weshalb wurde er zum Spitzel?"

Joseph ließ die Hand auf die Armlehnen des Sessels fallen. Es machte ein dumpfes Geräusch.

„Das kommt eben vor", sagte er. „Ein junger weißer Mann, der sich selbst für liberal hält. Er gerät in die Sache hinein, ohne viel darüber nachzudenken, und findet sich plötzlich im Alptraum des Strafvollzugs wieder. Er hat keinen Grund, auf unserer Seite zu bleiben, er hat viel zu verlieren, und er kippt um. Vielleicht möchte er uns dafür die Schuld in de Schuhe schieben ... das könnte für ihn eine Rechtfertigung seiner Handlungsweise sein. Vielleicht will er sich an denen rächen, die ihn ins Unglück gestürzt haben. Wir können nie ganz genau wissen, weshalb. Und die Sicherheitspolizei hat es nicht gerade eilig, es uns zu erzählen. Bedenke, wie rasch sie ihn zur Ausbildung geschickt haben. Und dann ins Ausland. Er sollte keine Gelegenheit

bekommen, sich seine eigenen Gedanken zu machen, von dem Augenblick an, als er zum ersten Mal versucht hatte, ihnen gefällig zu sein."
Langsam drehte sich mir der Kopf. Ich mußte ihn nochmal fragen.
„Aber warum hat das zu Davids Tod geführt?"
„Vielleicht hatte er Hintergedanken. Kann sein, daß er dachte, dein Freund Tim sei von den Südafrikanern getötet worden. Spitzel, die rekrutiert werden, indem man ihnen Furcht einflößt, sind notorisch unzuverlässig. Sie machen sich selbst vor, daß das, was sie tun, richtig sei. Aber dann kann etwas passieren, das ihr Bild von sich selbst zum Zusammenbrechen bringt."
„Willst du damit sagen, Tim sei von den Südafrikanern umgebracht worden?"
Joseph schüttelte den Kopf. Er schob die Fotos zu einem Stapel zusammen und legte sie wieder in den Ordner. Er schüttelte wieder mit dem Kopf.
„Das kann ich mir nicht vorstellen", sagte er. „Sie hätten mehr zu verlieren, als sie gewinnen könnten. Die Britische Regierung ist nachsichtig in vielerlei Hinsicht, aber es würde ihr überhaut nicht gefallen, wenn ein Untertan ihrer Majestät im eigenen Land ermordet würde."
Ich nickte und stand auf. Wir schüttelten uns die Hand, und dann ging ich. Die Treppe kam mir auf dem Weg nach unten noch gefährlicher vor.

Auf dem ganzen Weg zurück zu Sams Wohnung dachte ich angestrengt nach. Es gefiel mir nicht, auf was ich dabei kam, aber ich wurde den Gedanken einfach nicht mehr los. Als ich ankam, fand ich drei Leute vor, Anna, Daniel und Sam.
„Ich habe ein Problem", sagte ich. „Ich bin deswegen eigentlich ganz froh, daß ihr hier seid. Ich brauche eure Hilfe."
Ich erzählte ihnen von meinem Besuch bei David Mungers Eltern und von den späteren Enthüllungen.
„Aber wer hat Tim getötet?" fragte Daniel.
„Da liegt das Problem. Ich denke, ich weiß es, und es gefällt mir nicht."
„Wer war es?" fragte Daniel noch einmal.
„Wir alle hassen die südafrikanische Polizei", sagte ich. „Stimmt's?"
Sie nickten.
„Und wir haben manchmal auch Schwierigkeiten mit Leuten aus der Linken?"
Wieder nickten alle drei.
„Ich denke, daß jemand, den wir kennen, Tim umgebracht hat. Jemand, der auf den Hund gekommen ist, aber auch jemand, der nicht ein Feind ist in dem Sinne, wie es ein Mitglied der südafrikanischen Polizei wäre."
„Wer?" Diesmal kam es gleichzeitig von Daniel und Sam. Ich ignorierte sie.
„Ich weiß nicht, wie ich damit umgehen soll. Die Sache ist so", sagte

ich. „Muß die Gerechtigkeit unbedingt ihren Lauf nehmen?"
„Du weißt es, und du fragst dich, ob du es der Polizei erzählen sollst?" fragte Anna.
„Nicht der Polizei", sagte ich. „Wie sollte ich das tun können? Ich weiß, wer Tim umgebracht hat, aber ich bin nicht so sicher, weshalb. Ich habe ein Raster. Aber wer weiß schon genau, was jemanden soweit bringt, einen solchen Schritt zu tun?"
„Also fragst du dich, ob du es überhaupt irgendjemand erzählen sollst?" fragte Anna.
„Ja", sagte ich. „Macht es überhaupt noch irgendeinen Unterschied, jetzt, wo Tim tot ist?"
„Vielleicht ein Volksgericht", sagte Sam.
„Wozu? Einen Schauprozeß, um jemanden zu demütigen? Wozu soll das gut sein?"
„Es geht nicht darum, was wozu gut sein soll, sondern was du machen willst", Sam beugte sich in seinem Stuhl nach vorne, seine Augen sprühten. „Es tut mir leid, ich habe mich nicht richtig ausgedrückt. Was ich meine, ist, daß du die Last nicht auf dich nehmen kannst. Es ist nicht deine Sache, die Entscheidung alleine zu tragen. Du bist beauftragt worden, in einer Sache zu ermitteln, und jetzt bist du damit fertig. Du kannst doch mit deinen Ermittlungsergebnissen nicht hinterm Berg halten."
„Das wäre das gleiche wie Justiz", sagte ich. „Die wissenschaftliche Methode: die Wahrheit kommt ans Licht. Aber das wäre Prinzipienreiterei. Es geht hier nicht um die Revolution; es ist eher wie eine Art Schluckauf, ein unwillkürliches Geschehen, dessen Ursache vermutlich in den Frustrationen zu suchen ist, die unser aller Leben bestimmen. Gramsci nannte es das morbide Symptom."
„Wer redet denn jetzt in Klischees?" fragte Sam.
Ich wollte es ihm sofort heimzahlen, aber Anna unterbrach mich.
„Ich denke, Sam hat recht", sagte sie. „Du kannst es nicht allein entscheiden. Warum erzählst du uns nicht einfach die ganze Geschichte?"
Ich hatte das Gefühl, mich völlig verrannt zu haben, also erzählte ich es ihnen. Ich erläuterte ihnen meine Schlußfolgerungen, von den trivialen Spuren über die einzelnen Mosaiksteinchen bis hin zu meinem Eindruck von der Dynamik des Klimas bei der AER. Sie hörten schweigend zu. Sie stellten ein paar Fragen, als ich fertig war. Danach diskutierten wir über die Sache: wir spielten alle Möglichkeiten durch und arbeiteten eine Strategie aus. Ich machte ein paar Telefonanrufe, kam dann ins Zimmer zurück, und versuchte, mich zu betrinken. Die Zeit reichte nicht mehr dafür, aber vielleicht fehlte mir auch die rechte Lust.
Schließlich mußte ich gehen. Ich lehnte alle Angebote, mich zu begleiten, ab und ging Richtung Tür. Ich war schon fast draußen, als Annas Stimme mich noch mal zurückschauen ließ.
„Ich frage mich, ob du oder ob wir ein anderes Gefühl dabei gehabt hätten, wenn es eine Frau gewesen wäre, die umgebracht wurde."
„Das würde mich auch interessieren", sagte ich.

# 14.

Ich war in Rekordzeit beim Carelton-Building angelangt. Ich hatte gehofft, eine langsame U-Bahn zu erwischen, aber ich hatte kein Glück. Ich verzichtete am Oxford Circle auf den Lift und nahm die Treppen hoch, aber das kostete auch nicht sonderlich viel Zeit. Ich blieb einen Moment bei ein paar Straßensängern stehen: zwei Frauen, von denen die eine aussah, als käme sie gerade von einem Wochenendausflug aufs Land zurück, in ihrem besten Twinset, während die andere Trikothosen und einen Jumper anhatte, und ihr glänzend purpurrotes Haar stand ihr geradewegs vom Kopf ab. Sie spielten ein Stück von Vivaldi auf zwei Violinen. Das Stück ging zu Ende, wie sie das alle tun, und ich ging weiter.
Sie müssen gehört haben, wie ich die Treppe hoch kam. Mein Schritt war schwer genug. Als ich die Tür öffnete, taten sie alle beschäftigt, aber ihre Betätigung war mehr oder weniger sinnlos.
Ron saß an Tims Schreibtisch und spielte mit einem Haufen Büroklammern. Er hatte sie so hintereinandergelegt, daß sie ein großes Fragezeichen ergaben. Als er mich das Muster betrachen sah, wischte er mit der Hand darüber. Es war eine unkontrollierte Geste, und ein Hagel von Büroklammern fiel auf den Boden. Er machte keinen Versuch, sie aufzuheben.
Michael saß ihm fast gegenüber, seinen Kopf in die Hände gestützt. Er massierte seine linke Schläfe, doch jede Erleichterung, die dieses Drücken ihm bringen mochte, mußte zunichte gemacht werden durch die unnatürliche Drehung seines Genicks. Es war derart nach der Seite weggeknickt, als könne er den Blick zur Tür nicht ertragen. Stattdessen waren seine Augen auf einen Fleck auf dem Boden fixiert, auf dem zufällig Aldwyns gelbbraune Turnschuhe standen.
Sie waren ein sauberer Anblick, wie Aldwyn selbst. Aber die verschiedenen herbstlichen Farbschattierungen, die seine Kleidung zur Schau trug, halfen wenig, den Eindruck nur halb unterdrückter Wut zu verdecken, den er erweckte. Seine Füße standen still, aber die Anstrengung, die ihn das kostete, sprach Bände. Ich glaubte, an seinen Beinen ein leises Zittern zu erkennen, und die Hände, die er hinter dem Rücken verschränkt hielt, waren etwas zu hart und zu sehr ineinander verkrallt. Als er sprach, strafte diese Spannung in seiner Stimme die Bravour seiner Worte Lügen.
„Ich hoffe, du hast einen guten Grund für dieses Treffen", sagte er. „Ich habe mich von wichtiger Arbeit, die ich zuhause erledigen wollte, trennen müssen. Und ich möchte für meinen Teil zum Ausdruck bringen, daß wir den großen Wunsch verspüren, mit dieser Angelegenheit zu einem Ende zu kommen. Ich denke, es ist nicht falsch, wenn ich sage, daß ich für uns alle spreche."
Ich zog einen Stuhl hinter einem Schreibtisch hervor, drehte ihn um und setzte mich hin. Meine Hände hielt ich gefaltet, als wolle ich sie dadurch ruhig halten.

„Ich weiß, wer Tim umgebracht hat", sagte ich.
Ich hatte halb auf irgendeine Art von Antwort gehofft, die mir das Sprechen erleichtert hätte. Ich hatte kein Glück. Niemand sprach. Niemand machte eine Bewegung. Ich atmete tief ein, und fing an.
„Beginnen wir mit der Nacht, als Tim umgebracht wurde", sagte ich.
„Starb", sagte Ron. Er klang nicht überzeugt.
„Tim wurde umgebracht", sagte ich, „in dieser Freitagnacht. Betrachten wir mal eure Alibis. Ihr wart an diesem Tag alle im Büro gewesen, aber ihr seid alle gegangen. Ron sagt, er war im Pub. Aldwyn war bei ihm, aber er ging nochmal weg, um mit Tim über die Spannungen bei der AER zu reden. Er sagt, das habe nicht geklappt, weil Tim einen Streit mit einer Frau hatte, und er nicht dazwischen kommen wollte. Es war eine Frau, die er nie zuvor gesehen hatte. Michael war schon früher gegangen, aber er sagt, er sei zurückgegangen, um noch ein paar Papiere zu holen. Michael sagt, Tim sei alleine gewesen, und er habe ihn lebend im Büro zurückgelassen."
„Mach nur weiter mit dieser Scharade", platzte es Michael heraus. „Worauf willst du damit hinaus, daß du das alles noch mal wiederkäust?"
„Ich möchte die Sache zu Ende bringen", sagte ich. „Ich weiß nicht, wie ich es anders sagen soll."
„Sollen wir dich jetzt etwa auch noch bedauern?" fragte Aldwyn.
Der Stich saß. Für einen Moment preßte es mir die Kiefer zusammen, mein Mund war wie zugeschnürt. Mit Gewalt riß ich mich zusammen.
„An diesem Freitag hatte Tim Besuch. Es war seine Ex-Frau, Diana Nicholson. Tim und Diana hatten einen heftigen Streit, wobei es zum Teil um Tims Testament ging, aber Diana sagt, daß Tim sie dazu provoziert hat, indem er mit einer anderen Sache anfing. Sie sagt auch, daß irgendwer im AER-Büro war und die ganze Sache mitangehört hat."
„Ich kann nicht verstehen, warum du diese Szene nicht abkürzen willst, Kate", sagte Aldwyn. „Wer tat das, was Diana behauptet hat, gesehen zu haben?"
„Wie du selbst versichert hast, stritten sich Diana und Tim im Treppenhaus. Lassen wir das für einen Moment beiseite. Ich denke, es wird besser sein, über den Streit zu reden. Ursprünglich ging er damit los, daß Tim Diana vorwarf, mit David Munger eine Affäre zu haben."
„Er ist tot", sagte Ron. „Ich hab es gestern erfahren. Er fiel vor eine U-Bahn."
„Er wurde gestoßen", sagte ich. „Ich war dort."
Michaels Hand hielt mit dem Massieren inne. Zum ersten Mal sah er mich direkt an.
„Ich habe dich gewarnt. Ich habe dir gesagt, es ist gefährlich."
„Deine Warnung kam zu spät", sagte ich. „Und außerdem ..."
Michael war aufgesprungen. Wut verzerrte seine Lippen, ließ das

Weiße in seinen Augen sehen.
„Du mußt die Aufmerksamkeit seiner Feinde auf ihn gelenkt haben. Weshalb sonst sollte er umgebracht worden sein?"
„Er wurde umgebracht wegen Tims Tod. Er glaubte, das südafrikanische Regime, seine Arbeitgeber, hätten Tim ermordet. Er wurde umgebracht, weil er ein südafrikanischer Agent war, der aus der Reihe tanzte."
„Er war ein Ex-Agent", sagte Aldwyn. „Die Geschichte haben wir schon länger geklärt."
„Er war ein Agent", sagte ich. „Ohne das Ex. Er war an der AER interessiert wegen der Sache, hinter der Tim her war. Er versuche herauszufinden, wieviel Tim wußte über die Pläne, in Kooperation mit der argentinischen Junta eine Atombombe herzustellen. Tim war nicht der einzige, den er bespitzelte. David Munger machte sich an eine Frau ran, ihr Name ist Tina Schoenberg, nur weil sie sich mit Tim getroffen hatte und weil sie bei der argentinischen Botschaft arbeitete. David dachte, Tina hätte Tim die Information über die Bombe gegeben. David hat Tims Adressbuch durchgesehen, um Kontakte herauszufinden. Auf diese Weise hat er Diana Nicholsons Adresse bekommen. Vielleicht hatte er vor, durch sie an Tim heranzukommen. Er hat keine Gelegenheit mehr dazu gehabt."
„Und vielleicht ist deine Phantasie mit dir durchgegangen", sagte Aldwyn. „David Munger kam recht offen hierher. Er hat uns mit einer Menge Details geholfen."
„Das war nicht alles, was er tat", sagte ich. „Er hat auch jemanden heimlich getroffen."
„Warum um alles in der Welt hätte er das denn tun sollen?" fragte Aldwyn.
„Ich bin nicht ganz sicher, warum. Ich glaube, daß war für ihn eine Möglichkeit, eine konspirative Atmosphäre um sich herum aufzubauen, ein Klima von Intrige, das ihm helfen sollte, Dinge herauszufinden, an die er auf andere Weise nicht herangekommen wäre: eine Art Teile-und-Herrsche-Taktik."
Als ich geendet hatte, war Stille. Ich wartete darauf, daß sie eine Frage stellen würden, wieder nur, um mir die Sache leichter zu machen. Sie taten es aber nicht. Ich schaute zu Ron. Er nutzte die Stille aus, um sich runterzubeugen und die Büroklammern aufzuheben. Seine Hände zitterten. Er versuchte, eine Faust zu machen. Es mißlang ihm, und deshalb fielen die Büroklammern durch die Zwischenräume seiner Finger. Ich widerstand der Versuchung, aufzustehen und ihm zu helfen. Stattdessen zwang ich mich selbst dazu, weiterzumachen.
„David Munger traf sich heimlich mit Michael", sagte ich.
„Das ist die lächerlichste Beschuldigung, die ich je in meinem ganzen Leben gehört habe", sagte Michael. „Warum sollte ich so etwas tun?"
„Das mußt du mir sagen", sagte ich.
Er senkte den Kopf. Schweißtropfen bildeten sich auf seiner Stirn. Er versuchte, sie abzuwischen, aber es mißlang. Er war unkon-

zentriert. „Du hast keinen Beweis“, sagte er.
„David verabredete in der Regel Treffen mit dir, indem er Kleinanzeigen in der *Street Times* aufgab. Der Code war leicht zu knacken. Der einzige Monat, wo er Pech hatte, war April: in diesem Monat warst du außerhalb des Landes, in Urlaub.“
Michael öffnete den Mund und schloß ihn dann wieder. Es war Ron, der Worte fand.
„Was hat das mit Tim zu tun?“ fragte er. Die Büroklammern fielen wieder auf den Boden, als er sich streckte.
„Tim hatte die Sache mit den Treffen herausgefunden. Er probierte seine Theorie aus, indem er eine eigene Anzeige aufgab. Dann muß er Michael nach Camden Lock gefolgt sein. Das war dort, wo sich Michael und David üblicherweise trafen. Timm wurde dort gesehen, wie er sich mit David stritt. Wir werden sicher niemals erfahren, was genau dabei passiert ist, aber ich möchte wetten, daß Tim zwei und zwei zusammengezählt hat, und auf Konspiration kam. Er kam zu der Überzeugung, daß Michael und David beide Spitzel seien.“
„Willst du damit andeuten, daß Michael ein Spitzel ist?“ sagte Aldwyn.
„Nein, das tue ich nicht. Aber ich glaube, daß Tim das tat. Er glaubte, daß seine Arbeit, und die Arbeit der AER, in ernster Gefahr seien. Damit hatte er halbwegs recht, aber er drehte durch. Er wollte Diana nicht glauben, als sie sagte, sie kenne David Munger nicht. Ich glaube, er hätte auch Michael nicht geglaubt, wenn Michael abgestritten hätte, ein Spitzel zu sein“, sagte ich. „War es nicht so, Michael?“
Diesmal schaffte es Michael, zu sprechen. Seine Stimme klang, als habe er Kummer im voraus abonniert.
„Tim ist mir tatsächlich zur Camden Lock gefolgt. Das gebe ich zu. Ich sah ihn, als ich dorthin kam, wie er hinter mir Detektivspielchen machte. Er stellte sich an wie ein Verrückter. Ich konnte nicht vernünftig mit ihm reden. Er war vernünftigen Argumenten einfach unzugänglich.“
„Welchen vernünftigen Argumenten?“ fragte Ron. Seine Stimme war ruhig, aber es lag eine unausgesprochene Drohung darin. Michael antwortete, wobei er sich in seine Rednerpositur aufwarf.
„Ich war dazu gezwungen, David heimlich zu treffen“, erklärte er. „Es stand zu viel auf dem Spiel. Er war dabei, mich über alle Aspekte des südafrikanischen Geheimdienstes zu informieren. Wir wollten, und wir konnten auch nicht das Risiko eingehen, daß irgendwer dahinterkam. Deswegen habe ich das nie auf einer Vollversammlung unserer Gruppe erzählt. Aushorchen ist eine viel zu komplizierte Geschichte, und du weiß nie, in solchen Situationen, wem du ...“
„Vertrauen kannst“, sagte Ron. „Du hättest uns vertrauen können.“
Michael zuckte mit den Schultern. Er sah nicht betroffen aus. Ich dachte, daß er Rons Stimmung falsch einschätzte. Ich dachte, jetzt macht er einen Fehler.
„Vertrauen“, sagte ich, „ist wichtig, nicht wahr, Ron? Deshalb hast du mir Informationen vorenthalten. Du wolltest deine Kollegen in

Schutz nehmen. Glaubst du wirklich, daß du das noch länger kannst?"
Ron reagierte, als gebe er bei einem Tennismatch einen Aufschlag zurück. Er schaute uns der Reihe nach an, als warte er auf ein Signal, und wiederholte diese Prozedur. Die Sekunden verstrichen, bis Aldwyn es nicht mehr aushielt.
„Ich muß protestieren", sagte er. „Kate behandelt uns, als seien wir alle an irgendetwas schuld. Du darfst dich dadurch nicht dazu verleiten lassen, bei deinem Vorgehen in Vorurteile zu verfallen, Ron."
Ron war vielleicht drauf und dran, wieder etwas zu sagen, aber Aldwyns Stimme hielt ihn zurück. Er ließ seine Hände sinken, und ließ sie dort, versenkt. Ich hätte schreien mögen. Ich hätte ihn schütteln sollen, um ihn aus seiner Verwirrung zu reißen. Am liebsten wäre ich gegangen. Stattdessen atmete ich noch einmal tief durch, und versuchte es noch einmal. Mein letzter Versuch.
„Gehen wir in die Details", sagte ich. „Wo bist du hingegangen, Michael? Nachdem du die Papiere abgeholt hast, an dem Freitag, als Tim starb?"
„Was geht dich das eigentlich an?" sagte er. Er hatte vergeblich versucht, den richtigen Tonfall zu finden, und sein Satz endete fast in Gekreisch.
„Wo gingst du hin?" frage Ron.
„Ich ging ... ich ging nach Hause ... glaube ich", sagte Michael. „Wieso glaubt ihr eigentlich, daß ich mich daran noch erinnern kann?"
„Um welche Zeit kamst du heim?" fragte ich.
„Ich weiß es nicht mehr", murmelte er.
„Wer hat dich gesehen? Wo sind die Papiere, die du noch mal mitgenommen hast? Was hast du getan, als du nach Hause gekommen bist? Du mußt dich erinnern. Es ist nicht so lange her, und du hast guten Grund, dich zu erinnern."
„Was geht dich das eigentlich an?" wiederholte Michael.
Ich hatte das Gefühl, am Ende der Strecke angelangt zu sein. Das war nicht das einzige, was ich empfand. Ich fühlte mich erlöst: erlöst, daß ich nicht mehr weiter zu gehen brauchte, verbunden mit dem Gedanken, daß es vielleicht auch nicht mehr wirklich wichtig sei. Aber ich fühlte auch, daß ich die Schraube bis zum Anschlag gedreht hatte. Ich hatte das Finale erreicht, ohne meine Untersuchung abgeschlossen zu haben, ohne letztendlich herausbekommen zu haben, was Michael an diesem Tag gemacht hatte, wo er anschließend hingegangen war. Es war als redete ich mir selbst ein, daß ich den Job nicht zu Ende führen könne – als ob ich noch die Hoffnung gehabt hätte, ich könnte unverrichteter Dinge aus der Sache herauskommen, und es aber nach außen so aussehen zu lassen, als hätte ich es wenigstens versucht.
Ich war immer noch dabei, die Sache in meinem Kopf hin und her zu wälzen, als Ron sprach. Er hatte seine Brille abgezogen, und schaute mich direkt an, aber seine Augen waren weit weg. Er war ein Mann, der seiner eigenen inneren Stimme antwortete: einer Stimme, mit

der er offenbar lange gekämpft hatte.
„Ich kann es nicht länger bei mir behalten", sagte er. „Und ich denke auch nicht länger, daß ich es sollte. Ich habe es versucht, aber es geht nicht. Es hat jetzt keinen Zweck mehr."
Er drehte seinen Kopf zur Seite. Und diesmal blickten seine Augen scharf, als er Michael ansah. „Du wußtest von Tims Tod, bevor ich es dir gesagt hatte, nicht wahr, Michael? Ich war derjenige, der rumtelefoniert hat, aber du hast es schon vorher gewußt. Nicht wahr?"
Michael stotterte. „David hat es mir gesagt", sagte er. „Er hat es über den Ticker in seinem Betrieb erfahren."
„INL ist keine derart ausgerüstete Organisation", sagte ich. „Sie sind nur eine Fassade. Du hast Tim umgebracht, nicht wahr?"
Michael nickte. Und nickte wieder. Und wieder. Ron und Aldwyn schauten weg.
„Es war ein Unfall", sagte Michael. „Nur ein Unfall. Die Aufzugtüren waren halb offen ... oder ich habe sie aufgemacht. Ich weiß es nicht mehr. Ich stieß ihn, und er fiel. Es war gräßlich. Ich konnte keinen Gedanken mehr fassen, was ich noch tun sollte ... deshalb ging ich. Ging einfach weg in der Hoffnung, er sei noch am Leben, aber ich wußte, daß er es nicht mehr war. Er hat mich dazu getrieben, ich schwöre es."
„War es wegen David?" fragte ich.
„Ich hörte ihn mit dieser Frau streiten. Tim sagte unmögliche Sachen. Ich konnte ihm einfach nicht glauben. Als die Frau ging, fragte ich ihn nach einem Beweis. Er hat mich ausgelacht. Sagte, er habe die ganze Sache herausgefunden. Sagte, Tina Schoenberg habe ihm ein paar Dinge erzählt über David, die alle zusammenpaßten. Tim sagte, David sei in Südafrika verhaftet worden, und daß er beim Verhör umgefallen sei. Tim sagte, David habe sich geschämt über seine Erfahrungen mit der Befreiungsbewegung und habe irgendwie auf Rache gesonnen. Und dann, als Tim sich ... als ich ..."
„Hör auf jetzt", sagte ich. Ich war überrascht, daß meine Stimme fast freundlich klang.
„David hat geglaubt, die Südafrikaner hätten Tim umgebracht. Das war der Grund, warum er versucht hat, dich vorzuwarnen. Er dachte, du wärest in Gefahr, deshalb hat er ..."
„Ja, ich weiß ... mein Saxophon zerstört."
„Ich konnte es ihm doch nicht erzählen. Es tut mir leid, Kate. Es tut mir leid ... wirklich leid. Tim hat mich ausgelacht. Er sagte, er habe mich gewarnt, und jetzt werde er David bloßstellen. Meine Reputation wäre zum Teufel gewesen. Ich war unheimlich wütend ... ich gab Tim einen Stoß. Ich hatte nicht die Absicht, ihn umzubringen. Das schwöre ich. Ich wußte einfach nicht, was ich tat."
Seine Erzählung hatte ihn völlig fertig gemacht. Er ließ den Kopf hängen, seine Schultern wurden von Zuckungen geschüttelt.
„Was wirst du jetzt mit der Geschichte machen, Kate?" fragte Ron.
„Nicht ich", sagte ich. „Ihr. Was werdet ihr jetzt mit der Geschichte machen?"

# 15.

Ich ging nach Hause und legte mich schlafen. Ich war wieder zu Hause in Dalston.
Es dauerte fast vier Tage, bis ich wieder zum Vorschein kam. Währed dieser Zeit bewußtlosen Dahindämmerns bekam ich zwischendurch ein paar Anrufe. Joseph informierte mich über die Schritte, die das Home Office unternahm. Sie ermittelten so vorsichtig wie möglich. Die Anti-Apartheid-Bewegung organisierte Proteste gegen südafrikanische Polizeiaktionen auf englischem Boden, und der *Guardian* nahm sie für ganze zwei Tage ausnahmsweise einmal ernst. Der Schlächter wurde nicht mehr vor dem Südafrika-Haus gesehen. INL schloß über Nacht. Rotangelaufene Tories erhoben laute Dementis, die ihnen keiner abkaufte, und warteten darauf, daß der Rauch wieder abzog.
Am fünften Tag klingelte das Telefon zweimal. Ron war am Apparat. Wir sprachen nicht lange miteinander. Er erzählte mir, Michael sei fortgegangen. Niemand wußte, wann und ob er überhaupt zurückkäme.
Das Telefongespräch mit Diana Nicholson dauerte länger. Sie sagte, sie werde Tims nicht unterschriebenes Testament nicht behalten. Sie fragte mich, ob ich es treuhänderisch übernehmen wolle. Ich sagte zu. Sie klang traurig, aber es klang auch so, als sei sie über den Berg.
Es dauerte einen Monat, das Tauziehen um das Geld über die Bühne zu bekommen. Ich hielt an mich, als Aldwyn mir erzählte, die anderen Gruppen seien nicht mehr bereit, zu ihren Verbindlichkeiten zu stehen. Ich hielt auch an mich, als er mir mitteilte, daß wegen Michaels Abwesenheit niemand an das Geld der AER herankönne. Irgendwann kam dann plötzlich der Scheck per Post.
Zwei Monate später stand ich in meinem Zimmer. Es war ein Sauhaufen. Als das Telefon klingelte, lief ich hin und stolperte über den Kasten meines neuen Altos. Ich fiel und landete auf Matthews Teddybär. Ich hob ihn auf und griff zum Telefonhörer.
„Tag, Kate, ich habe einen Vorschlag für dich."
„Aldwyn, heh. Lange nichts gehört, lange nicht gesehen. Übrigens bin ich im Augenblick sehr beschäftigt. Ich habe gerade Matthews langvermißten Teddybär wiedergefunden, und obwohl ich einen Fünfjährigen nicht bestehlen will, will ich mir doch meinen Finderlohn abholen, meinst du nicht auch?"
„Ja, Kate. Würdest du jetzt mal zuhören? Ich habe dir einen Vorschlag zu machen", sagte er.
„Spar dir's. Die Antwort heißt nein. Keine Detektivspiele mehr ... Jedenfalls für eine Weile."
„Es geht nicht ums Detektivspielen", sagte er. „Der Vorschlag ist folgender: Wir sind dabei, uns zu reorganisieren und wir fänden es gut, wenn du dazu kämst und bei uns mitarbeitest. Ron und ich, wir sind beide der Meinung, daß ein Nur-Männer-Kollektiv zur jetzigen Zeit

und in unseren Tagen keine Funktion mehr haben kann. Komm und arbeite bei uns mit: nenn uns deine Gehaltsvorstellungen."
Ich atmete tief ein und hielt den Atem lange an. Dann atmete ich langsam aus. Ich fühlte mich gut.
„Nichts für mich, Aldwyn", sagte ich. „Ich habe schon eine anderweitige Beschäftigung. Und die wird mich ausfüllen, da bin ich guter Hoffnung."
Ich legte den Hörer auf, bevor er widersprechen konnte. Voller Zufriedenheit wandte ich mich wieder meinem Zimmer zu. Und dann räumte und putzte ich, bis es nur so glänzte.